JULES VERNE

Von der Erde zum Mond

Jules Verne

wurde 1828 in Nantes geboren. Verne studierte Jura, schrieb aber bereits Theaterstücke und Erzählungen. Seine Romane, die ab 1863 erschienen, waren von Anfang an Bestseller. Als Begründer der modernen Science-fiction-Literatur ist Jules Verne ein Klassiker und Schöpfer neuer Mythen geworden. Er starb 1905 in Amiens.

Von der Erde zum Mond

Wer Mitglied des »Kanonenclubs« in Baltimore werden will, muß eine Kanone erfunden oder zumindest technisch verbessert haben.

Nach dem Ende des amerikanischen Bürgerkrieges sitzen die führenden Mitglieder untätig herum, denn in den Vereinigten Staaten ist bis auf weiteres kein neuer Krieg in Sicht.

In dieser desolaten Situation hat der Präsident des Kanonenclubs, Impey Barbicane, eine Idee: Er schlägt vor, eine Kanone zu bauen, die so groß ist, daß sie ein Geschoß auf den Mond befördern kann.

Die übrigen Mitglieder des Clubs, ja die ganze amerikanische Nation, sind begeistert. Eine große Herausforderung für Wissenschaft, Technik und Industrie. Es gilt, astronomische Daten zu berechnen, Umfang und Länge der Kanone zu bestimmen, die Größe des Projektils und seine Flugbahn festzulegen.

Und schließlich müssen die Gelder für diese gewaltige Unternehmung aufgetrieben werden, ein geeigneter Abschußort gefunden und die Riesenkanone muß gebaut werden. Eine gigantische Aufgabe, für deren Verwirklichung der typisch amerikanische Optimismus vonnöten ist. Doch da meldet sich ein geheimnisvoller Besucher aus Europa, der eine noch kühnere Idee hat…

Von Jules Verne erschienen ebenfalls als Neuübersetzungen im Fischer Taschenbuch Verlag: »Reise um die Erde in 80 Tagen« (Bd. 13190), »Reise zum Mittelpunkt der Erde« (Bd. 13259), »Reise um den Mond« (Bd. 13372) und »20000 Meilen unter den Meeren« (Bd. 13376).

JULES VERNE

Von der Erde zum Mond

ROMAN

Neue ungekürzte Übersetzung
von Manfred Kottmann

Mit sämtlichen Illustrationen der französischen Ausgabe
erschienen im Verlag J. Hetzel et Cie.

Fischer Taschenbuch Verlag

Veröffentlicht im Fischer Taschenbuch Verlag GmbH,
Frankfurt am Main, März 1997

Der Titel der französischen Originalausgabe lautet:
›De la terre à la lune‹

Umschlaggestaltung: Thomas & Thomas Design, Heidesheim
Gesamtherstellung: Clausen & Bosse, Leck
Printed in Germany
ISBN 3-596-13260-6

Gedruckt auf chlor- und säurefreiem Papier

I

Der Kanonenclub

Während des amerikanischen Bürgerkriegs wurde in Baltimore, im US-Bundesstaat Maryland, ein sehr einflußreicher neuer Club gegründet. Es ist bekannt, welchen starken Sinn die Amerikaner, ein Volk von Reedern, Händlern und Ingenieuren, fürs Militärische entwickelt haben und mit welcher Tatkraft und mit welchem Erfindungsreichtum sie die Entwicklung auf diesem Gebiet vorangetrieben haben. Die einfachen Krämer sprangen über ihre Ladentische und meldeten sich als Hauptleute, Oberste oder Generäle zu den Waffen, ohne sich lange mit einer gründlichen Ausbildung in der Militärakademie von West Point aufzuhalten. Und tatsächlich waren sie schon bald in der »Kriegskunst« ebensogut beschlagen wie ihre Kollegen im alten Europa, und wie diese errangen sie ihre Siege, indem sie ungeheure Mengen von Geschossen, Geld und Menschen verpulverten.

Worin die Amerikaner die Europäer aber ganz schnell auf einzigartige Weise überflügelten, war die Ballistik. Ihre Geschosse und Kanonen waren vielleicht nicht völlig perfekt, aber sie hatten so riesenhafte Ausmaße, daß sie eine bis dahin unbekannte Reichweite erzielten. Was Flach-, Bogen- oder Direktschüsse, Seiten-, Längs- oder Rückenbestreichung angeht, brauchen Engländer, Franzosen oder Preußen nichts dazuzulernen. Aber ihre Kanonen, Haubitzen und Mörser sind Kinderspielzeuge im Vergleich zu den furchtbaren Geschützen der amerikanischen Artillerie.

Das ist nicht weiter verwunderlich. Denn, wie die Italiener

geborene Musiker und die Deutschen geborene Philosophen sind, sind die Yankees die besten Maschinenkonstrukteure der Welt, die geborenen Ingenieure. Es ist also ganz normal, daß sie sich auch wagemutig und findig, wie sie waren, mit der Wissenschaft der Ballistik beschäftigten. Also bauten sie ihre Riesenkanonen, die vielleicht nicht so nützlich waren wie Nähmaschinen, aber ebenso bestaunt und bewundert werden. Man kennt inzwischen die Wunderwerke von Parrot, Dahlgreen und Rodman, vor denen die Geschütze der europäischen Waffenschmieden Armstrong, Pallisser und Treuille de Beaulieu nicht bestehen können.

Im schrecklichen Kampf zwischen Nord- und Südstaaten spielten die Geschützbauer folglich eine wichtige Rolle. In den Zeitungen der Union wurden ihre Erfindungen enthusiastisch gefeiert, und jeder kleine Kaufmann und jeder einfältige Tölpel zerbrach sich Tag und Nacht den Kopf über die unsinnigsten Flugbahnberechnungen.

Wenn ein Amerikaner eine Idee hat, sucht er einen zweiten Amerikaner, der sie mit ihm teilt. Wenn sie zu dritt sind, wählen sie einen Präsidenten, dem zwei Sekretäre zur Seite stehen. Zu viert ernennen sie einen zum Archivar, dann ist das Komitee komplett. Und zu fünft berufen sie eine Generalversammlung, und der Club ist gegründet. So geschah es in Baltimore. Der erste Erfinder einer neuen Kanone tat sich mit dem ersten Kanonengießer und dem ersten, der sie bohrte, zusammen. Und schon hatte sich der Kern des Kanonenclubs gebildet. Einen Monat nach seiner Gründung zählte er bereits 1830 aktive und 30 575 korrespondierende Mitglieder.

Beitreten konnte dem Club aber nur, wer ein Geschütz, oder zumindest irgendeine Schußwaffe, erfunden oder verbessert hatte. Allerdings genossen die Erfinder von fünfzehnschüssigen Revolvern, von Trommelkarabinern oder von Seitengewehren kein besonderes Ansehen. Die Geschützbauer gaben in jeder Hinsicht den Ton an.

»Das Ansehen der Geschützbauer«, erklärte einmal einer

der klügsten Köpfe des Clubs, »wächst proportional zum Umfang ihrer Kanonen und läßt sich absolut an deren Reichweite bemessen!« Es fehlte nicht viel, daß das Newtonsche Gravitationsgesetz auf die sittliche Grundordnung übertragen wurde.

Man kann sich leicht vorstellen, was der amerikanische Erfindergeist nach der Gründung des Kanonenclubs in dieser Richtung hervorbrachte. Die Kriegsmaschinen entwickelten sich zu Kolossen, und die Geschosse flogen oft über die Sperrzonen hinaus und zerfetzten harmlose Spaziergänger. Und in jeder Hinsicht ließen sie das kümmerliche Artilleriegerät der Europäer weit hinter sich. Das machen die folgenden Zahlen deutlich.

In der »guten, alten Zeit« durchschlug eine Sechsunddreißigpfundkugel auf hundert Meter Entfernung sechsunddreißig Pferde und achtundsechzig Mann. Das waren die Anfänge der Artillerie. Seither hat sich viel verändert. Die Rodman-Kanonen hätten mit ihren fünfhundert Kilo schweren Geschossen, die fast zwölf Kilometer weit flogen, mühelos hundertfünfzig Pferde und dreihundert Mann umgehauen. Im Kanonenclub wurde sogar ernstlich eine Probe aufs Exempel diskutiert. Die Pferde hätten schon mitgemacht, aber den Soldaten fehlte leider der Mumm.

Jedenfalls waren diese Geschütze mörderische Waffen, und bei jedem Treffer fielen die Gegner wie Getreide unter einem Sensenhieb. Was war gegen solche Geschosse schon die berühmte Kugel, die 1587 bei Coutras fünfundzwanzig Mann außer Gefecht setzte? Oder die andere, die 1758 bei Zorndorf vierzig Infanteristen tötete? Oder die österreichische Kanone von Kesseldorf, die 1742 bei jedem Schuß siebzig feindliche Soldaten zu Boden warf? Und was waren dagegen die Kanonaden von Jena und Austerlitz, die über den Ausgang dieser Schlachten entschieden? Im amerikanischen Bürgerkrieg hatte man andere Dinge gesehen. In der Schlacht von Gettysburg traf ein kegelförmiges Geschoß aus einer gezogenen Kanone hundertdreiundsiebzig Konföderierte. Und als die Yankees den Potomac überquerten, schoß eine Rodman-Kanone zweihundertfünfzehn Südstaatler in eine zweifellos bessere Welt. Erwähnenswert ist auch der fürchterliche Mörser, den J.-T. Maston erfunden hat, ehrenwertes Mitglied und Generalsekretär des Kanonenclubs: Auch dieser Mörser war eine tödliche Waffe, denn bei seiner Erprobung tötete er dreihundertsiebenunddreißig Menschen – weil er schlicht und einfach explodierte!

Diese Zahlen sprechen für sich. Und man muß auch die Rechnung des Statistikers Pitcairn gelten lassen, der die Zahl der im Geschoßhagel Gefallenen durch die Mitgliederzahl des Kanonenclubs teilte und errechnete, daß jeder von diesen durchschnittlich 2375 Mann ins Jenseits befördert hat. Offenbar war also das Hauptanliegen dieser gelehrten Vereinigung die Ausrottung der Menschheit in menschenfreundlicher Absicht und die Perfektionierung der Kriegswaffen, die sie als Instrumente des Zivilisationsprozesses ansah. Der Kanonenclub war eine Vereinigung von Würgeengeln, die im Grunde die besten Menschen der Welt waren.

Erwähnen muß man auch noch, daß diese Yankees in allen Dingen tapfere Burschen waren, nicht nur in der Theorie, sondern auch an der Front. Unter ihnen befanden sich Offiziere vom Leutnant bis zum General und vom Grünschnabel bis zum alten Haudegen. Viele von ihnen ließen ihr Leben auf dem Schlachtfeld; ihre Namen stehen im Ehrenbuch des Clubs. Und die meisten Überlebenden trugen die Spuren ihrer unbestreitbaren Tapferkeit: Krücken, Holzbeine, künstliche Armgelenke und Hände, Kiefer aus Kautschuk, Silberplatten in der Schädeldecke, Nasen aus Platin. Es gab kaum etwas, was es nicht gab. Der erwähnte Pitcairn errechnete auch, daß im Kanonenclub nach dem amerikanischen Bürgerkrieg ein Arm auf vier und nur zwei Beine auf sechs Personen kamen.

Aber die wackeren Kanonenexperten schauten nicht so genau hin. Sie waren vielmehr stolz, wenn ein Schlachtenbericht zehnmal mehr Opfer als Geschosse verzeichnete.

Doch dann kam für sie der traurige Tag, an dem die Überlebenden des Krieges Frieden schlossen. Die Detonationen verebbten nach und nach, die Mörser verstummten, die Haubitzen wurden abgedeckt. Die Kanonen kehrten mit hängenden Köpfen in die Arsenale zurück, in denen sich die Kugeln türmten. Die Erinnerungen an das geflossene Blut verblaßten: Die Baumwollfelder, die damit getränkt waren, trugen eine neue üppige Saat. Mit der Trauerkleidung legt man auch den Schmerz ab. Und im Kanonenclub breitete sich Untätigkeit aus.

Ein paar Übereifrige stellten immer noch ballistische Berechnungen an und träumten von riesigen Granaten und unvergleichlichen Geschossen. Aber was nützten die blassen Theorien ohne die blutige Praxis? Und so leerten sich die Räume des Clubs, die Dienstboten dösten in den Vorzimmern, auf den Tischen vergilbten die Zeitungen, und aus den dunklen Ecken erklang trauriges Schnarchen. Die Mitglieder des Kanonenclubs, die einen solchen Kriegslärm veranstaltet hatten, waren durch den vernichtenden Frieden zum Schweigen gebracht und verloren sich in Träumereien von einer rein imaginären Artillerie!

»Das ist ja trostlos!« sagte eines Abends der gute Tom Hunter, während seine Holzbeine am Kamin des Rauchsalons noch rußgeschwärzter wurden. »Keine Aufgaben! Keine Zukunft! Das ist doch kein Leben! Wo sind nur die Zeiten hin, als wir jeden Morgen durch den fröhlichen Donner der Kanonen geweckt wurden?«

»Aus und vorbei«, erwiderte der muntere Bilsby und versuchte die Arme zu recken, die ihm fehlten. »Damals hat es noch Spaß gemacht, einen neuen Mörser zu erfinden! Der war kaum gegossen, da konnte man ihn schon an der Front ausprobieren. Dann kehrte man ins Lager zurück, Sherman klopfte einem aufmunternd auf die Schulter, MacClellan drückte einem anerkennend die Hand. Jetzt sind die Generäle alle an ihren Ladentisch zurückgekehrt, und statt Ka-

Am Kamin des Kanonenclubs

nonenkugeln transportieren sie Baumwollballen! Friedenswirtschaft, pah! Die Artillerie hat keine Zukunft mehr in Amerika!«

»Richtig, Bilsby!« rief Oberst Blomsberry. »Das Leben hat uns grausam enttäuscht! Da gibt man seinen ruhigen Alltag auf, lernt das Waffenhandwerk, verläßt Baltimore, zieht ins Feld und handelt wie ein Held. Und zwei, drei Jahre später sind die Früchte von soviel Mühe verloren, man ist zu einer jämmerlichen Untätigkeit verdammt und muß die Hände in die Taschen stecken.«

Seine erzwungene Untätigkeit so zur Schau zu stellen, wäre dem tapferen Oberst allerdings schwergefallen, wobei es nicht die Taschen waren, die ihm fehlten.

»Und kein Krieg in Sicht!« fügte der berühmte J.-T. Maston hinzu, während er sich mit dem eisernen Haken an seinem Armstumpf die Kautschukplatte in der Schädeldecke kratzte. »Nicht das kleinste Wölkchen am Friedenshimmel, wo es doch in der Artilleriekunst noch soviel zu tun gäbe! Ich, zum Beispiel, habe heute morgen den kompletten Plan für einen Mörser fertiggestellt, der die gesamte Kriegführung revolutionieren würde!«

»Wirklich?« erwiderte Tom Hunter, der unwillkürlich an die letzte Erfindung des ehrenwerten J.-T. Maston denken mußte.

»Ja, wirklich«, antwortete der. »Aber was nützen all die einwandfreien Pläne, all die Schwierigkeiten, mit denen man kämpfen muß, um sie in die Tat umzusetzen, wenn am Ende doch alles vergeblich ist? In der Neuen Welt scheinen die Menschen in Frieden leben zu wollen. Unsere kämpferische *Tribune* sagt bereits voraus, daß die nächsten Katastrophen eine Folge des skandalösen Bevölkerungswachstums sein werden!«

»Währenddessen führen die Nationen in Europa immer noch Kriege gegeneinander«, sagte Oberst Blomsberry.

»Na und?«

»Na, vielleicht könnten wir unser Glück dort versuchen. Wenn man unsere Dienste annimmt...«

»Wie?« rief Bilsby. »Unsere Ballistik in den Dienst des Auslands stellen?«

»Besser, als gar nichts damit zu machen«, erwiderte der Oberst.

»Sicher wäre das besser«, sagte J.-T. Maston, »aber an eine solche Notlösung sollte man nicht einmal denken.«

»Und warum nicht?« fragte der Oberst.

»Weil man in der Alten Welt Vorstellungen über die militärische Laufbahn hat, die den unsren ganz und gar zuwiderlaufen. Diese Leute können sich nicht vorstellen, daß man Kommandierender General wird, ohne zuvor als Unterleutnant gedient zu haben. Und genausowenig können sie sich vorstellen, daß man eine Kanone richten kann, wenn man sie nicht zuvor selbst gegossen hat! Das ist ganz einfach ...«

»Grotesk!« ergänzte Tom Hunter, der mit einem Bowiemesser die Armlehne seines Stuhles attackierte. »Unter diesen Umständen bleibt uns nichts anderes übrig, als Tabak anzupflanzen oder Tran zu sieden.«

»Soll das heißen«, rief J.-T. Maston mit dröhnender Stimme, »daß wir die letzten Lebensjahre nicht mehr der Perfektionierung von Waffen widmen werden? Und daß wir keine Gelegenheit mehr bekommen, die Reichweite unserer Geschosse zu erproben? Werden wir nie mehr den Himmel mit den Blitzen unserer Kanonen erleuchten? Ja, gibt es denn keine internationalen politischen Verwicklungen mehr, aufgrund deren wir einer transatlantischen Macht den Krieg erklären könnten? Werden die Franzosen keines unserer Dampfschiffe mehr versenken? Und die Engländer hängen unter Mißachtung der Menschenrechte nie mehr einen unserer Landsleute auf?«

»Nein, Maston«, antwortete Oberst Blomsberry, »dieses Glück haben wir nicht. Nicht einer dieser Umstände wird eintreten. Und wenn es der Fall wäre, hätten wir dennoch nichts davon, da die Amerikaner immer mehr zu Memmen werden!«

»Das stimmt! Wir demütigen uns geradezu!« erwiderte Bilsby.

»Und wir werden gedemütigt«, bemerkte Tom Hunter.

»Das ist leider allzu wahr«, sagte J.-T. Maston, erneut aufbrausend. »Tausend Gründe, sich zu schlagen, liegen in der Luft. Aber es gibt keinen Krieg. Arme und Beine werden geschont, aber die Leute wissen nichts damit anzufangen. Dabei brauchte man gar nicht lange nach einem Kriegsgrund zu suchen... Nordamerika hat doch früher den Engländern gehört, oder?«

»Na, sicher«, antwortete Tom Hunter und stocherte wütend mit seiner Krücke im Feuer.

»Sehen Sie? Warum sollte dann heute England nicht den Amerikanern gehören?«

»Das wäre nur recht und billig!« stimmte Oberst Blomsberry zu.

»Aber der Präsident der Vereinigten Staaten«, sagte J.-T. Maston, »wäre von diesem Vorschlag nicht begeistert.«

»Nicht besonders«, murmelte Bilsby zwischen den vier Zähnen, die ihm nach dem Krieg geblieben waren.

»Verdammt«, rief J.-T. Maston, »bei den nächsten Wahlen kann er mit meiner Stimme nicht rechnen!«

»Mit unserer auch nicht!« stimmten die anderen kriegerischen Invaliden zu.

»Aber wenn man mir bis dahin, und das will ich zum Abschluß noch sagen«, fügte J.-T. Maston hinzu, »keine Gelegenheit gibt, meinen neuen Mörser auf einem richtigen Schlachtfeld zu erproben, scheide ich aus dem Kanonenclub aus und vergrabe mich in der Prärie von Arkansas.«

»Da kommen wir mit!« versprachen die Gefährten des kühnen J.-T. Maston.

So stand es um die Mitglieder und den Club, dessen baldige Schließung drohte, als ein unvorhergesehenes Ereignis diese Katastrophe gerade noch verhinderte. Am Morgen nach dieser Unterhaltung erhielt nämlich jedes Clubmitglied ein Rundschreiben mit dem folgenden Wortlaut:

Baltimore, den 3. Oktober
Der Präsident des Kanonenclubs beehrt sich, seine Kollegen zu unterrichten, daß er auf der Versammlung am 5. des Monats eine Mitteilung zu machen hat, die ihr lebhaftestes Interesse finden wird. Deshalb bittet er alle Mitglieder, der Einladung, die hiermit ausgesprochen ist, unbedingt Folge zu leisten.
Mit freundlichen Grüßen
Ihr
Impey Barbicane
Präsident des Kanonenclubs

II

Die Rede von Präsident Barbicane

Am 5. Oktober, um acht Uhr abends, drängte sich eine große Menschenmenge in den Räumen des Kanonenclubs am Union Square Nr. 21. Alle in Baltimore ansässigen Mitglieder des Clubs waren der Einladung ihres Präsidenten gefolgt. Die korrespondierenden Mitglieder waren zu Hunderten mit Schnellzügen in die Stadt gekommen, und so groß der »Große Saal« des Clubs auch war, er bot doch nicht allen Platz. Die Menge wich in die benachbarten Räume aus, drängte sich auf den Fluren und vermischte sich auf dem Hof vor dem Gebäude mit den Neugierigen aus der Bevölkerung, die sich um die Türen scharten und auch mit dabeisein wollten, wenn Präsident Barbicane seine bedeutsame Mitteilung machte. Die Menschen drängten und stießen sich und erdrückten sich fast mit jener Handlungsfreiheit, die den Massen in einer sich selbst regierenden, demokratischen Gesellschaft zugestanden wird.

An diesem Abend hätte sich ein Fremder in Baltimore auch

nicht mit Geld und Gold einen Platz im Großen Saal ergattern können. Nur ordentliche und korrespondierende Mitglieder durften ihn betreten, und die Honoratioren und die gewählten Volksvertreter der Stadt mußten sich unter ihr Wahlvolk mischen in der Hoffnung, die angekündigten Informationen aus dem Inneren des Gebäudes erhaschen zu können.

Der Große Saal bot indessen einen eigenartigen Anblick, der seiner Bestimmung aber hervorragend entsprach. Hohe Säulen aus aufeinandergestapelten Kanonenrohren ruhten auf Fundamenten aus Mörsern und trugen das feine, wie gehäkelt wirkende Gewölbe aus gußeisernen Lochmasken. Eine Sammlung von Stutzen, Musketonen, Hakenbüchsen, Karabinern und allen möglichen alten und modernen Feuerwaffen diente als Dekoration der Wände in einem vielfältigen Ineinander und Übereinander. Aus unzähligen Revolvern, die zu Kronleuchtern angeordnet waren, züngelten Gasflammen ebenso wie aus Revolvergirlanden und aus gebündelten Gewehrläufen, so daß der Saal hell erleuchtet war. Die Kanonenmodelle, die Legierungsproben aus Bronze, die durchlöcherten Zielscheiben und Panzerplatten, die Sammlung von Setzern und Wischern, die Colliers und Girlanden aus Granatsplittern und Patronen, all diese Artilleriematerialien boten dem Auge einen überraschenden Anblick, weil sie so angeordnet waren, daß man meinen konnte, sie seien als Schmuckwerk und nicht als tödliche Waffen gedacht und gemacht worden.

Den Ehrenplatz in einer herrlichen Vitrine nahm ein Verschlußstück ein, das vom Sprengpulver zerrissen und verbogen war und von der explodierten Kanone von J.-T. Maston stammte.

Auf einem Podium an der Kopfseite des Saales saß der Präsident, flankiert von vier Sekretären. Sein Sessel war aus einem Lafettenstück hergestellt, das im rechten Winkel nach oben wies und an Zapfen auf einem Gestell hing, so daß das Ganze wie ein 800-mm-Mörser wirkte, in dem sich der Präsident wie in einem Schaukelstuhl wiegen konnte. Auf der eisernen

Tischplatte vor ihm, die sechs Kanonenrohre als Füße hatte, sah man ein besonders exquisites Tintenfaß, das aus einem Kartätschenschloß gefertigt war. Daneben stand eine Schlagglocke. Wenn sie betätigt wurde, knallte es wie ein Revolverschuß. Doch übertönte ihr Knall kaum die hitzig diskutierenden Artilleristen.

Vor dem Podium waren Bänke im Zickzack aufgestellt, deren Anordnung einer Verteidigungslinie mit Schanzanlagen glich und auf denen sich die Mitglieder des Kanonenclubs dichtgedrängt nebeneinander niederließen, so daß man sagen konnte, daß an diesem Abend »die Wälle gut besetzt waren«. Man kannte den Präsidenten gut genug, um zu wissen, daß er die Versammlung nicht ohne triftigen Grund einberufen hatte.

Der vierzigjährige Impey Barbicane trat ruhig, beherrscht und streng auf; sein Verstand arbeitete gewissenhaft, konzentriert und exakt wie ein Uhrwerk; er unterlag keinen Stimmungsschwankungen und besaß einen grundsoliden Charakter; Ritterlichkeit zeichnete ihn nicht aus, dafür aber Wagemut, gepaart mit einem Realitätssinn, der ihn auch bei den kühnsten Unternehmungen nicht im Stich ließ. Barbicane war der typische Neuengländer und Nordstaatenpionier, ein Abkömmling der Gegner der katholischen Stuarts im Vereinigten Königreich und ein Erzfeind der Herren Südstaatler, dieser ehemaligen Kavalleristen aus dem ehemaligen Mutterland. Mit einem Wort: Er war von Kopf bis Fuß ein Yankee.

Barbicane hatte als Holzhändler ein großes Vermögen erworben. Im Krieg hatte man ihm das Oberkommando über die Artillerie übertragen. Er hatte Innovationen angeregt und mit seinen kühnen Ideen für die großen Fortschritte dieser Waffengattung gesorgt, der er ein nie gekanntes praktisches Erprobungsfeld verschafft hatte. Er war von mittlerem Wuchs und stellte insofern eine Ausnahmeerscheinung unter den Clubmitgliedern dar, als er noch alle Gliedmaßen besaß. Seine

Präsident Barbicane
war von Kopf bis Fuß ein Yankee

ausgeprägten Gesichtszüge schienen mit Lineal und Winkelmaß gezogen. Und wenn es wahr ist, daß man die Charakterzüge eines Menschen an seinem Profil erkennt, konnte man aus dem seinen Tatkraft, Mut und Kaltblütigkeit ablesen.

Im Augenblick saß er unbeweglich und stumm und ganz nach innen gekehrt in seinem Sessel, den Blick unter dem hohen, seidenglänzenden schwarzen Zylinder verborgen, den die Amerikaner so tragen, als sei er ihnen auf den Kopf geschraubt.

Er achtete nicht auf die lärmende Unterhaltung seiner Kollegen, die sich gegenseitig mit Fragen und Mutmaßungen bombardierten und immer wieder vergeblich im unbeweglichen Gesichtsausdruck ihres Präsidenten das Geheimnis auszukundschaften versuchten, das er ihnen mitteilen wollte.

Als die Uhr im großen Saal acht schlug, daß es wie Salutschüsse krachte, schnellte Impey Barbicane, wie von einer Sprungfeder getrieben, hoch. Sofort kehrte Ruhe ein, und er begann mit großem Nachdruck zu sprechen.

»Werte Kollegen! Schon allzu lange hat ein unfruchtbarer Frieden die Mitglieder des Kanonenclubs in eine bedauerliche Untätigkeit gestürzt. Nach wenigen Jahren voller Aktivität mußten wir unsere Arbeit liegenlassen und mitten auf dem Weg des Fortschritts haltmachen. Ich habe keine Bedenken, laut zu sagen, daß jeder Krieg, der uns wieder die Waffen in die Hand geben würde, willkommen wäre ...«

»Ja, Krieg!« rief J.-T. Maston mit dröhnender Stimme.

»Hört, hört!« ertönte es von allen Seiten.

»Aber Krieg«, fuhr Barbicane fort, »ist gegenwärtig ausgeschlossen. Der Hoffnung des ehrenwerten Zwischenrufers steht entgegen, daß noch viele Jahre vergehen werden, bis unsere Kanonen wieder über ein Schlachtfeld donnern. Das muß man akzeptieren, und dann muß man umdenken, damit für unseren Tatendrang ein neues Betätigungsfeld gefunden werden kann!«

Die Versammelten spürten, daß ihr Präsident zum Kern seiner Botschaft gelangte, und sie lauschten ihm noch angespannter.

»Seit einigen Monaten, verehrte Kollegen«, sagte Barbicane, »habe ich mich gefragt, ob wir nicht mit unserer ganz besonderen Erfahrung ein großes Projekt in Angriff nehmen könnten, das dem neunzehnten Jahrhundert angemessen wäre, und ob uns nicht die bisherigen Fortschritte in der Ballistik helfen könnten, es erfolgreich zu Ende zu führen. Ich habe geforscht, studiert, berechnet, und das Ergebnis meiner Arbeit ist die Überzeugung, daß wir dieses Projekt erfolgreich durchführen können, auch wenn es in jedem anderen Land unmöglich wäre. Über dieses Projekt, das bereits reiflich durchdacht ist, möchte ich zu Ihnen sprechen. Es ist Ihrer wert, es ist der Tradition des Kanonenclubs wert, und es wird für Aufsehen in der ganzen Welt sorgen!«

»Viel Aufsehen?« rief ein Clubmitglied erregt.

»Viel Aufsehen und viel Lärm, im wahrsten Sinne des Wortes«, antwortete Barbicane.

»Keine Zwischenrufe mehr!« riefen einige andere Clubmitglieder.

»Ich bitte nun um Ihre volle Aufmerksamkeit, werte Kollegen«, sagte Barbicane. Eine Welle der Erregung ging durch die Zuhörerschaft. Impey Barbicane rückte mit einer raschen Bewegung seinen Zylinder zurecht und fuhr mit ruhiger Stimme fort: »Sie alle, verehrte Kollegen, haben schon oft den Mond gesehen oder über den Mond gesprochen. Ich rede von diesem Gestirn der Nacht, weil es uns vorbehalten sein kann, die Rolle des Kolumbus auf diesem unerforschten Weltteil zu spielen. Mit Ihrer verständigen und kraftvollen Unterstützung werde ich Sie zur Eroberung des Mondes führen, dessen Name für immer mit den sechsunddreißig vereinigten Staaten von Nordamerika verbunden bleiben wird!«

»Es lebe der Mond!« riefen die Versammelten wie aus einer Kehle.

»Man hat den Mond beobachtet«, fuhr Präsident Barbicane

fort, »und seine Masse und Dichte, sein Volumen und Gewicht, seine Entfernung und Umlaufbahn berechnet. Man hat Mondkarten angefertigt, die womöglich genauer als Erdkarten sind. Es wurden bereits fotografische Aufnahmen von unvergleichlicher Schönheit vom Mond gemacht. Kurz: Alles, was von seiten der Mathematik, Astronomie, Geologie und Optik wissenschaftlich beigetragen werden konnte, ist geschehen. Aber bis heute haben wir noch nie mit dem Mond eine direkte Verbindung aufgenommen.«

Die heftige Bewegung im Saal machte die Betroffenheit und das Interesse der Zuhörer spürbar.

»Gestatten Sie«, fuhr der Präsident fort, »daß ich Ihnen in Erinnerung rufe, wie einige Hitzköpfe vorgaben, durch Reisen in ihrer Phantasie die Geheimnisse unseres Erdtrabanten enthüllt zu haben. Im siebzehnten Jahrhundert brüstete sich ein gewisser David Fabricius damit, er habe mit eigenen Augen Bewohner des Mondes gesehen. 1649 veröffentlichte der Franzose Jean Baudoin »Die Reise des spanischen Abenteurers Domenico Gonzales zum Mond«. Zur selben Zeit brachte Cyrano de Bergerac seinen berühmten Expeditionsbericht heraus, der in Frankreich ein großer Erfolg wurde. Später verfaßte ein weiterer Autor aus Frankreich, wo man sich viel mit dem Mond zu beschäftigen scheint, »Die Vielzahl der Welten«. Er hieß Fontenelle, und sein Buch war ein Meisterwerk, aber der Fortschritt der Wissenschaft überrollt auch die Meisterwerke! Ums Jahr 1835 schilderte ein Aufsatz aus dem *New York American*, daß Sir John Herschel zum Kap der Guten Hoffnung gesandt worden sei, wo er mit einem lichtverstärkten Teleskop den Mond wie aus einer Entfernung von fünfundsiebzig Metern beobachten konnte! Dabei hätte er Höhlen erkennen können, in denen Nilpferde lebten, und hätte grüne, goldgeränderte Hügel, elfenbeingehörnte Schafe, weiße Rehe und mit Fledermausflügeln ausgestattete Mondbewohner gesehen. Der Amerikaner Locke hatte den Aufsatz als schmales Bändchen in Buchform herausgegeben, der Republikaner Laviron übersetzte es ins Französische. Aber bald wurde klar, daß die Geschichte ein Scherz unter Gelehrten war, und die Franzosen lachten als erste darüber.«

»Einen Amerikaner auslachen!« rief J.-T. Maston. »Wenn das kein Grund zum Krieg ist!...«

»Beruhigen Sie sich, werter Freund! Ehe sie lachten, waren die Franzosen von unserem Landsmann glänzend aufs Eis geführt worden. Zum Schluß meines kurzen Ausflugs in die Geschichte möchte ich anführen, daß ein gewisser Hans Pfaal aus Rotterdam in einem mit einem extrem leichten Stickstoffderivat gefüllten Ballon zum Mond aufstieg und nach neunzehn Tagen ankam. Doch fand diese Reise, wie alle bereits erwähnten, nur in der Phantasie eines Schriftstellers statt. Ganz Amerika kennt dieses eigenwillige und tiefsinnige Genie. Ich spreche von Edgar Allen Poe!«

»Poe lebe hoch!« rief die Versammlung, die unter dem Bann des Redners stand.

»Damit habe ich diese rein literarischen und völlig unzureichenden Versuche erschöpfend behandelt. Praktisch veranlagte Individuen haben jedoch versucht, ernsthaft mit unserem Nachtgestirn Kontakt aufzunehmen. Zum Beispiel hat ein deutscher Vermessungsingenieur vor ein paar Jahren vorgeschlagen, eine Expertenkommission in die Steppen Sibiriens zu schicken, um in den endlosen Ebenen dort geometrische Figuren mit Hilfe von Leuchtreflektoren zu installieren, die meinetwegen den Satz des Pythagoras veranschaulichen. Jedes intelligente Wesen, so argumentierte der Ingenieur, müsse die Bedeutung dieser Figuren verstehen. Wenn die Mondleute existierten, würden sie mit ähnlichen Figuren antworten. Wäre auf diese Weise die Verbindung einmal hergestellt, könnte man einfach ein Alphabet entwickeln, mit dem man sich mit den Bewohnern des Mondes verständigen könnte. Aber der Vorschlag des Deutschen wurde nie ausgeführt, und bis heute gibt es keine direkte Verbindung zwischen der Erde und ihrem Trabanten. So ist die Kontaktaufnahme mit der

Der Saal war in Aufruhr

Mondwelt dem praktischen Genie der Amerikaner vorbehalten. Das Mittel hierfür ist einfach, sicher, tadellos und der Gegenstand meines nun folgenden Vorschlags.«

Der Saal war in Aufruhr. Es gab reichlich Beifall. Alle Anwesenden waren von den Worten des Redners beeindruckt, mitgerissen, begeistert.

»Hört, hört! Ruhe!« schallte es von allen Seiten.

Als sich die Aufregung gelegt hatte, fuhr Barbicane mit ernster Stimme fort: »Sie alle wissen, welche Fortschritte die Ballistik im Krieg gemacht hatte und welche Perfektion der Waffensysteme hätte erreicht werden können, wenn nicht der Frieden dazwischengekommen wäre. Sie wissen auch, daß die Widerstandskraft der Kanonen und die Explosivkraft des Schießpulvers im Prinzip unbegrenzt sind. Und von diesen Gegebenheiten ausgehend, habe ich mich gefragt, ob es nicht möglich wäre, ein geeignetes, entsprechend widerstandsfähiges Geschoß auf den Mond zu katapultieren!«

Der letzte Satz entlockte tausend Kehlen ein langes »Aaah!« und »Oooh!«, und dann entlud sich die aufgestaute Spannung in einem donnernden Applaus, in Schreien und Zurufen, die den Saal erzittern ließen. Der Präsident kam nicht mehr zu Wort. Erst nach zehn Minuten konnte er weitersprechen.

»Lassen Sie mich zum Ende kommen«, sagte er kühl. »Ich habe das Projekt gründlich durchdacht und durchgerechnet und bin zu dem unbezweifelbaren Ergebnis gekommen, daß ein Geschoß, das mit einer Anfangsgeschwindigkeit von rund elftausend Metern in der Sekunde in Richtung Mond abgeschossen wird, diesen auch erreichen wird. Ich habe also die Ehre, verehrte Kollegen, Ihnen vorzuschlagen, dieses kleine Experiment zu wagen!«

III

Die Wirkung der Rede von Präsident Barbicane

Der unmittelbare Effekt von Barbicanes Schlußworten war unbeschreiblich. Diese Schreie! Dieses Durcheinander! Diese »Hip! Hip! Hip!«-Rufe! Diese Urlaute, zu denen die Amerikaner fähig sind! Es war ein unglaublicher Tumult! Schreiende Münder, gestikulierende Hände, stampfende Füße veranstalteten mehr Lärm, als alle Waffen gemacht hätten, die in diesen Räumen zusammengetragen worden waren. Verwunderlich ist das nicht, wenn man weiß, daß die Kanoniere fast so viel Krach machen wie ihre Kanonen.

Barbicane blieb inmitten dieses Begeisterungssturms ganz gelassen. Vielleicht wollte er noch einmal das Wort an die Versammelten richten? Er winkte, sie sollten ruhig sein. Er ließ die Schlagglocke wie wild knallen. Niemand bemerkte es. Vielmehr wurde er bald von seinem Platz gerissen, sein Triumphzug begann. Die Kollegen trugen ihn auf den Schultern, die Menge schloß ihn in die Arme.

In Amerika staunt man nicht über Wunder, dort macht man sie. Man hat gesagt, daß es das Wort »unmöglich« im Französischen nicht gäbe. Da hat man sich offenbar im Wörterbuch geirrt: Das gilt für Amerika, wo alles leicht und einfach ist, wo technische Schwierigkeiten behoben sind, ehe sie bemerkt werden. Und so kam kein einziger auf die Idee, zwischen dem Vorschlag von Barbicane und der Ausführung des Projekts auch nur die Spur einer Schwierigkeit zu entdecken. Gesagt, getan, lautete die Devise.

Der Triumphzug des Präsidenten dauerte bis spät in die Nacht. Man machte einen Fackelzug daraus. Iren, Deutsche, Franzosen, Schotten, die ganze gemischtstämmige Bevölkerung von Maryland begleitete ihn in ihren alten Landessprachen, und ihre Hoch-, Hurra- und Bravorufe mischten sich mit unbeschreiblichem Enthusiasmus.

Der Triumphzug des Präsidenten
dauerte bis spät in die Nacht

Und als ahne er, daß die Show ihm galt, leuchtete der Mond in heiterem Glanz und überstrahlte alle anderen Lichter. Alle Augen der Yankees richteten sich auf seine helle Scheibe. Man winkte, man rief ihm Kosenamen zu, man maß ihn abschätzend, man drohte mit der Faust. Von acht Uhr abends bis Mitternacht machte ein Optiker aus der Jones' Fall Street ein Vermögen mit dem Verkauf von Brillen. Das Nachtgestirn wurde durch die Lorgnons anvisiert wie eine Dame der besseren Gesellschaft.

Die Amerikaner fühlten sich ganz ungezwungen schon als Besitzer: Die blonde Phöbe schien den kühnen Eroberern bereits zu gehören, der Mond war schon so gut wie sicher ein neuer Bundesstaat der USA. Dabei ging es eigentlich darum, daß man mit einer Kanone auf ihn schoß, was eine ziemlich brutale Art der Kontaktaufnahme darstellte, die jedoch durchaus zu den üblichen Umgangsformen von zivilisierten Nationen untereinander paßte.

Als es Mitternacht geschlagen hatte, ebbte die Begeisterung keineswegs ab, sondern blieb vielmehr in allen Bevölkerungsschichten erhalten. Der Beamte, der Gelehrte, der Großhändler, der Krämer, der Gepäckträger, der Mann mit Köpfchen ebenso wie der Einfaltspinsel fühlten sich im Nerv getroffen, und so geriet das Projekt zu einer nationalen Aufgabe. Durch die Ober- und durch die Unterstadt, in den billigen Hafenkneipen und auf den Schiffen an den Kais wogte die Menge, trunken von Freude, Whisky und Gin. Und alle redeten, schwätzten, diskutierten, stritten, stimmten zu, applaudierten – vom Gentleman, der sich in der Bar lässig auf dem Sofa ausgestreckt hatte und seinen Rum-Orange-Cocktail trank, bis zum Seemann, der sich in einer Spelunke von Fells Point mit Starkbier vollaufen ließ.

Gegen zwei Uhr früh ließ die Aufregung nach. Präsident Barbicane gelangte endlich nach Hause. Er war erschöpft und fühlte sich wie gerädert. Selbst ein Herkules hätte sich diesem Enthusiasmus der Massen nicht entziehen können, die nach und nach von den Plätzen und aus den Straßen verschwanden. Die vier Eisenbahnlinien, die vom Ohio, vom Susquehanna, von Philadephia und Washington nach Baltimore führen, expedierten die auswärtigen Kanonenclub-Anhänger wieder in alle Teile der USA zurück. Und die Stadt konnte sich vorübergehend erholen.

Man darf allerdings nicht meinen, daß an diesem denkwürdigen Abend Baltimore allein diesem Fieber verfallen war. Alle großen Städte der USA, ob New York und Boston im Nordosten oder New Orleans im Süden, erlebten ihren Teil der Aufregung. Dreißigtausend Mitglieder des Kanonenclubs hatten den Brief von Präsident Barbicane erhalten und warteten am 5. Oktober überall ungeduldig auf seine Rede. Am Abend selbst ging jedes Wort, das über seine Lippen kam, über die Telegraphenleitungen quer durch die USA, mit einer Geschwindigkeit von 248447 Meilen pro Sekunde, also mit Lichtgeschwindigkeit. Man kann daher mit Fug und Recht behaupten, daß im selben Augenblick überall in den USA, die zehnmal größer als Frankreich sind, hurra geschrien wurde und fünfundzwanzig Millionen Herzen voller Stolz und mit derselben Erregung schlugen.

Am nächsten Morgen brachten fünfzehnhundert Zeitungen, ob sie täglich, wöchentlich, vierzehntägig oder monatlich erschienen, die Nachricht. In den Artikeln wurden alle physikalischen, meteorologischen, wirtschaftlichen, moralischen, politischen und zivilisatorischen Aspekte des Projekts untersucht. Man warf die Frage auf, ob der Mond »fertig« und keinen Veränderungen mehr unterworfen sei. Ob er der Erde in ihrem frühen Stadium glich, als es auf ihr noch keine Atmosphäre und kein Wetter gab, und welcher Anblick die Menschen auf der erdabgewandten Seite des Mondes erwartete. Obwohl es erst darum ging, ein Geschoß zu unserem Nachtgestirn zu schicken, hielten das alle für den Anfang einer Reihe von Weltraumexperimenten und hofften, daß Amerikaner eines Tages auch die letzten Geheimnisse der Silberscheibe am Nachthimmel enthüllen würden. Einige wenige hatten Bedenken, ob die Eroberung des Mondes nicht das Gleichgewicht der Kräfte in Europa empfindlich stören könnte.

Das Projekt wurde allerorten diskutiert, seine Verwirklichung stellte niemand in Frage. Sammlungen, Broschüren, Berichte und Fachzeitschriften der Gelehrtenvereinigungen und literarischen Zirkel und Mitteilungsblätter der Religionsgemeinschaften hoben die Vorzüge des Projekts hervor. Die »Gesellschaft für Naturkunde« in Boston, die »Amerikanische Gesellschaft für Wissenschaft und Kunst« in Albany, die »Geographische und Statistische Gesellschaft« in New York, die »Amerikanische Philosophische Gesellschaft« in Philadelphia und die »Smithsonian Institution« in Washington sandten Glückwunschschreiben an den Kanonenclub und boten Geld und Mitarbeit an.

Man kann also sagen, daß noch nie ein Vorschlag soviel Unterstützung gefunden hat; Zögern, Zweifel, Unsicherheit tauchten erst gar nicht auf; Witze, Karikaturen und Spottlieder, die in Europa, und besonders in Frankreich, den Vorschlag begleitet hätten, ein Projektil auf den Mond zu schießen, wären hier ihren Urhebern schlecht bekommen – die empörte Öffentlichkeit hätte ihnen keine ruhige Minute mehr gelassen. Über manche Dinge macht man in der Neuen Welt keine Witze. Impey Barbicane aber wurde von diesem Tag an einer der berühmtesten Bürger der USA, eine Art George Washington der Wissenschaft, und der folgende Vorfall zeigt, wie weit die plötzliche Vergötterung eines einzelnen durch die Masse gehen kann.

Einige Tage nach der denkwürdigen Versammlung im Kanonenclub kündigte der Leiter einer englischen Schauspieltruppe die Aufführung von Shakespeares Lustspiel »Viel Lärm um nichts« im Theater von Baltimore an. Doch im Titel des Stücks sah die Bevölkerung der Stadt eine Verunglimpfung des Projekts von Präsident Barbicane, man stürmte den Theatersaal und zwang den unglücklichen Schauspielleiter, ein anderes Stück auf seinen Plakaten anzukündigen. Der Mann war so klug, sich dem Druck der öffentlichen Meinung zu beugen. Er setzte das beanstandete Lustspiel ab und gab statt dessen »Wie es euch gefällt«, und mit dieser Komödie spielte er wochenlang vor ausverkauftem Haus und machte das Geschäft seines Lebens.

IV

Die Antwort der Sternwarte von Cambridge

Während der Beifall Impey Barbicane noch umbrandete, verlor er nicht eine Minute Zeit. Als erstes versammelte er seine Kollegen im Kanonenclub. Nach langen Diskussionen kam man überein, sich den Rat von Astronomiefachleuten zur astronomischen Seite des Projekts zu holen. Wenn man deren Antwort hatte, würde man sich den technischen Problemen zuwenden. So wäre dafür gesorgt, daß nichts übersehen würde, um den Erfolg dieses waghalsigen und kühnen Unternehmens zu sichern.

Man setzte ein sehr genaues und detailliertes Schreiben auf und sandte es an die Sternwarte von Cambridge im US-Bundesstaat Massachusetts. Diese Stadt, in der die erste amerikanische Universität gegründet worden war, ist zu Recht auch durch ihre astronomische Fakultät bekannt, in der ausgezeichnete Wissenschaftler arbeiten und mit deren starkem Teleskop Bond den Andromedanebel erforschen und Clarke den Trabanten des Sirius entdecken konnte. Das Vertrauen des Kanonenclubs in diese berühmte Sternwarte war also in jeder Hinsicht gerechtfertigt.

Nach zwei Tagen kam die ungeduldig erwartete Antwort an Präsident Barbicane. Sie lautete wie folgt:

Sternwarte Cambridge
J.-M. Belfast, Direktor

Kanonenclub, Baltimore
Herrn Präsidenten Barbicane

Cambridge, den 7. Oktober
Auf Ihr wertes Schreiben vom 6. d. M., das Sie im Namen der Mitglieder des Kanonenclubs an die Sternwarte Cambridge gerichtet haben, ist unsere Fakultät unverzüglich zur Beratung über Ihre Fragen zusammengetreten. Hier ist unsere Antwort:

1. Frage: Ist es möglich, ein Geschoß auf den Mond zu senden?
Ja, das ist möglich, falls es beim Abschuß eine Anfangsgeschwindigkeit von etwa elftausend Metern pro Sekunde erreicht. Unseren Berechnungen zufolge müßte diese Geschwindigkeit ausreichend sein. Mit zunehmender Entfernung verringert sich die Erdanziehungskraft im umgekehrten Verhältnis des Quadrats der Entfernung, d. h. eine dreifache Entfernung bewirkt eine neunfache Abnahme der Schwerkraft. Folglich wird das »Gewicht« des Projektils schnell abnehmen und gleich null sein in dem Augenblick, wo die Anziehungskraft des Mondes gleich stark wie die der Erde wird, nämlich nach $^{47}/_{52}$ der Gesamtflugstrecke. In diesem Augenblick ist das Geschoß schwerelos und gerät anschließend in die Anziehungskraft des Mondes, auf den es dann herunterfallen wird. Die Durchführbarkeit des Experiments ist damit theoretisch bewiesen. Ob es erfolgreich verlaufen wird, hängt einzig und allein von der Stärke des Geschützes ab.

2. Frage: Können Sie uns die genaue Entfernung von der Erde zum Mond nennen?
Der Mond bewegt sich nicht auf einer kreisförmigen, son-

Die Sternwarte in Cambridge, Massachusetts

dern auf einer elliptischen Umlaufbahn um die Erde. Deshalb ist er einmal weniger, einmal mehr von der Erde entfernt. In der Astronomie sagt man, er befindet sich im Perigäum, in der erdnächsten Position, oder im Apogäum, in der Erdferne. Der Unterschied zwischen beiden Entfernungen ist so beträchtlich, daß man ihn nicht vernachlässigen darf. Die Entfernung zum erdfernsten Punkt des Mondes beträgt 247552 Meilen (das sind 398560 Kilometer) und zum erdnächsten Punkt 218657 Meilen (oder 345640 Kilometer). Das ergibt eine Differenz von 28895 Meilen (oder 46520 Kilometer), die über ein Neuntel seiner Umlaufbahn ausmacht. Es empfiehlt sich, die Distanz zum Perigäum zur Grundlage der Berechnungen zu machen.

3. Frage: Wie lange wird ein Geschoß mit einer ausreichenden Anfangsgeschwindigkeit unterwegs sein, und welchen Zeitpunkt muß man daher wählen, daß es den Mond zu einem bestimmten Zeitpunkt erreicht?
Wenn das Projektil seine Anfangsgeschwindigkeit von 11000 Meter pro Sekunde beibehalten würde, brauchte es nur ungefähr neun Stunden bis zum Ziel. Aber da die Geschwindigkeit ständig abnehmen wird, sprechen alle Berechnungen dafür, daß es 300000 Sekunden oder 83 Stunden und 20 Minuten unterwegs sein wird, bis es den Punkt erreicht, wo sich Erdanziehung und Mondanziehungskraft gegenseitig aufheben. Von da an wird es nach 50000 Sekunden oder 13 Stunden 53 Minuten und 20 Sekunden auf den Mond auftreffen. Demnach muß man das Projektil 97 Stunden 13 Minuten und 20 Sekunden früher abschießen, als der Mond den anvisierten Punkt erreicht.

4. Frage: Zu welchem Zeitpunkt befindet sich der Mond in der Position, in der ihn das Geschoß sicher erreicht?
Wie bereits ausgeführt, sollte man den Zeitpunkt wählen, an dem sich der Mond in Erdnähe befindet und außerdem im

Zenit steht. Denn dadurch vermindert sich die Entfernung um den Erdradius, d.h. 3919 Meilen (6310 Kilometer), so daß sie genau 214738 Meilen (345730 Kilometer) beträgt. Allerdings durchläuft der Mond zwar jeden Monat einmal sein Perigäum, steht aber zu diesem Zeitpunkt nicht immer im Zenit. Ein glücklicher Zufall will es, daß am 4. Dezember nächsten Jahres beide Bedingungen erfüllt sein werden: Um Mitternacht erreicht der Mond seinen erdnächsten Punkt und steht zur selben Zeit im Zenit.

5. Frage: Wie muß das Geschütz ausgerichtet werden, mit dem das Projektil abgefeuert werden soll?
Wenn wir von der Richtigkeit der vorangegangenen Bemerkungen ausgehen, muß das Geschütz auf den Zenit seines Standortes gerichtet sein. Der Abschuß erfolgt somit im rechten Winkel zum Horizont, wodurch es schneller die Erdanziehung überwinden kann. Der Mond steht aber nur in den Regionen im Zenit, deren Grad nördlicher oder südlicher Breite nicht über den Abweichungsgrad des Erdtrabanten in bezug auf den Äquator hinausgeht. Mit anderen Worten: Der Abschuß muß zwischen 0° und 28° nördlicher oder südlicher Breite erfolgen. Außerhalb dieses Bereichs würde die Abschußbahn schief, was dem Erfolg des Unternehmens abträglich wäre.

6. Frage: Welche Position nimmt der Mond genau in dem Augenblick ein, in dem das Geschoß abgefeuert wird?
Im Augenblick des Abschusses sollte der Mond, der pro Tag um 13 Grad, 10 Minuten und 35 Sekunden vorrückt, viermal so weit vom Zenitpunkt entfernt sein, nämlich 52 Grad, 42 Minuten und 20 Sekunden. Dies entspricht der Dauer des Fluges des Projektils. Aber da man auch die Ablenkung des Geschosses durch die Erdrotation berücksichtigen muß und da das Geschoß den Mond erst nach einer Abweichung von sechzehn Erdradiuslängen (gleich 11 Grad der Mondum-

laufbahn) erreichen wird, muß man diese 11 Grad zum Ausgangspunkt des Mondes noch hinzuzählen, was rund 64 Grad ergibt. Der Mond sollte also im Augenblick des Abschusses von der Senkrechten über dem Abschußort noch 64 Grad entfernt sein.

In Beantwortung der Fragen des Kanonenclubs an die Sternwarte Cambridge läßt sich zusammenfassend sagen:

1. Das Geschütz muß an einem Ort zwischen 0° und 28° nördlicher oder südlicher Breite aufgestellt werden.
2. Es muß auf den Zenit über diesem Ort gerichtet sein.
3. Das Projektil muß mit einer Anfangsgeschwindigkeit von 11000 Metern in der Sekunde abgeschossen werden.
4. Der geeignetste Abschußzeitpunkt ist der 1. Dezember nächsten Jahres um 22:46:40 Uhr.
5. Das Projektil wird den Mond vier Tage später erreichen: am 4. Dezember, genau um Mitternacht, wenn er im Zenit stehen wird.

Die Mitglieder des Kanonenclubs sollten unverzüglich mit den Vorbereitungen für das Unternehmen beginnen, wenn sie diesen Termin einhalten wollen. Falls ihnen das nicht gelingt, müssen sie 18 Jahre und 11 Tage warten, bis der Mond wieder zugleich in Erdnähe und im Zenit stehen wird.

Die Sternwarte Cambridge bietet weiterhin ihre Dienste in allen Fragen der theoretischen Astronomie an. Und wir fügen unsere Glückwünsche für Ihr Projekt denen von ganz Amerika hinzu.

Im Namen der Mitglieder der Sternwarte
(gezeichnet)
J.-M. Belfast
Direktor der Sternwarte Cambridge

V

Die Geschichte des Mondes

In den Zeiten, als im Universum Chaos herrschte, hätte ein Beobachter, der mit einem »unendlichen Blick« im »Zentrum der Welt« gestanden hätte, sehen können, wie das Weltall von Myriaden von Atomen erfüllt wurde. Im Laufe der Äonen vollzog sich ein Wandel: Naturgesetze der Anziehungskräfte wurden wirksam, denen die frei schwebenden Atome zu gehorchen begannen; sie entwickelten Affinitäten, verbanden sich, bildeten Moleküle und häuften Materie an, wie riesige Nebel im grenzenlosen Raum.

Die Materiemassen entwickelten eine Drehbewegung um ihren Mittelpunkt. Dieses Zentrum aus ungerichteten Molekülen verdichtete sich in der Eigenrotation immer mehr. Den unveränderlichen Gesetzen der Mechanik folgend, nahm die Masse durch die Verdichtung ab, und dadurch beschleunigte sich die Rotation. Diese beiden Effekte bedingten sich ständig gegenseitig, und als Ergebnis hiervon bildete sich ein Stern im Zentrum des »Nebelhaufens«.

Wenn der Beobachter weiter zugeschaut hätte, hätte er sehen können, wie sich die Massen der anderen Moleküle um den Fixstern genauso verhielten, sich verdichteten und sich als unzählige Sterne um ihn als ihren Schwerpunkt drehten. So entstanden die Galaxien, von denen die Astronomie gegenwärtig fünftausend kennt. Eine dieser Galaxien haben die Menschen Milchstraße genannt. Sie besteht aus achtzehn Millionen Fixsternen, die alle Zentrum eines Sonnensystems sind.

Wenn der Beobachter weiter seine besondere Aufmerksamkeit einem der bescheidenen und schwächeren Fixsterne gewidmet hätte, einem Fixstern der vierten Ordnung, der den stolzen Namen »Sonne« trägt, hätte er an diesem Beispiel alle Vorgänge, die zur Bildung des Universums geführt haben, studieren können.

Er hätte bemerkt, daß diese Sonne noch gasförmig war und aus beweglichen Molekülen bestand und daß sie sich um ihre Achse drehte, um ihren Verdichtungsprozeß zu vollenden. Diese Bewegung beschleunigte sich, nach den Gesetzen der Mechanik, je mehr ihr Volumen abnahm. Dann wäre der Augenblick gekommen, in dem die nach außen gerichtete Zentrifugalkraft stärker wurde als die Zentripetalkraft, die die Teilchen nach innen treibt. Nun war zu sehen, wie sich vom Sonnenäquator Teilchen abspalteten, die in Ringen, wie beim Saturn, um die Sonne kreisten. Diese begannen in der Folge auch eine Eigendrehung zu entwickeln, die konzentrischen Ringe zerbrachen und formten Materienebel zweiten Grades, die Planeten.

Hätte der Beobachter die Entwicklung dieser Planeten verfolgt, hätte er gesehen, daß sie sich genau wie die Sonne verhielten und sich aus ihren Abspaltungen ebenfalls Ringe mit kosmischer Materie bildeten, die wiederum zur Entstehung der Himmelskörper niederer Ordnung führten, die man Trabanten oder Monde nennt.

Wenn man so die Entwicklung verfolgt vom Atom zum Molekül, vom Molekül zum Materienebel, vom Nebel zur Galaxie, von der Galaxie zum Fixstern, vom Fixstern zur Sonne, von der Sonne zum Planeten und vom Planeten zum Trabanten, hat man alle Wandlungsstufen vor Augen, die die Himmelskörper seit dem Beginn des Universums durchgemacht haben.

Die Sonne scheint verloren im endlosen Sternenraum und ist, nach den Erkenntnissen der heutigen Wissenschaft, doch eingebettet in die Galaxie der Milchstraße. Sie ist der Mittelpunkt einer ganzen Welt, und so klein sie im Universum auch scheinen mag, ist sie doch riesengroß im Verhältnis zur vierzehnhunderttausendmal kleineren Erde. Acht Planeten umkreisen sie, die alle am Anfang der Zeiten aus ihr geboren wurden. Der Sonne am nächsten kreist Merkur, dann folgen Venus, Erde, Mars, Jupiter, Saturn, Uranus und Neptun. Zwischen Mars und Jupiter kreisen regelmäßig unbedeutendere

Himmelskörper, die vielleicht von einem in tausend Stücke zerborstenen Fixstern stammen, von denen man mit dem Teleskop bisher siebenundneunzig entdeckt hat; einige dieser Asteroiden sind so winzig, daß man sie mit einigen Hüpfschritten vollständig umrunden könnte.

Von den Satelliten der Sonne, die sie mit ihrer Schwerkraft auf elliptischen Bahnen hält, haben einige selbst Satelliten. Uranus und Saturn haben acht, Jupiter vier, Neptun vielleicht drei und die Erde einen. Dieser letztgenannte ist einer der unbedeutendsten Himmelskörper, er wird Mond genannt, und ihn zu erobern haben sich die Amerikaner mit ihrem Genie und Wagemut zum Ziel gesetzt.

Das Nachtgestirn hat wegen seiner relativen Nähe zur Erde und wegen des sich rasch wiederholenden Schauspiels seiner verschiedenen Phasen anfänglich im gleichen Maß wie die Sonne das Interesse der Erdbewohner erregt. Aber der Anblick der Sonne blendet und ermüdet, der Betrachter ist bald gezwungen, den Blick von ihrer glänzenden Erscheinung zu wenden.

Die blonde Mondgöttin Phöbe ist dagegen den Menschen näher und läßt sich in ihrer bescheidenen Anmut gern betrachten. Sie ist dem Auge gefällig, tritt immer wieder zurück, wenn sie sich auch von Zeit zu Zeit erlaubt, ihren Bruder Phöbus-Apollo, den strahlenden Sonnengott, zu verfinstern, was diesem umgekehrt nie gelingt. Die Mohammedaner haben begriffen, wie dankbar wir dem treuen Freund der Erde sein müssen, und die Monate ihres Kalenders, mit neunundzwanzigeinhalb Tagen, nach seiner Umlaufdauer eingerichtet.

Der Mond ist in den Sprachen der meisten Völker weiblichen Geschlechts. Die frühen Zivilisationsvölker widmeten der hehren Göttin einen besonderen Kult. Die Ägypter verehrten sie als Isis, die Phönizier nannten sie Astarte, den Griechen war sie als Selene oder Phöbe-Artemis, Tochter der Leto und des Zeus, heilig. Die Neumondphase erklärten sie damit, daß die Göttin der Nacht und der Jagd heimlich bei dem schönen Endymion weilte. Einer mythischen Erzählung zufolge hauste der Nemeische Löwe zuerst auf dem Mond, ehe er die Erde verwüstete; und Plutarch zitiert den Dichter Agesianax, der die sanften Augen, die graziöse Nase und den bezaubernden Mund besang, die er in dem am Himmel leuchtenden Bild der wunderschönen Selene gesehen hatte.

Doch wenn die Alten Charakter und Temperament, also die moralischen Eigenschaften des Mondes in mythologischer Sicht sehr wohl begriffen, so waren doch die Kundigsten unter ihnen unwissend, was wissenschaftliche Aussagen über den Mond betrifft.

Aber einige Astronomen früherer Zeiten entdeckten bestimmte Besonderheiten, die heute als wissenschaftlich verbürgt gelten. Die Arkadier behaupteten zwar, die Erde schon bewohnt zu haben, als es noch keinen Mond gab, aber Tatius sah den Mond als einen von der Sonnenscheibe abgespaltenen Körper an; Klearch, Schüler des Aristoteles, erklärte zwar den Mond zur silbernen Scheibe, in der sich die Ozeane spiegelten, und andere sahen in ihm nur einen von der Erde ausgestoßenen Nebel oder einen Globus, der halb aus Feuer, halb aus Eis bestand und sich um sich selbst drehte; aber einige Gelehrte beobachteten den Mond genau und ahnten, auch ohne optische Instrumente, die meisten Gesetze, denen das Nachtgestirn unterworfen ist.

Thales von Milet äußerte 460 v. Chr. die Meinung, daß der Mond von der Sonne beschienen wird. Aristarch von Samos gab eine zutreffende Erklärung für die verschiedenen Mondphasen. Kleomenes lehrte, der Mond glänze von reflektiertem Licht. Der Chaldäer Berosus entdeckte, daß Rotations- und Umlaufdauer des Mondes gleich sind, so daß wir immer dieselbe Seite des Mondes sehen. Schließlich erkannte Hipparch, zwei Jahrhunderte vor der christlichen Zeitrechnung, einige Unregelmäßigkeiten in den beobachtbaren Bewegungen des Erdtrabanten.

Die letztgenannten Beobachtungen bestätigten sich und

dienten den nachfolgenden Astronomen als Ausgangsbasis. Im 2. Jahrhundert ergänzte Ptolemäus und im 10. Jahrhundert der Perser Abu l-Wafa die Aussagen von Hipparch über die Unregelmäßigkeiten, die die Umlaufbahn des Mondes unter dem Einfluß der Anziehungskraft der Sonne kennzeichnen. Dann beschrieben Kopernikus im 15. und Tycho Brahe im 16. Jahrhundert vollständig den Aufbau unseres Universums und die Rolle, die der Mond im System der Himmelskörper spielt.

Zu diesem Zeitpunkt wußte man ziemlich genau über seine Bewegungen Bescheid, aber über seine physische Beschaffenheit war wenig bekannt. Da erklärte Galilei das Vorkommen von verschiedenen Lichteffekten in verschiedenen Mondphasen mit der Existenz von Mondbergen, deren durchschnittliche Höhe er auf achtzehntausend Meter schätzte. Später ging der Danziger Astronom Hevelius von einer Höhe von zehntausend Metern aus, sein Kollege Riccioli schraubte die Schätzung der Mondberghöhe sogar auf achtundzwanzigtausend Meter hoch.

Herschel hatte Ende des 18. Jahrhunderts ein leistungsfähiges Fernrohr zur Verfügung, mit dessen Hilfe er die bisherigen Schätzungen radikal korrigierte; danach sollten die höchsten Berge siebeneinhalbtausend und die anderen im Schnitt fünfzehnhundert Meter nicht übersteigen. Doch auch Herschel täuschte sich, und erst die Beobachtungen von Schröter, Louville, Halley, Nasmyth, Bianchini, Pastorf, Lohrmann, Gruithuysen und vor allem die mit großer Ausdauer betriebenen Forschungen von Beer und Mädler brachten verläßliche Ergebnisse über die wirkliche Höhe der Gebirge und Berge auf dem Mond. Beer und Mädler haben eintausendneunhundertfünf Bergspitzen gemessen; sechs davon sind über fünftausendzweihundert und zweiundzwanzig über viertausendachthundert Meter hoch. Der höchste Mondberg ragt siebentausendsechshundert Meter über dem Mondboden empor.

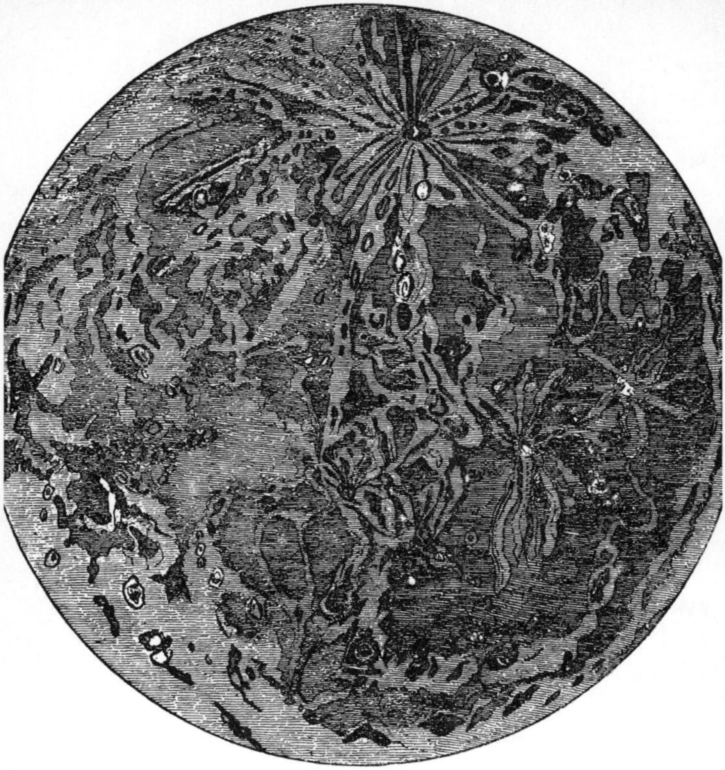

Der Mond

Gleichzeitig vervollständigte sich unser Wissen über den Mond. Er schien mit Kratern überzogen zu sein und enthüllte immer mehr seinen vulkanischen Charakter. Wenn er Planeten verdeckte, wurde deren Strahlung nicht gebrochen, woraus man folgerte, daß er praktisch keine atmosphärische Hülle besaß. Wo aber keine Luft war, konnte sich auch kein Wasser bilden. Unter diesen Umständen mußten Mondbewohner ganz anders beschaffen und ihr Leben anders strukturiert sein als das der Erdbewohner.

Ständig wurde der Mond mit immer leistungsfähigeren Instrumenten erforscht, und man errechnete, daß sein Durchmesser dreitausendvierhundertsechsundsiebzig Kilometer beträgt und seine Oberfläche von rund achtunddreißig Millionen Quadratkilometern etwa einem Dreizehntel der Erdoberfläche entspricht. Und die findigen Wissenschaftler entdeckten immer neue Einzelheiten.

So beobachteten sie, daß die Mondscheibe bei Vollmond an manchen Stellen ein Muster heller Linien aufwies, die sich bei Neumond schwarz zeigten. Genauere Untersuchungen ergaben, daß es sich dabei um lange, gerade Gräben mit parallelen Rändern handelte, die meist an einem Krater endeten. Sie waren zwischen fünfzehn und hundertfünfzig Kilometer lang und etwa fünfzehnhundert Meter breit. Die Astronomen nannten sie Mondrillen, aber mehr als diese Benennung fiel ihnen nicht dazu ein. Aber ob es sich bei diesen Rillen um ausgetrocknete Flußbetten handelte, konnte nicht geklärt werden. Daher hofften die Amerikaner, diese Frage eines Tages beantworten zu können. Außerdem wollten sie klären, was es mit den Ringgebirgen und Wällen auf sich hatte, die der Münchner Professor Gruithuysen entdeckt hatte und die er für Befestigungsanlagen hielt, die die Mondingenieure angelegt haben könnten. Diese beiden und einige andere von der Erde aus unentschlüsselbare Probleme waren sicher erst auf dem Mond selbst zu lösen.

Über die Natur des Mond-»Lichts« war man sich einig: Man

wußte, daß es dreihunderttausendmal schwächer war als das Licht der Sonne und keinen Einfluß auf irdische Temperaturen hatte. Ebenso wußte man, daß der unbeleuchtete Teil des Mondes durch die Sonnenstrahlung, die von der Erde auf den Mond zurückgeworfen wird, etwas aufgehellt wird, so daß dieser aschgrau erhellt und nicht ganz schwarz ist, wenn der Mond in seinem ersten oder letzten Viertel auf den ersten Blick als Sichel zu sehen ist.

Dies war der aktuelle Kenntnisstand bezüglich des Erdtrabanten, als der Kanonenclub es sich zur Aufgabe machte, alle Wissenslücken in kosmologischer, geologischer, politischer und moralischer Hinsicht zu schließen.

VI

Was in den Vereinigten Staaten nicht mehr ignoriert und was nicht mehr geglaubt werden darf

Der Vorschlag von Barbicane hatte unmittelbar zur Folge, daß im ganzen Land alles, was den Mond betraf, diskutiert wurde und daß jeder anfing, den Mond zu beobachten, so daß man den Eindruck bekam, die Leute hätten ihn zum ersten Mal am Himmel aufsteigen sehen. Der Mond kam in Mode, er avancierte zum Thema des Tages und wurde schon ins Sternenbanner eingereiht, ohne daß er seine Bescheidenheit verloren hätte und vor Stolz geplatzt wäre. Die Zeitungen wärmten die alten Geschichten vom Mond als »Wolfssonne« wieder auf, und sie erinnerten an die Einflüsse des Mondes, die die vorwissenschaftliche Unwissenheit dem Erdtrabanten zugeschrieben hatte. Alles drehte sich um den Mond, und es fehlte nicht viel, daß man sich Mondwitze erzählte. Ganz Amerika war mondsüchtig geworden.

Die wissenschaftlichen Zeitschriften kümmerten sich mehr

um das konkrete Vorhaben des Kanonenclubs. Sie veröffentlichten das Schreiben der Sternwarte von Cambridge, das diskutiert und einhellig gebilligt wurde.

Unter diesen Umständen war es auch dem ungebildetsten Yankee nicht mehr gestattet, nur ein Detail der ausgebreiteten Fakten nicht zu kennen, und auch die beschränkteste alte Lady durfte nicht mehr dem harmlosesten Aberglauben in bezug auf den Mond nachhängen. Die Wissenschaft bombardierte Augen und Ohren der Menschen; da konnte keiner mehr ein Hohlkopf bleiben – was die Astronomie betraf.

Bisher hatten viele nicht gewußt, wie man die Entfernung von der Erde zum Mond berechnen konnte. Bei dieser Gelegenheit brachte man ihnen bei, daß diese Entfernung sich aus der Messung der Parallaxe des Mondes ergab. Wenn jemand bei dem Wort Parallaxe runde Augen bekam, erklärte man ihm, daß es sich dabei um den Winkel zwischen den beiden Linien handelte, die man von den Enden des Erdradius zum Mond zog. Zweifelten sie an der Genauigkeit dieser Berechnungsmethode, bewies man ihnen sofort, daß man damit nicht nur eine mittlere Entfernung Erde–Mond von dreihundertvierundachtzigtausendvierhundertdrei Kilometern errechnen konnte, sondern auch daß sich die Astronomen bei einer solchen Berechnung nicht einmal um hundert Kilometer verrechneten.

Wer mit den Bewegungen des Mondes nicht vertraut war, erfuhr täglich aus der Zeitung, daß dieser zwei Arten von Bewegung ausführt. Die erste ist die Rotation um seine eigene Achse, die zweite führt er auf seiner Umlaufbahn um die Erde aus. Und beide dauern gleich lang, nämlich 27⅓ Tage. Das ist die siderische Umlaufzeit, die der Mond benötigt, um nach einer Erdumrundung vor dasselbe Sternbild zurückzukehren.

Die Rotationsbewegung bewirkt den Wechsel von Tag und Nacht auf dem Mond. Allerdings gibt es auf dem Mond nur einen Tag und nur eine Nacht pro Monat, die beide 354⅓ Stunden dauern. Glücklicherweise wird die erdzugewandte

Seite des Mondes von der Erdkugel mit einem Licht bestrahlt, das vierzehnmal so intensiv ist wie das Mondlicht. Auf der erdabgewandten, nie sichtbaren Seite des Mondes herrscht natürlich ebensolange Nacht, die nur durch das fahle Licht erhellt wird, »das von den Sternen fällt«. Dieses Phänomen rührt daher, daß die Rotation und die Umlaufzeit genau gleich sind, wie dies, nach Cassini und Herschel, auch bei den Jupitermonden und wahrscheinlich bei allen anderen Trabanten der Fall ist.

Einige lernwillige, aber ungläubige Geister verstanden nicht gleich, daß uns der Mond immer dieselbe Seite zeigt, während er sich bei seinem Umlauf um die Erde gleichzeitig um seine eigene Achse dreht. Diesen Leuten sagte man: »Gehen Sie in Ihrem Eßzimmer um den Tisch herum, wobei Sie den Blick immer auf die Mitte des Tisches richten. Wenn Sie den Rundgang durch den Raum beendet haben, werden Sie sich einmal um sich selbst gedreht haben, weil Ihr Auge nach und nach alle Punkte im Raum gestreift hat. Nun – der Raum ist der Himmel, der Tisch ist die Erde, und der Mond – das sind Sie!« Und die Leute waren sehr zufrieden mit diesem Vergleich.

Der Mond zeigt also der Erde immer dieselbe Seite. Um genau zu sein, muß man aber hinzufügen, daß er uns wegen einer gewissen Nord-Süd- und West-Ost-Abweichung exakt $^{57}/_{100}$ seiner Oberfläche zeigt.

Als auch die schlichten Gemüter über die Rotation des Mondes genausoviel wußten wie der Direktor der Sternwarte von Cambridge, zeigten sie sich sehr besorgt über die Bewegung, die der Mond um die Erde beschreibt. Doch zwanzig wissenschaftliche Zeitschriften unterrichteten sie schnell, indem sie ihnen erklärten, daß das Firmament mit seinen unzähligen Sternen als riesiges Zifferblatt angesehen werden kann, auf dem der Mond wandert und allen Erdbewohnern die genaue Zeit anzeigt. Und daß das Nachtgestirn auf seiner Umlaufbahn seine verschiedenen Phasen durchläuft: Den vollen Mond sehen wir, wenn er in Opposition zur Sonne steht, das heißt

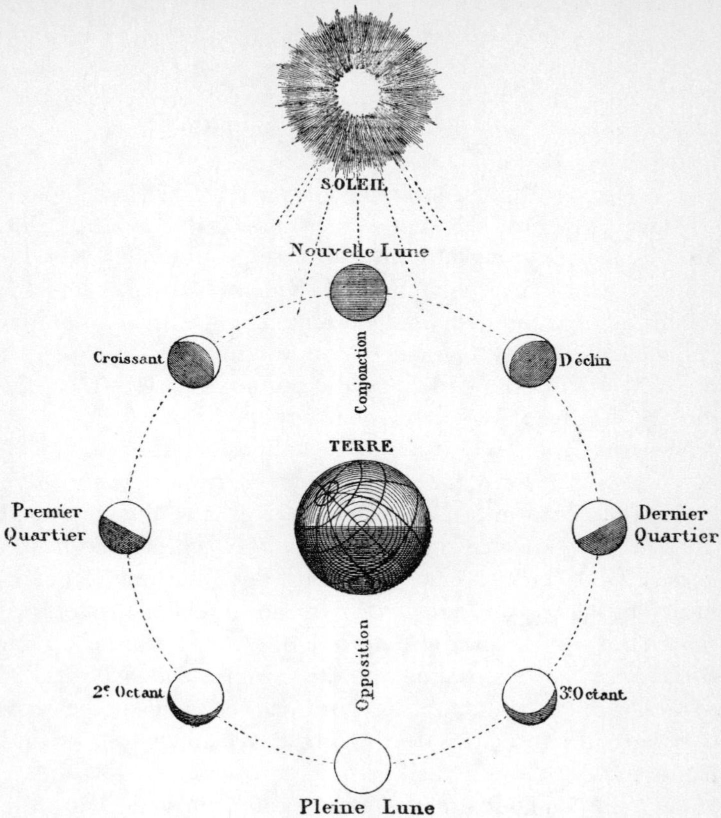

Die Mondphasen

wenn Sonne, Mond und Erde in einer Linie stehen, mit der Erde in der Mitte; bei Neumond steht der Mond in Konjunktion zur Sonne, das heißt in der Mitte zwischen Sonne und Erde; im ersten und im letzten Viertel befindet sich der Mond, wenn er mit der Sonne und der Erde ein rechtwinkliges Dreieck bildet.

Einige scharfsinnige Yankees folgerten daraus, daß eine Sonnenfinsternis nur während einer Konjunktion und eine Mondfinsternis nur während einer Opposition des Mondes zur Sonne stattfinden kann, und sie hatten recht. Diese Erscheinungen treten jedoch nicht regelmäßig einmal im Monat auf, weil die Umlaufbahn des Mondes (um die Erde) gegen die Umlaufbahn der Erde (um die Sonne) geneigt ist, so daß die drei Gestirne nur selten genau auf einer Linie liegen.

Über die Höhe, bis zu der das Nachtgestirn über den Horizont aufsteigen kann, hat der Brief der Sternwarte Cambridge ausführlich informiert, so daß jedermann wußte, daß sich diese Höhe je nach Breitengrad des Beobachterstandpunkts ändert. Den Zenit erreicht der Mond nur zwischen den achtundzwanzigsten Graden nördlicher und südlicher Breite. Deshalb hatte die Sternwarte empfohlen, das Geschoß in diesen Breiten zu starten, damit auf diese Weise die Schwerkraft schneller überwunden werden konnte. Das war also eine wichtige Vorbedingung für den Erfolg des Unternehmens und wurde in der Öffentlichkeit lebhaft diskutiert.

Über die Umlaufbahn des Mondes um die Erde hatte die Sternwarte Cambridge die Unwissenden aller Länder aufgeklärt und klargemacht, daß es sich dabei nicht um einen Kreis, sondern um eine Ellipse handelt, in deren einem Brennpunkt sich die Erde befindet. Alle Planeten und Trabanten haben elliptische Umlaufbahnen, das ergibt sich zwingend aus den Gesetzen der Himmelsmechanik. Von daher ist es auch verständlich, daß der Mond im Perigäum der Erde am nächsten und im Apogäum der Erde am fernsten ist.

Soviel wußte also jeder Amerikaner wohl oder übel. Unwissenheit in diesen Dingen galt als unschicklich. Aber wenn sich auch diese grundlegenden Wahrheiten schnell verbreiteten, so hielten sich doch noch hartnäckig viele Irrtümer und bestimmte eingebildete Befürchtungen.

So ließen sich manche Leute nicht von dem Glauben abbringen, daß der Mond ein ehemaliger Komet war, der auf seinem Flug um die Sonne in die Nähe der Erde kam, die ihn mit ihrer Schwerkraft eingefangen hätte. Mit dieser Geschichte erklärten die Salonastronomen das »ausgebrannte« Antlitz des Mondes, für das sie die Strahlungshitze der Sonne verantwortlich machten. Aber wenn man ihnen sagte, daß Kometen eine Atmosphäre besitzen und der Mond eine winzige oder gar keine atmosphärische Hülle hat, wußten sie nicht mehr, was sie antworten sollten.

Andere, die zur Fraktion der Angsthasen gehörten, äußerten ihre Befürchtungen über die Umlaufgeschwindigkeit des Mondes, die seit der Zeit der Kalifen sich immer mehr beschleunigte, woraus sie übrigens sehr logisch schlossen, daß sich dadurch der Abstand des Mondes zur Erde verringerte. Beide Phänomene zusammen würden irgendwann einmal dazu führen, daß der Mond auf die Erde herabstürze. Doch mußten sie sich beruhigen und damit aufhören, sich um die Nachwelt Sorgen zu machen, als man ihnen mitteilte, daß nach den Berechnungen des berühmten französischen Mathematikers Laplace die beschleunigte Bewegung des Mondes sehr begrenzt war und ihr eine Phase der Verlangsamung folgen würde, so daß die stabile Ordnung der Himmelskörper in den kommenden Jahrhunderten nicht gefährdet war.

Es blieben schließlich noch die Abergläubischen, die sich nicht damit begnügten, Ignoranten zu sein, sondern genau wußten, daß alles anders war. Und was den Mond betraf, wußten sie eine ganze Menge. Die einen sahen in der Mondscheibe einen blanken Spiegel, in dem man sich von verschiedenen Orten auf der Erde aus sehen und sich Gedanken übermitteln konnte. Die anderen behaupteten, daß neunhundertfünfzig von tausend Neumonden auf der Erde Katastrophen wie Revolutionen, Erdbeben und Überschwemmungen ausgelöst hätten. Sie glaubten also, daß das Nachtgestirn einen geheimnisvollen Einfluß auf das Schicksal der Menschen ausübte, und hielten es für das entscheidende »Gegengewicht« zur menschlichen Existenz. Sie glaubten, jeder Mondbewohner sei mit einem Erdbewohner durch ein unsichtbares Band verbunden, und zusammen mit Doktor Mead behaupteten sie, alle Lebensvorgänge auf der Erde seien dem Mond untergeordnet, so daß zum Beispiel Jungen fast immer bei Neumond, Mädchen dagegen im letzten Mondviertel geboren würden und so weiter. Doch schließlich mußten dieser Irrglauben aufgegeben und die Tatsachen anerkannt werden. Wenn das auch bedeutete, daß der Mond seines Einflusses beraubt wurde und die Anhänger seiner Allmächtigkeit verlor und ihm viele den Rücken kehrten, so hielt doch die große Mehrheit der Yankees zu ihm. Ihr großer Ehrgeiz bestand darin, den neuen Kontinent im Weltraum zu erobern und das Sternenbanner der Vereinigten Staaten von Amerika auf seinen höchsten Gipfel zu pflanzen.

VII

Das Lob der Kanonenkugel

Die Sternwarte Cambridge hatte in ihrem denkwürdigen Brief vom 7. Oktober das Projekt unter astronomischen Gesichtspunkten behandelt. Von nun an ging es um seine technische Verwirklichung. In jedem Land der Erde wären die praktischen Schwierigkeiten unüberwindbar erschienen. In Amerika war es mehr oder weniger ein Kinderspiel.

Präsident Barbicane hatte im Kanonenclub unverzüglich ein Aktionskomitee ins Leben gerufen. Dieser Ausschuß sollte in drei Sitzungen die drei großen Probleme bezüglich der Kanone, des Projektils und des Zündstoffs klären. Er setzte sich aus vier sachverständigen Mitgliedern zusammen: Barbicane selbst, dessen Stimme bei einem Abstimmungspatt den Ausschlag geben sollte, General Morgan, Oberst Elphiston und der unvermeidliche J.-T. Maston als Sekretär und Berichterstatter.

Am 8. Oktober versammelte sich der Ausschuß bei Präsident Barbicane in der Republican Street Nr. 3. Da eine so wichtige Sitzung nicht von knurrenden Mägen unterbrochen werden sollte, war der Tisch, an dem die Komiteemitglieder Platz nahmen, mit einem Stapel Sandwiches und einer riesigen Teekanne gedeckt. J.-T. Maston schraubte sogleich die Feder an seinen eisernen Haken, und die Sitzung begann.

Barbicane ergriff das Wort: »Liebe Kollegen! Wir müssen eines der schwierigsten Probleme der Ballistik lösen, dieser herausragenden Wissenschaft von der Bewegung der Geschosse, das heißt, der Projektile, die mittels eines Zündstoffs in den Raum abgefeuert und dann ihrer Flugbahn überlassen werden.«

»O ja, die Ballistik, die Ballistik!« rief J.-T. Maston schwärmerisch dazwischen.

»Vielleicht erschiene es logischer«, fuhr Barbicane fort, »die erste Sitzung dem Geschütz zu widmen ...«

»Genau«, pflichtete General Morgan bei.

»Aber nach reiflicher Überlegung«, sagte Barbicane weiter, »halte ich es doch für angebracht, zuerst über das Geschoß zu reden, von dessen Ausmaßen die Größe des Geschützes abhängt.«

»Ich bitte ums Wort!« rief J.-T. Maston.

Es wurde ihm in Anbetracht seiner außergewöhnlichen Verdienste großzügig gewährt.

»Meine werten Freunde«, begann er voller Begeisterung, »unser Präsident hat recht, dem Problem des Projektils den Vorrang vor allen anderen einzuräumen! Das Geschoß, das

Barbicane ergriff das Wort

wir auf den Mond schicken wollen, ist unser Bote und Botschafter. Und ich nehme mir die Freiheit, es unter einem rein moralischen Standpunkt zu betrachten.«

Diese ungewöhnliche Art, ein Projektil zu betrachten, erregte das Interesse der Komiteemitglieder. Daher schenkten sie den Ausführungen von J.-T. Maston ihre ganze Aufmerksamkeit.

»Liebe Kollegen, ich werde mich kurz fassen«, sagte dieser. »Ich spreche nicht von der Kanonenkugel aus Metall, die tötet. Ich befasse mich mit der Kanonenkugel als Produkt der Mathematik und der Moral. Die Kanonenkugel ist für mich der schlagende Beweis für die Gestaltungskraft des Menschen, die sich in ihr in vollendeter Weise zeigt. Indem er die Kanonenkugel formte, ist der Mensch der höchsten Schöpferkraft am nächsten gekommen!«

»Gut gesprochen!« stimmte Oberst Elphiston zu.

»Gott hat Sterne und Planeten geschaffen, aber der Mensch hat die Kanonenkugel geschaffen, an der sich jede geschwinde irdische Bewegung messen lassen muß und in der die Bewegung der durch den Weltraum irrenden Sterne, die in Wahrheit alle Projektile sind, in verdichteter Form eingefangen ist! Gott bestimmt die Geschwindigkeit von Strom und Licht, von Sternen und Kometen, von Planeten und Trabanten, von Schall und Wind. Aber wir bestimmen die Geschwindigkeit der Kanonenkugel, die hundertmal schneller als der schnellste Zug und das schnellste Pferd ist!«

J.-T. Maston war erregt, und seine Stimme bekam einen lyrischen Klang, als er das Loblied auf die Kugel sang.

»Wollen Sie Zahlen?« fuhr er fort. »Die Zahlen sprechen Bände! Nehmen wir die bescheidene Vierundzwanzig-Pfünder-Kugel. Sie ist achthunderttausendmal langsamer als der elektrische Strom, sechshundertvierzigmal langsamer als das Licht, sechsundsiebzigmal langsamer als die Erde in ihrem Lauf um die Sonne. Aber beim Austritt aus dem Kanonenrohr ist sie schneller als der Schall, so daß man von der Kugel nicht mehr getroffen werden kann, wenn man schon die Detonation gehört hat. Die Kugel hat eine Geschwindigkeit von 400 Metern in der Sekunde, 4000 Metern in zehn Sekunden, 24 Kilometern in der Minute, 1440 Kilometern in der Stunde, 34560 Kilometern am Tag und 12614400 Kilometern im Jahr, was der Umdrehungsgeschwindigkeit eines Punktes auf dem Äquator entspricht. Sie würde also in elf Tagen den Mond erreichen, würde 12 Jahre bis zur Sonne brauchen und 360 Jahre bis zum Neptun, an den Rand unseres Sonnensystems. Das würde diese bescheidene Kugel vollbringen, dieses Werk unserer Hände! Was wäre aber, wenn wir die Geschwindigkeit verzwanzigfachen und sie mit einer Geschwindigkeit von acht Kilometern in der Sekunde abschießen? O herrliche Kugel, o wunderbares Geschoß! Ich kann es mir nicht anders vorstellen, als daß man dich dort oben mit dem gebührenden Respekt gegenüber einem Abgesandten der Erde empfangen wird!«

Der hochtönende Schluß seiner Rede wurde mit Hurrarufen aufgenommen, und der vor Erregung zitternde J.-T. Maston setzte sich unter dem Applaus seiner Kollegen.

»Nachdem wir nun der Poesie Tribut gezollt haben«, ergriff Präsident Barbicane wieder das Wort, »wenden wir uns gleich der praktischen Seite zu.«

»Wir sind bereit«, erwiderten die Ausschußmitglieder, von denen sich jeder über die Sandwiches hermachte.

»Sie wissen, welches Problem es zu lösen gilt«, fuhr der Präsident fort. »Wir müssen ein Geschoß auf die Anfangsbeschleunigung von zwölftausend Metern pro Sekunde bringen. Ich habe Grund zu der Annahme, daß uns das gelingen wird. Aber schauen wir uns erst an, welche Anfangsbeschleunigung bisher erreicht wurde. General Morgan kann uns nähere Angaben dazu machen.«

»Um so leichter«, sagte der General, »als ich im Krieg Mitglied des Versuchskomitees war. Ich kann Ihnen mitteilen, daß die Hunderterkanonen von Dahlgreen eine Reichweite von fünftausend Metern hatten und die abgefeuerten Geschosse eine Anfangsgeschwindigkeit von fünfhundert Metern in der Sekunde.«

»Gut. Und wie steht's mit der Kolumbiade von Rodman?« wollte der Präsident wissen.

»Die Kolumbiade Rodman wurde in Fort Hamilton bei New York ausprobiert, wo sie ein Geschoß von einer halben Tonne fast zehn Kilometer weit katapultierte. Und das mit einer Geschwindigkeit von achthundert Metern in der Sekunde, was Armstrong und Palliser in England noch nie geschafft haben.«

»Ach, die Engländer!« rief J.-T. Maston dazwischen und schüttelte seinen schrecklichen Eisenhaken am Arm in Richtung Osten.

»Dann sind also achthundert Meter bisheriger Geschwindigkeitsrekord?« fragte Barbicane weiter.

»Ja«, antwortete Morgan.

»Ich würde aber sagen«, unterbrach J.-T. Maston wieder, »wenn mein Mörser nicht explodiert wäre ...«

»Ja, sicher. Er ist aber explodiert«, erwiderte Barbicane und nickte ihm wohlwollend zu. »Gehen wir von einer Geschwindigkeit von achthundert Metern aus. Die müßte man verzwanzigfachen. Da wir eine andere Sitzung angesetzt haben für die Mittel, mit denen eine solche Geschwindigkeit zu erreichen ist, möchte ich Ihre Aufmerksamkeit, verehrte Kollegen, auf die Ausmaße lenken, die das Projektil haben sollte. Es wird Ihnen ja klar sein, daß wir mit einem Gewicht von einer halben Tonne bei weitem nicht auskommen werden!«

»Warum nicht?« fragte der Oberst.

»Weil das Projektil groß genug sein muß, daß es die Aufmerksamkeit der Mondbewohner, falls es solche gibt, auf sich zieht.«

»Ja«, sagte Barbicane, »und noch aus einem wichtigeren Grund.«

»Worauf wollen Sie hinaus, Barbicane?« fragte der Oberst.

»Ich will damit sagen, daß es nicht genügt, ein Projektil abzufeuern und sich dann nicht mehr darum zu kümmern. Wir

Die Kolumbiade Rodman

müssen das Projektil auf seinem Flug beobachten, bis es sein Ziel erreicht hat.«

»Hmmm?« machten der General und der Oberst, die etwas überrascht über diesen Gedanken waren.

»Ja, natürlich«, fuhr Barbicane unbeirrt fort, »sonst wird unser Unternehmen zu nichts führen.«

»Wollen Sie denn ein Riesenprojektil verwenden?« fragte der Oberst.

»Nein. Hören Sie mir bitte zu. Sie wissen, daß die optische Technik enorme Fortschritte gemacht hat. Mit manchen Fernrohren erreicht man schon eine sechstausendfache Vergrößerung und kann den Mond auf etwa fünfundsechzig Kilometer heranholen. Auf diese Entfernung sind Gegenstände mit einer Breite von zwanzig Metern gut zu erkennen. Man hat nur deshalb nicht noch leistungsfähigere Fernrohre gebaut, weil deren Lichtstärke zu gering geworden wäre. Und da der Mond nur ein reflektierender Spiegel ist, strahlt er nicht genügend Licht aus, um den Vergrößerungsfaktor über sechstausend hinaus zu erhöhen.«

»Und was haben Sie vor?« fragte der General. »Wollen Sie ein Projektil mit einem Durchmesser von zwanzig Metern benützen?«

»Nein, das nicht!«

»Wollen Sie dann dafür sorgen, daß der Mond heller leuchtet?«

»Genau.«

»Eine grandiose Idee!« rief J.-T. Maston.

»Ja, grandios einfach«, antwortete Barbicane. »Wenn ich die Dichte der Atmosphäre verringern kann, die das Mondlicht durchdringen muß, dann wird dieses Licht doch intensiver sein, oder?«

»Das liegt auf der Hand.«

»Sehen Sie! Das erreiche ich, wenn ich ein Fernrohr auf einem sehr hohen Berg aufstelle. Und das werden wir auch machen.«

»Geschlagen! Ich ergebe mich!« erwiderte der Oberst. »Sie können die Dinge wirklich einfach machen!...Und welche Vergrößerung erhoffen Sie sich davon?«

»Eine achtundvierzigtausendfache. Damit holen wir den Mond auf acht Kilometer heran. Und alles, was drei Meter Durchmesser hat, wird zu erkennen sein.«

»Ausgezeichnet!« rief J.-T. Maston. »Unser Projektil wird also einen Durchmesser von drei Metern haben?«

»Genau.«

»Erlauben Sie mir zu bemerken«, wandte Oberst Elphiston ein, »daß es immer noch ein Gewicht haben wird, das ...«

»Ach, Oberst! Ehe wir über sein Gewicht sprechen, will ich Ihnen sagen, daß unsere Vorfahren wahre Wunder vollbracht haben, was dieses Problem angeht. Ich will damit nicht behaupten, daß die Ballistik seither keine Fortschritte gemacht hat. Aber es ist gut zu wissen, daß man im Mittelalter und später ganz erstaunliche Ergebnisse erzielt hat, die ich sogar als erstaunlicher als unsere eigenen bezeichnen möchte.«

»Na, hören Sie!« rief Morgan.

»Haben Sie Beweise?« fragte J.-T. Maston erregt.

»Nichts leichter als das«, antwortete Barbicane. »Ja, ich habe Beweise für meine Behauptung. 1453, bei der Belagerung von Konstantinopel durch Mohammed II., schoß man Steinkugeln von neunzehnhundert Pfund ab, die einen beträchtlichen Umfang gehabt haben müssen.«

»Ho, ho! Neunzehnhundert Pfund, das ist allerhand!«

»Zur Zeit der Malteserritter schoß eine Kanone von einem maltesischen Fort zweitausendfünfhundert Pfund schwere Kugeln ab.«

»Nicht zu fassen!«

»Schließlich berichtet ein französischer Historiker, daß unter Ludwig XI. ein Mörser eine nur fünfhundert Pfund schwere Kugel abschoß, die allerdings von der Bastille, wo die Narren die Klugen einsperrten, bis zum Hospiz von Charenton flog, wo die Klugen die Narren einsperrten.«

Die Kanone der Malteserritter

»Sehr gut!« bemerkte J.-T. Maston.

»Und wo stehen wir jetzt? Die Armstrongkanonen schießen fünfhundert Pfund schwere Kugeln, und die Kolumbiade Rodman bringt es auf tausend Pfund! Wie es scheint, haben die Geschosse an Reichweite zugelegt und an Gewicht verloren. Wenn wir unsere Bemühungen also in diese Richtung lenken, sollte uns der Fortschritt der Wissenschaft ermöglichen, ein zehnmal schwereres Geschoß abzuschießen wie die Kanoniere der Malteserritter oder von Mohammed II.«

»Sehr richtig«, stimmte der Oberst zu. »Aber welches Metall wollen Sie für das Projektil verwenden?«

»Ganz einfach Gußeisen«, sagte General Morgan.

»Pfff! Gußeisen!« rief J.-T. Maston mit tiefer Verachtung in der Stimme. »Das wäre ein recht primitives Geschoß, das wir auf den Mond schicken würden.«

»Gußeisen genügt, mein Guter«, entgegnete Morgan.

»Überlegen Sie doch mal!« mischte sich wieder Oberst Elphiston ein. »Mit dem Volumen steigt das Gewicht. Eine Kugel aus Gußeisen mit drei Metern Durchmesser würde schrecklich schwer werden!«

»Ja, schon«, sagte Barbicane, »wenn sie massiv wäre. Aber nicht, wenn sie hohl ist.«

»Hohl? Dann soll es eine Granate werden?«

»Darin könnte man Botschaften und irdische Produkte befördern!« schwärmte J.-T. Maston.

»Ja, das Geschoß muß unbedingt die Form einer Granate haben«, sagte Barbicane. »Eine massive Kugel von drei Metern Durchmesser würde über zweihunderttausend Pfund wiegen. Und das ist natürlich zu schwer. Aber da das Projektil eine gewisse Stabilität haben muß, schlage ich ein Gewicht von fünfhundert Pfund vor.«

»Und wie dick werden dann die Wände?« fragte der Oberst.

»Wenn wir die üblichen Proportionen berücksichtigen«, sagte Morgan, »müssen die Wände bei einem Durchmesser von drei Metern mindestens sechzig Zentimeter stark sein.«

»Das wäre viel zuviel«, widersprach Barbicane. »Bedenken Sie, daß das Geschoß keine Stahlplatten durchschlagen soll. Es genügt, wenn man die Wände so dick macht, daß sie den Druck beim Abschuß aushalten. Unser Problem lautet also: Welche Wandstärke muß eine gußeiserne Granate haben, die nicht schwerer werden darf als zwanzigtausend Pfund? Unser Schnellrechner, der findige J.-T. Maston, wird es uns gleich sagen.«

»Ganz einfach«, antwortete der ehrbare Sekretär des Komites und kritzelte ein paar algebraische Formeln, in denen π und x ins Quadrat erhoben wurden, auf ein Stück Papier. Es sah sogar danach aus, daß er mühelos eine gewisse Kubikwurzel zog. Dann sagte er: »Die Wände werden kaum fünf Zentimeter dick sein!«

»Und das soll ausreichen?« fragte der Oberst skeptisch.

»Nein«, sagte Präsident Barbicane, »natürlich nicht.«

»Ja, aber... Was sollen wir dann machen?« fragte Oberst Elphiston ziemlich betreten.

»Etwas anderes als Gußeisen verwenden.«

»Vielleicht Kupfer?« sagte General Morgan.

»Nein, das ist immer noch zu schwer. Ich habe einen besseren Vorschlag.«

»Und der wäre?« fragte der Oberst.

»Aluminium«, antwortete Barbicane.

»Aluminium!« riefen seine drei Kollegen.

»Zweifellos, meine Freunde. Sie wissen, daß es dem berühmten französischen Chemiker Henri Sainte-Claire Deville 1854 gelungen ist, Aluminium technisch herzustellen. Dieses wertvolle Metall ist so weiß wie Silber, so unveränderlich wie Gold, so hart wie Eisen, so schmelzbar wie Kupfer und so leicht wie Glas. Es läßt sich leicht bearbeiten und kommt überall in der Natur vor, weil es in den meisten Gesteinsformationen enthalten ist. Es ist dreimal so leicht wie Eisen und scheint wie geschaffen für unser Projektil!«

»Das Aluminium lebe hoch!« rief der Sekretär des Komitees, der seine Begeisterung immer lautstark zum Ausdruck bringen mußte.

»Aber, lieber Präsident«, sagte der Oberst, »sind die Herstellungskosten für Aluminium nicht extrem hoch?«

»Das waren sie einmal, als es entdeckt wurde. Dann sind sie um über neunzig Prozent gefallen und betragen heute noch achtzehn Dollar pro Kilo.«

»Achtzehn Dollar pro Kilo«, protestierte der Oberst, der nicht so schnell aufgab, »ist immer noch ungeheuer viel!«

»Zweifellos, lieber Oberst, aber es ist nicht unerschwinglich.«

»Wie schwer würde ein Projektil aus Aluminium werden?« wollte Morgan wissen.

»Aus meinen Berechnungen ergibt sich«, antwortete Barbicane, »daß ein Geschoß von zwei Komma sieben Metern Durchmesser und mit einer Wandstärke von dreißig Zentimetern aus Gußeisen 67440 Pfund und aus Aluminium nur 19250 Pfund wiegen würde.«

»Ausgezeichnet!« rief J.-T. Maston. »Das paßt zu unserem Projekt!«

»Ausgezeichnet! Ausgezeichnet!« wiederholte der Oberst. »Aber wissen Sie auch, daß bei einem Preis von achtzehn Dollar pro Kilo das Projektil ...«

»173250 Dollar kosten würde. Das weiß ich sehr wohl. Das braucht Sie nicht zu beunruhigen, meine Freunde. Unserem Unternehmen wird es nicht an Geld fehlen, das versichere ich Ihnen«, sagte Barbicane.

»Unsere Kasse wird nur so klingeln!« stimmte ihm J.-T. Maston zu.

»Nun, was halten Sie von Aluminium?« fragte der Präsident.

»Vorschlag angenommen«, votierten die drei anderen Ausschußmitglieder.

»Die Form des Geschosses«, fügte Barbicane hinzu, »spielt keine große Rolle, da das Geschoß sich nach der Durchquerung der Atmosphäre im luftleeren Raum befinden wird. Ich schlage daher ein Projektil in Form einer Kugel vor, die sich nach Belieben um die eigene Achse drehen kann.«

So endete die erste Sitzung des Komitees. Über das Geschoß war entschieden worden, und J.-T. Maston war äußerst zufrieden, wenn er daran dachte, daß man eine Aluminiumkugel zu den Seleniten, den Mondbewohnern, schicken würde, die »ihnen eine hübsche Vorstellung von den Bewohnern der Erde geben dürfte«!

VIII

Die Geschichte der Kanone

Die Beschlüsse der Ausschußsitzung lösten ein starkes Echo in der Öffentlichkeit aus. Ängstliche Leute erschraken bei der Vorstellung, daß eine Kugel von annähernd zwanzigtausend Pfund durch den Weltraum geschossen werden sollte. Man fragte sich, was für eine Kanone jemals für eine ausreichende Anfangsbeschleunigung einer so riesigen Masse sorgen könnte. Dem Protokoll der zweiten Ausschußsitzung läßt sich entnehmen, auf welche bravouröse Weise die Lösung dieses Problems gefunden wurde.

Schon am nächsten Abend ließen sich die Ausschußmitglieder wieder an dem Tisch nieder, auf dem erneut belegte Brote aufgetürmt und riesige Mengen von Tee bereitgestellt waren. Die Diskussion der Sachfragen wurde sofort weitergeführt, dieses Mal ohne Vorrede.

»Liebe Kollegen«, sagte Barbicane, »wir werden uns heute mit der Kanone beschäftigen, die gebaut werden muß, und ihre Form, Länge und Gestalt und ihr Gewicht erörtern. Wahrscheinlich werden wir ihr riesige Ausmaße geben müssen. Aber dank unserer Einfallskraft werden wir auch die größten Schwierigkeiten bewältigen. Hören Sie mir bitte gut zu, aber schrecken Sie auch nicht vor Einwänden zurück. Ich fürchte keine!«

Ein zustimmendes Gemurmel war die Antwort darauf.

»Erinnern wir uns«, fuhr Barbicane fort, »wo wir mit unseren gestrigen Beratungen angelangt waren. Jetzt gilt es, folgendes Problem zu lösen: Wir müssen für ein Geschoß mit zwei Komma sieben Metern Durchmesser und einem Gewicht von zwanzigtausend Pfund eine Anfangsgeschwindigkeit von elftausend Metern in der Sekunde erzielen.«

»Ja, genau das ist das Problem«, meinte Oberst Elphiston.

»Ich fahre fort«, sagte Barbicane. »Was passiert, wenn ein Geschoß in den Weltraum abgefeuert wird? Dann wirken von drei Seiten Kräfte darauf ein: der Reibungswiderstand, die Schwerkraft und die Anschubkraft. Sehen wir uns diese drei Kräfte näher an. Der Reibungswiderstand durch die Luft spielt eine geringe Rolle. Die Atmosphäre reicht nur in eine Höhe von etwa fünfundsechzig Kilometern. Mit einer Anfangsgeschwindigkeit von elftausend Metern pro Sekunde wird das Geschoß sie in fünf Sekunden durchquert haben. Dieser minimale Zeitraum, in dem der Reibungswiderstand auftritt, kann also vernachläßigt werden. Wenden wir uns deswegen der Schwerkraft zu, das heißt, der Schwere der Kugel. Wir wissen, daß ihr Gewicht im umgekehrten Verhältnis des Quadrats ihrer Entfernung abnimmt. Aber die Physik lehrt uns auch, daß ein Körper im freien Fall auf die Erde in der ersten Sekunde eine Strecke von fünf Metern zurücklegt. Wenn er aber 384400 Kilometer weit geschleudert wird, nämlich so weit, wie der Mond von der Erde entfernt ist, betrüge seine Fallgeschwindigkeit zur Erde zurück nur noch einen Millimeter pro Sekunde. Das kommt praktisch einem Stillstand gleich. Daraus folgt, daß die Anziehungskraft der Erde nach und nach überwunden werden muß. Und wie gelingt uns das? Durch die Anschubkraft.«

»Ja, genau das ist die Schwierigkeit«, bemerkte Oberst Elphiston.

»Richtig«, fuhr der Präsident fort, »aber wir werden sie meistern. Denn die Anschubkraft, die wir benötigen, hängt von der Länge des Kanonenrohrs und der Menge des Schießpulvers ab, die nur durch die Widerstandskraft des Rohres beschränkt wird. Kümmern wir uns deshalb heute um die Maße, die wir der Kanone geben wollen. Es versteht sich, daß wir sie praktisch mit einer unbegrenzten Widerstandskraft konstruieren und dementsprechend groß bauen können, da sie fest installiert und nicht bewegt werden wird.«

»Das ist einleuchtend«, bemerkte der General.

»Die längste bisher in Amerika gebaute Kanone, die Kolumbiade Rodman, ist siebeneinhalb Meter lang. Man wird sich bestimmt wundern, welche Dimensionen wir unserer Kanone geben müssen.«

»Ja, das wird man!« rief J.-T. Maston. »Wir benötigen eine Kanone, die mindestens einen halben Kilometer lang ist!«

»Einen halben Kilometer?!« riefen der Oberst und der General.

»Na, klar! Einen halben Kilometer! Eigentlich müßte sie doppelt so lang sein!«

»Hören Sie, Maston«, sagte der General, »da übertreiben Sie aber.«

»Überhaupt nicht!« erwiderte immer noch hitzig der Sekretär. »Wie kommen Sie darauf, daß ich übertreibe?«

»Weil Sie keine Grenzen kennen!«

»Sie müssen wissen, Sir«, antwortete J.-T. Maston, »daß ein Artillerist wie eine Kugel ist. Er hält sich nie mit Grenzen auf!«

Die Diskussion wurde persönlich, und der Präsident griff ein: »Beruhigen Sie sich, meine Freunde! Wir wollen einen kühlen Kopf behalten. Offensichtlich brauchen wir eine Kanone mit einem langen Rohr, weil dadurch die Schubkraft der Explosion unter dem Projektil verstärkt werden kann. Aber es ist nicht nötig, bestimmte Grenzen zu überschreiten.«

»So ist es!« sagte der Oberst.

J.-T. Maston stellt sich eine Kanone von einem halben Kilometer Länge vor

»Schauen wir uns die Größenverhältnisse einmal an. In der Regel ist ein Kanonenrohr zwanzig- bis fünfundzwanzigmal so lang wie der Kugeldurchmesser, und die Kanone ist zweihundertfünfunddreißig- bis zweihundertfünfzigmal so schwer wie wie Kugel.«

»Das reicht nicht aus!« rief J.-T. Maston ungestüm.

»Zugegeben, werter Freund«, sagte Barbicane, »wenn wir diese Verhältnisse zugrunde legen, würde man für ein drei Meter breites und zwanzigtausend Pfund schweres Projektil nur eine fünfundsiebzig Meter lange und dreieinhalb Millionen Kilo schwere Kanone benötigen.«

»Lächerlich!« sagte Maston. »Da kann man ja gleich eine Pistole nehmen.«

»Das glaube ich auch«, erwiderte Barbicane. »Deshalb denke ich an die vierfache Länge. Die Kanone muß dreihundert Meter lang werden.«

Der General und der Oberst brachten einige Einwände vor. Doch schließlich wurde der Vorschlag, für den sich der Sekretär des Kanonenclubs begeistert aussprach, endgültig angenommen.

»Als nächstes«, sagte Oberst Elphiston, »müssen wir festlegen, wie dick der Geschoßmantel sein soll.«

»Zwei Meter«, antwortete Barbicane.

»Sie denken doch wohl nicht daran, eine solche Masse auf eine Lafette zu setzen?« fragte der Oberst.

»Das wäre doch phantastisch!« bemerkte J.-T. Maston.

»Aber nicht durchführbar«, sagte Barbicane. »Nein, ich denke, daß dieses Gerät an Ort und Stelle in den Boden gegossen werden muß, wo man es mit Eisenringen sichert und fest einmauert, so daß es vom ganzen Untergrund mit gehalten wird. Wenn der Guß fertig ist, wird die Bohrung sorgfältig ausgeführt und das Rohr so kalibriert, daß das Geschoß keinen Spielraum hat, damit kein Quentchen an Schubkraft verlorengeht.«

»Hurra!« rief J.-T. Maston. »Wir haben unser Geschütz!«

»Noch nicht ganz«, sagte Barbicane und machte eine beschwichtigende Handbewegung.

»Und warum?«

»Weil wir noch nicht über seine Form geredet haben. Wird es eine Kanone, eine Haubitze oder ein Mörser?«

»Eine Kanone«, sagte der General.

»Eine Haubitze«, meinte der Oberst.

»Ein Mörser!« rief J.-T. Maston.

Ein lebhafter Streit begann sich zu entwickeln, bei dem jeder sein bevorzugtes Geschütz zu verteidigen suchte. Doch der Präsident beendete ihn kurzerhand.

»Meine Freunde«, sagte er, »Sie werden alle mit meiner Lösung zufrieden sein. Unsere Kolumbiade wird die drei Geschützarten in sich vereinigen. Es wird eine Kanone sein, weil die Pulverkammer denselben Durchmesser wie die Bohrung hat. Es wird eine Haubitze sein, weil wir eine Hohlkugel damit abschießen. Und es wird ein Mörser sein, weil der Lauf im rechten Winkel ausgerichtet wird und die feste Bodenverankerung den Rückstoß auffängt, so daß das Projektil Anschub durch die gesamte Feuerkraft des Geschützes bekommen wird.«

»Angenommen! Angenommen!« riefen die Komiteemitglieder.

»Eine Frage habe ich noch zu diesem Kanohaubimörser«, sagte Oberst Elphiston. »Wird er gezogen sein?«

»Nein«, antwortete Barbicane. »Wir benötigen eine enorme Anfangsgeschwindigkeit, und wie Sie wissen, gibt es in einer glatten Kanone weniger Reibungsverluste als in einer gezogenen.«

»Das ist richtig.«

»Jetzt haben wie unser Geschütz aber«, sagte J.-T. Maston.

»Noch nicht ganz«, entgegnete der Präsident.

»Und warum?«

»Weil wir noch nicht wissen, aus welchem Metall es gegossen werden soll.«

»Dann beschließen wir es eben jetzt gleich.«

»Das wollte ich Ihnen eben vorschlagen.«

Die vier Komiteemitglieder verschlangen alle ein Dutzend Sandwiches und tranken dazu eine Menge Tee. Dann setzten sie ihre Beratung fort.

»Werte Kollegen«, sagte Barbicane, »unser Geschütz muß viel aushalten können. Es muß hart, hitze- und säurebeständig sein.«

»Das steht außer Zweifel«, sagte der Oberst. »Und da wir eine große Menge Metall benötigen, haben wir gar nicht die Qual der Wahl.«

»Also, ich schlage vor«, sagte General Morgan, »daß unsere Kolumbiade aus der besten Legierung gegossen wird, die derzeit bekannt ist, nämlich aus hundert Teilen Kupfer, zwölf Teilen Zinn und sechs Teilen Messing.«

»Ich gebe zu, meine Freunde«, erwiderte der Präsident, »daß diese Legierung ausgezeichnete Ergebnisse gebracht hat. Aber für unser Projekt wäre sie zu kostspielig und zu schwierig in der Ausführung. Deshalb denke ich, daß wir ein hervorragendes, aber billiges Material wie Gußeisen nehmen sollten. Sind Sie damit einverstanden, Oberst Elphiston?«

»Ganz und gar«, antwortete der Oberst.

»Gußeisen ist zehnmal billiger als Bronze«, fuhr Barbicane fort. »Es schmilzt leicht, läßt sich leicht in Formen gießen und schnell bearbeiten. Man spart also Geld und Zeit. Das daraus gefertigte Rohr hat ausgezeichnete Eigenschaften. Ich erinnere mich, daß im Krieg, bei der Belagerung von Atlanta, alle zwanzig Minuten tausend Schuß aus gußeisernen Geschützen abgefeuert wurden, ohne daß es ihnen geschadet hat.«

»Allerdings ist Gußeisen auch relativ zerbrechlich«, bemerkte der General.

»Ja, es ist aber auch sehr widerstandsfähig. Im übrigen kann ich Ihnen versichern, daß die Fassung unseres Geschützes nicht leiden wird.«

»Auch ein ehrbarer Mann kann einmal die Fassung verlieren«, bemerkte J.-T. Maston bedeutsam.

»Selbstverständlich«, sagte Barbicane. »Ich bitte also unseren werten Sekretär und Schriftführer, das Gewicht einer Kanone aus Gußeisen zu berechnen, die dreihundert Meter lang ist, eine Bohrung von drei Metern und eine Mantelstärke von zwei Metern hat.«

»Wird schon erledigt«, antwortete J.-T. Maston. Wie am Vorabend kritzelte er mühelos und in atemberaubender Geschwindigkeit seine Formeln aufs Papier und verkündete nach einer Minute: »Diese Kanone wiegt achtundsechzigtausendvierzig Tonnen.«

»Und wieviel kostet sie bei einem Kilopreis von vier Cents?«

»Zwei Millionen fünfhundertzehntausendsiebenhundert und einen Dollar.« J.-T. Maston, der Oberst und der General blickten Barbicane ziemlich beunruhigt an.

»Nun, meine Herren«, sagte der Präsident, »das ist, wie ich Ihnen gestern schon sagte, kein Grund zur Besorgnis. An Geld wird es unserem Unternehmen nicht fehlen!«

Nach dieser Versicherung der Präsidenten trennten sich die Komiteemitglieder. Am folgenden Abend wollten sie zu ihrer dritten Sitzung zusammenkommen.

IX

Die Frage des Schießpulvers

Jetzt blieb noch die Frage des Schießpulvers zu klären. In der Öffentlichkeit erwartete man gespannt diese letzte Entscheidung. Die Größe des Projektils und die Länge der Kanone standen fest. Welche Menge Pulver war nun nötig, um die erforderliche Anschubkraft zu erzielen? Die fürchterliche Zerstörungskraft dieses Sprengstoffes hatte der Mensch zu beherrschen gelernt. Jetzt sollte er in bisher unbekannten Ausmaßen eingesetzt werden.

Der »Erfinder« des Schwarzpulvers

Wie allgemein angenommen und immer wieder gern wiederholt wird, wurde das sogenannte Schwarzpulver im 14. Jahrhundert von einem Mönch namens Schwartz erfunden, der seine große Entdeckung mit dem Leben bezahlt habe. Aber es gilt als ziemlich sicher, daß diese Geschichte dem Bereich der Legenden aus dem Mittelalter zuzuordnen ist. Niemand hat das Schießpulver erfunden. Es ist aus der als griechisches Feuer bekannten Mischung aus Schwefel und Salpeter von einem brennenden Kampfmittel zu einem Sprengstoff weiterentwickelt worden.

Die Gelehrten kennen die wahre und die falsche Geschichte des Schießpulvers, aber die meisten Leute wissen nicht, wie es seine zerstörerische Kraft entwickelt. Darüber muß man aber Bescheid wissen, um die Bedeutung des Problems zu verstehen, das das Komitee lösen mußte.

Ein Kubikdezimeter Pulver, das entspricht einer Menge von einem Liter, wiegt knapp ein Kilo und setzt bei seiner Explosion vierhundert Liter Gas frei, die sich unter der Hitzeeinwirkung von zweitausendvierhundert Grad auf ein Volumen von viertausend Liter ausdehnen. Das Mengenverhältnis von Pulver zu dem sich bei der Detonation entwickelnden Gas beträgt also 1:4000. Dieses Verhältnis muß man sich vor Augen halten, um die Sprengkraft der Explosion aus einem viertausendmal kleineren Behälter heraus zu verstehen.

Die Komiteemitglieder, die sich am nächsten Tag trafen, wußten darüber genau Bescheid. Barbicane erteilte Oberst Elphiston das Wort, der im amerikanischen Bürgerkrieg die Schießpulverproduktion geleitet hatte.

»Liebe Kameraden«, sagte der erfahrene Chemiker, »ich möchte Ihnen zuerst einige unwiderlegbare Zahlen präsentieren, die uns als Ausgangsbasis dienen werden. Die Vierundzwanzigpfundkugel, über die der ehrenwerte J.-T. Maston vorgestern so poetische Ausführungen gemacht hat, wird von lediglich sechzehn Pfund Pulver aus der Kanonenrohrmündung gejagt.«

»Ist diese Zahl belegt?« fragte Barbicane.

»Zweifelsfrei«, antwortete der Oberst. »Die Armstrong-Kanone braucht nur fünfundsiebzig Pfund Pulver für ein Geschoß von achthundert Pfund, und die Kolumbiade Rodman benötigt nur hundertsechzig Pfund Pulver, um eine Halbzentnerkugel neun Kilometer weit zu schießen. Das sind unbezweifelbare Tatsachen, die ich selbst den Protokollen des Artillerieausschusses entnommen habe.«

»Sehr richtig«, bemerkte der General.

»Die wichtigste Schlußfolgerung, die aus diesen Zahlen zu ziehen ist, lautet, daß die benötigte Menge Pulver nicht im selben Maße wächst wie das Gewicht der Kugeln. Bei einfachen Kanonen beträgt das Verhältnis von Pulver zu Kugel zwei zu drei. Aber es handelt sich nicht um ein konstantes Verhältnis. Rechnen Sie nach, und Sie werden sehen, daß man für eine Halbtonnenkugel statt dreihundertdreiunddreißig nur einhundertsechzig Pfund Pulver braucht.«

»Worauf wollen Sie hinaus?« fragte der Präsident.

»Wenn Sie Ihre Theorie konsequent verfolgen, lieber Oberst«, schaltete sich J.-T. Maston in die Diskussion ein, »werden Sie zu dem Schluß gelangen, daß gar kein Pulver mehr nötig ist, wenn Ihre Kugel genügend schwer ist.«

»Freund Maston muß auch mit den ernstesten Dingen seine Scherze treiben«, erwiderte der Oberst. »Aber keine Sorge, ich werde gleich ein Quantum Schießpulver vorschlagen, mit dem auch seine Artilleristenseele zufrieden sein kann. Ich möchte nur festhalten, daß wir im Krieg die Erfahrung gemacht haben, daß sich bei den größten Kanonen die Pulvermenge auf ein Zehntel des Kugelgewichts reduzieren ließ.«

»Genauso ist es«, pflichtete ihm General Morgan zu. »Aber ehe wir uns auf die nötige Menge festlegen, sollten wir uns über die Beschaffenheit des Pulvers klarwerden.«

»Wir nehmen grobkörniges Pulver«, sagte Oberst Elphiston, »da es besser zündet als das feine.«

»Das ist richtig«, sagte der General, »aber es ätzt sehr stark und schadet der Bohrung.«

»Ja, gut. Das ist allerdings ein Nachteil für Kanonen, die für einen langen Einsatz vorgesehen sind, was bei unserer Kolumbiade nicht der Fall ist. Mit dem groben Pulver riskieren wir kein Explosionsunglück. Es ist wichtig, daß es sich schnell entzündet, damit es sofort seine Ausdehnungswirkung entfalten kann.«

»Man könnte mehrere Zündlöcher bohren«, sagte J.-T. Maston, »um an den verschiedenen Stellen gleichzeitig zünden zu können.«

»Schon, aber das würde den Abschuß komplizieren«, entgegnete der Oberst. »Ich befürworte eben das grobkörnige Pulver, bei dem keine Probleme bei der Zündung auftreten.«

»Einverstanden«, erklärte der General.

»Rodman lud seine Kolumbiade«, fuhr der Oberst fort, »mit grobem Pulver, dessen Korn kastaniengroß und mit Weidenholzkohle in gußeisernen Kesseln gebrannt worden war. Dieses Material war hart und glänzend, färbte auf der Hand nicht ab, enthielt viel Wasser- und Sauerstoff, entzündete sich sofort und schadete, obwohl es sehr ätzend war, den Mündungen nicht merklich.«

»Ja, dann«, sagte J.-T. Maston, »glaube ich, ist unsere Wahl schnell getroffen.«

»Es sei denn, Sie zögen Goldstaub vor«, erwiderte der Oberst lachend, worauf ihm sein empfindlicher Freund mit dem Eisenhaken am Arm drohte.

Bisher hatte Barbicane nicht an der Diskussion teilgenommen und nur zugehört. Er schien nachzudenken. Und nun sagte er nur: »Und welche Menge Schießpulver schlagen Sie vor?«

Die anderen drei sahen sich einen Augenblick lang an.

»Zweihunderttausend Pfund«, sagte Morgan schließlich.

»Fünfhunderttausend«, meinte der Oberst.

»Achthunderttausend!« rief J.-T. Maston.

Diesmal wagte Oberst Elphiston nicht, seinem Freund vorzuwerfen, daß er übertreibe. Es handelte sich immerhin darum, ein zwanzigtausend Pfund schweres Projektil bis zum Mond zu schießen und ihm eine Anfangsgeschwindigkeit von elftausend Metern pro Sekunde zu geben.

Den drei Vorschlägen der drei Kollegen folgte ein Moment des Schweigens, das Präsident Barbicane schließlich mit den Worten brach: »Werte Kameraden, ich gehe davon aus, daß unsere Kanone unbegrenzt widerstandsfähig ist, wenn wir sie wie beabsichtigt bauen. Ich werde wohl den ehrenwerten J.-T. Maston überraschen, wenn ich ihm sage, daß er sehr bescheiden gerechnet hat. Ich schlage das Doppelte seiner achthunderttausend Pfund Pulver vor.«

»Eine Million sechshunderttausend Pfund?« rief J.-T. Maston und sprang von seinem Stuhl auf.

»Genau so viel.«

»Dann brauchen wir aber eine fünfhundert Meter lange Kanone, wie ich vorgeschlagen habe.«

»Zweifellos«, bestätigte der Oberst.

»Eine Million sechshunderttausend Pfund Schießpulver«, fuhr der Schriftführer des Komitees fort, »nehmen etwa achthundert Kubikmeter ein. Da Ihre Kanone aber nur ein Gesamtvolumen von zweitausend Kubikmetern hat, wäre sie schon fast zur Hälfte gefüllt, so daß die Bohrung nicht mehr groß genug wäre, um dem Geschoß durch die Ausdehnung der Explosion eine genügende Beschleunigung zu geben.«

Das klang einleuchtend, und alle sahen Barbicane an.

»Ich bleibe dennoch dabei«, sagte der Präsident. »Diese Menge Pulver muß sein. Bedenken Sie, daß 1,6 Millionen Pfund Pulver zu einer Entwicklung von 6,4 Milliarden Litern Gas führen. Sechseinhalb Milliarden! Verstehen Sie?«

»Aber wie soll man das bewerkstelligen?« fragte der General.

»Ganz einfach. Man muß das Pulver komprimieren, ohne seine Sprengkraft zu beeinträchtigen.«

»Bloß wie?«

»Das werde ich Ihnen sagen«, antwortete Barbicane.

Seine Gesprächspartner starrten ihn an.

»Man kann diese Pulvermasse ganz einfach auf ein Viertel reduzieren. Sie kennen alle den eigenartigen Stoff, aus dem sich alle Pflanzen aufbauen und den man Zellulose nennt.«

»Ah!« rief der Oberst. »Jetzt verstehe ich, lieber Barbicane!«

»Diesen Stoff gewinnt man auf verschiedene Weise in reiner Form, vor allem in der Baumwolle, die nichts anderes als die Grannen der Baumwollsamenkörner ist. Baumwolle verwandelt sich in Verbindung mit Salpetersäure in kaltem Zustand in eine besonders unlösliche, leicht brennbare und hochexplosive Substanz. Der französische Chemiker Braconnot hat sie 1832 entdeckt und Xyloidin genannt. 1838 hat ein anderer Franzose namens Pelouze ihre verschiedenen Eigenschaften studiert, und 1846 schlug der Chemieprofessor Schönbein aus Basel diese Substanz als Kampfmittel vor. Diese Substanz ist die Nitrocellulose ...«

»Auch Kollodiumwolle genannt«, sagte Oberst Elphiston.

»Oder Schießbaumwolle«, bemerkte General Morgan.

»Gibt es denn für diese Entdeckung keinen amerikanischen Namen?« rief J.-T. Maston von glühendem Nationalstolz getrieben.

»Leider nein«, antwortete der Oberst.

»Vielleicht ist es ein Trost für unseren Freund Maston, wenn ich ihm sage, daß die Forschungen von einem Landsmann von uns auch dem Studium der Zellulose zuzurechnen sind. Denn das Kollodium, das ein wichtiges Hilfsmittel der Fotografie ist, ist nichts anderes als in Äther und Alkohol aufgelöste Kollodiumwolle und wurde von Maynard, der damals Student der Medizin in Boston war, entdeckt.«

»Na also! Bravo, Maynard! Hoch lebe die Schießbaumwolle!« rief lautstark der Sekretär des Kanonenclubs.

»Lassen Sie mich auf die Kollodiumwolle zurückkommen«, fuhr Barbicane fort. »Sie kennen deren Eigenschaften, die sie so wertvoll für uns machen wird. Man stellt sie ganz leicht her, indem man Baumwolle fünfzehn Minuten in rauchende Salpetersäure tunkt, dann gründlich klarspült und trocknen läßt. Das ist alles.«

»Wirklich sehr einfach«, bemerkte Morgan.

»Außerdem ist Kollodiumwolle unempfindlich gegen Feuchtigkeit, was uns sehr hilft, weil wir mehrere Tage zum Laden der Rakete benötigen. Im Gegensatz zu Schießpulver entzündet sie sich nicht erst bei zweihundertvierzig, sondern schon bei hundertsiebzig Grad, und verbrennt so schnell, daß man sie auf gewöhnlichem Schießpulver anzünden könnte, ohne daß dieses Feuer fängt.«

»Perfekt«, sagte der Oberst.

»Nur ist sie kostspieliger.«

»Was macht das?« bemerkte J.-T. Maston.

»Und schließlich bewirkt sie einen viermal so starken Anschub für Projektile wie Schießpulver. Hinzufügen möchte ich noch, daß sich ihre Ausdehnungskraft dadurch verstärken läßt, daß man ihr Salpeter im Verhältnis eins zu fünf beimischt.«

»Wird das nötig sein?« fragte der Oberst.

»Ich glaube nicht«, antwortete Barbicane. »Statt einer Million sechshunderttausend Pfund Schießpulver benötigen wir somit nur vierhunderttausend Pfund Schießbaumwolle, die sich risikolos auf eine Höhe von nur sechzig Metern in der Kanone zusammenpressen läßt. Dadurch bleiben dem Projektil noch mehr als zweihundertzehn Meter bis zum Austritt aus der Mündung, von wo aus sie mit einem Anschub von sechseinhalb Milliarden Litern Gas ihren Flug zu unserem Nachtgestirn antreten wird!«

Solche Worte entzündeten die Gefühle von J.-T. Maston, der sich wie ein Geschoß seinem Freund in den Arm warf, den er in Grund und Boden gebohrt hätte, wenn Barbicane nicht einen kampferprobten, bombensicheren Stand gehabt hätte.

Mit diesem Vorfall endete die dritte Sitzung des Komitees.

Barbicane und seine tapferen Kollegen, denen nichts unmöglich schien, hatten die schwierigen Fragen des Projektils, der Kanone und des Zündstoffs geklärt. Ihr Plan stand fest, er mußte nur noch ausgeführt werden.

»Das ist ein kleines Detail, eine Bagatelle«, wie J.-T. Maston bemerkte.*

X

Auf fünfundzwanzig Millionen Freunde kommt ein Feind

Die amerikanische Bevölkerung nahm an allen Einzelheiten des Projekts des Kanonenclubs lebhaften Anteil. Sie verfolgte von Tag zu Tag die Beratungen des Komitees. Die grundsätzlichen Überlegungen für das große Vorhaben, die Diskussionen über Zahlen, Maße und Mengen, die technischen Probleme, die es zu lösen galt, das ganze »Auf-den-Weg-Bringen« des Projekts erregte das leidenschaftliche Interesse der Amerikaner.

Über ein Jahr sollte vom Beginn bis zum Abschluß der Vorbereitungen vergehen, aber dieser Zeitraum sollte nicht ohne Aufregungen verstreichen. Die Wahl des Standorts, der Bau der Gußform, der Guß der Kolumbiade, ihre risikoreiche Beschickung, das alles war mehr als genug, um die Neugierde der Öffentlichkeit anzustacheln. Wenn das Geschoß einmal

* Hier ist eine Bemerkung des Autors angebracht. Denn die Erfindung des Kollodiums geschah nicht durch einen Landsmann von J.-T. Maston, so stolz dieser darauf auch gewesen war. Der Irrtum von Präsident Barbicane beruht auf einer Namensgleichheit: Der Medizinstudent Maynard in Boston hatte zwar 1847 die Idee, Kollodium bei der Wundbehandlung zu verwenden. Die Erfindung 1846 geht aber zu Ehren des hervorragenden französischen Gelehrten Louis Ménard, Maler, Dichter, Philosoph, Hellenist und Chemiker in einer Person. – J. V.

abgefeuert war, würde es in Bruchteilen von Sekunden den Blicken entschwunden sein. Was dann weiter mit ihm geschah, wie es ihm auf seinem Flug durch den Weltraum ergehen und wie es auf dem Mond landen würde, könnte nur eine kleine privilegierte Minderheit noch mit eigenen Augen verfolgen. Deshalb galt das ganze Interesse Amerikas den Vorbereitungen des Experiments und den genauen Einzelheiten seiner Ausführung.

Doch plötzlich wurde der rein wissenschaftlich-technische Reiz des Unternehmens von einem Vorfall überschattet.

Es ist bekannt, daß die Bewunderer und Freunde des Projekts von Präsident Barbicane Legion waren. Doch so ehrenwert und überwältigend groß diese Anhängerschaft auch war, unangefochten blieb sie nicht. Ein einziger Mann, einer in allen Staaten der Union, protestierte gegen den Versuch des Kanonenclubs, den Mond zu erreichen. Er brachte seine Angriffe mit heftiger Polemik und bei jeder sich bietenden Gelegenheit vor. Und wie die Dinge nun einmal lagen, bekümmerte der Widerstand dieses einzelnen Barbicane mehr, als daß er die begeisterte Zustimmung aller anderen als Ermunterung empfunden hätte.

Allerdings kannte er sehr wohl den Grund dieser Gegnerschaft. Er wußte, warum er diesen einzigen Feind hatte, den eine persönliche und lange gehegte Rivalität gegen ihn aufbrachte.

Der Präsident des Kanonenclubs hatte seinen hartnäckigen Widersacher nie zu Gesicht bekommen. Zum Glück, muß man sagen, denn das Zusammentreffen der beiden Männer hätte sicher unangenehme Folgen gehabt. Barbicanes Rivale war ebenfalls ein gelehrter Mann und ein kühner, stolzer, selbstbewußter und durchsetzungskräftiger Charakter, ein echter Yankee eben. Es handelte sich um Captain Nicholl aus Philadelphia.

Jedermann kennt den seltsamen Kampf, der sich während des amerikanischen Bürgerkriegs zwischen Geschoß und

Captain Nicholl

Schiffsarmierung entspann. Das eine war dazu da, das andere zu durchbohren, das sich aber von ersterem keinesfalls durchbohren lassen wollte. Dadurch wurde die Kriegsmarine der Nordstaaten und der Südstaaten vollständig umgekrempelt. Kugel und Eisenplatte bekämpften sich mit beispielloser Unerbittlichkeit, in deren Folge erstere immer umfangreicher und letztere immer dicker wurde. Die Schiffe mit ihren riesigen Kanonen fuhren durchs gegnerische Feuer im Schutz ihrer unzerstörbaren Panzerhaut. Die *Merrimac*, die *Monitor*, die *Ram-Tennessee* und die *Weckhausen* feuerten enorme Geschosse ab, nachdem sie sich gegen die Kugeln der gegnerischen Schiffe gewappnet hatten. Sie fügten also dem anderen zu, was sie nicht wollten, daß man ihnen tue, das heißt, sie frönten dem unmoralischen Grundprinzip, auf dem jede Kriegführung beruht.

Bei diesem Geschäft war Barbicane der große Kanonengießer, und Nicholl war der große Produzent von Armierungsplatten. Der eine goß Tag und Nacht in Baltimore, der andere schmiedete nachts wie tags in Philadelphia. Und beide verfolgten sie dabei entgegengesetzte Ziele.

Sobald Barbicane eine neue Kugel entwickelt hatte, entwickelte Nicholl eine neue Eisenplatte. Der Präsident des Kanonenclubs war beständig darauf aus gewesen, Löcher zu schlagen, der Captain hatte sein möglichstes getan, ihn daran zu hindern. Diese ständige Rivalität ging bis ins Persönliche. Nicholl verfolgte Barbicane bis in den Traum als gepanzertes Ungeheuer, auf dem er in seinem Ansturm zerschellte. Und Barbicane schlug in den Träumen von Nicholl wie ein Geschoß ein, das diesen in Stücke riß.

Obwohl sie sich in entgegengesetzte Richtungen bewegten, wären sich die beiden Kontrahenten, entgegen allen geometrischen Regeln und physikalischen Gesetzen, am Ende doch begegnet, nämlich auf dem Duellplatz. Doch glücklicherweise trennten fast neunzig Kilometer die beiden für ihr Land so wertvollen Bürger, und ihre jeweiligen Freunde taten alles, um jeden Weg zu versperren, auf dem sie sich hätten begegnen können.

Die Erfolge der beiden Erfinder machten es schwierig zu beurteilen, welcher von ihnen nun über den anderen triumphiert hatte. Es schien allerdings so, als ob die Armierung den Geschossen unterlegen sei.

Daran zweifelten die Experten jedoch, denn bei den letzten Experimenten waren die Kegelzylindergeschosse von Barbicane wie Nadeln in den Panzerplatten von Nicholl steckengeblieben. An diesem Tag hielt sich der Mann aus Philadelphia schon für den Sieger über seinen Rivalen, für den er nur noch Verachtung übrig hatte. Aber als dieser wenig später die Zylinderform aufgab und einfache sechshundert Pfund schwere Kugeln verwendete, mußte der Captain sich geschlagen geben. Obwohl diese Kugeln mit relativ wenig Pulver verschossen wurden und daher ziemlich langsam waren, durchlöcherten, zerschlugen und zerfetzten sie doch die Platten aus dem besten Metall.

Das war der Stand der Dinge, der Sieg der Kugel schien sicher, als der Krieg am selben Tag zu Ende ging, an dem Nicholl eine neue gußeiserne Armierung fertiggestellt hatte, die ein Meisterwerk ihrer Art war und allen Geschossen der Welt trotzte. Der Captain ließ sie nach Washington transportieren und forderte den Präsidenten des Kanonenclubs provokativ auf, sie zu zerstören. Da inzwischen Frieden geschlossen war, wollte Barbicane dieses Experiment nicht mehr ausführen.

Wütend bot Nicholl an, seine neue Platte allen Geschossen auszusetzen, runden und konischen, Hohlkugeln und Vollkugeln. Doch Präsident Barbicane lehnte ab, weil er seinen vorangegangenen Erfolg nicht gefährden wollte.

Nicholl wurde durch diese unglaubliche Starrköpfigkeit noch wütender und hatte Barbicane das verlockende Angebot gemacht, seine Platte nur zweihundert Meter von der Kanone entfernt aufzustellen. Barbicane blieb eisern bei seiner Ablehnung. Ob er mit hundert Metern einverstanden gewesen wäre? Nein, nicht einmal mit fünfundsiebzig.

Dann solle die Distanz eben fünfzig Meter betragen, ließ Nicholl durch die Zeitungen verkünden, ja, er sei sogar mit fünfundzwanzig Metern einverstanden und stelle sich selbst dahinter!

Barbicane ließ antworten, daß er nicht einmal schießen würde, wenn Nicholl sich vor die Platte stellte.

Diese Antwort brachte Nicholl zum Explodieren. Er wurde persönlich und beleidigend. Er nannte Barbicane einen Hasenfuß, der sich anscheinend fürchtete, einen Kanonenschuß abzugeben. Er äußerte die Ansicht, daß die Artilleristen insgesamt sich auf neun Kilometer Entfernung schlugen, da sie klugerweise die Tapferkeit des einzelnen durch mathematischen Formelkram ersetzt hatten, und daß es bestimmt ebensoviel Tapferkeit erfordere, die Kugel hinter einer Platte zu erwarten, als die Kugel nach allen Regeln der Kunst abzuschießen.

Barbicane ließ diese Beleidigungen und Attacken unbeantwortet. Vielleicht kannte er nicht einmal alle, da ihn die Berechnungen für das große Unternehmen ganz in Beschlag nahmen.

Als der Präsident seine berühmte Rede im Kanonenclub gehalten hatte, erreichte Nicholls Wut ihren Siedepunkt. Sie war aber mit großer Eifersucht und dem Gefühl völliger Ohnmacht vermischt. Hätte sich einer etwas Besseres ausdenken können als eine dreihundert Meter lange Kolumbiade? Welche Armierung sollte je einem Projektil von zwanzigtausend Pfund standhalten können? Zuerst war Nicholl wie vom Kanonendonnerschlag gerührt und völlig am Boden zerstört. Dann rappelte er sich wieder auf, von dem Entschluß getrieben, das Vorhaben unter dem Gewicht seiner Argumente zu Fall zu bringen.

Er attackierte grundsätzlich alle Vorbereitungsmaßnahmen des Kanonenclubs. Er schrieb zahllose Leserbriefe, die von al-

Er schrieb zahllose Leserbriefe

len Zeitungen veröffentlicht wurden. Er versuchte, das Projekt von Barbicane mit wissenschaftlichen Argumenten zu demontieren. Nachdem er sich einmal auf den Kriegspfad begeben hatte, war ihm jede Hilfe recht, und der Wahrheit halber muß gesagt werden, daß er sich nur zu oft fadenscheiniger und böswilliger Tricks bediente.

Die ersten Attacken zielten auf die Zahlen, die Barbicane vorgelegt hatte. Nicholl bemühte sich, seinem Gegner nachzuweisen, daß er nicht einmal die Grundrechenarten beherrschte, und warf ihm vor, schon gar nichts von den Grundgesetzen der Ballistik zu verstehen. Unter anderem sei es seinen, Nicholls, Berechnungen zufolge völlig unmöglich, irgendeine Masse auf eine Anfangsgeschwindigkeit von elftausend Metern pro Sekunde zu beschleunigen. Außerdem rechnete er vor, das Algebrabuch in der Hand, daß ein so schweres Projektil selbst mit dieser Geschwindigkeit nie über die Atmosphäre der Erde hinauskäme. Nicht einmal fünfzehn Kilometer weit würde es fliegen! Selbst wenn man diese Geschwindigkeit aber als möglich und ausreichend ansah, würde das Geschoß niemals dem Druck des sich bei der Zündung von 1,6 Millionen Pfund Pulver entwickelnden Explosionsgemischs standhalten können! Falls aber doch, so würde es nie eine so immense Explosionstemperatur überstehen, sondern beim Austritt aus der Mündung der Kolumbiade schmelzen und sich als flüssiger Brei auf die Köpfe unvorsichtiger Zuschauer des Spektakels ergießen!

Barbicane nahm diese Angriffe, ohne mit der Wimper zu zucken, zur Kenntnis und arbeitete weiter an seinem Projekt.

Daraufhin packte Nicholl die Sache anders an und erklärte in seinen Traktaten und Leserbriefen, daß das Projekt nicht nur völlig unnütz sei, sondern in jeder Hinsicht sehr gefährlich wäre. Sowohl für die Bürger, die ein so verwerfliches Spektakel durch ihre Anwesenheit erst möglich machten, als auch für die Städte in der Nachbarschaft des Standorts der schrecklichen Kanone. Er gab auch zu bedenken, daß das Geschoß, da es unmöglich den Mond erreichen konnte, unweigerlich auf die Erde herabstürzen und daß eine solche Masse mit seiner durch den Fall potenzierten Wucht einen riesigen Schaden in der betroffenen Region anrichten würde. Deshalb müsse die Regierung dieses Vorhaben unter allen Umständen verhindern, was keinen unerlaubten Eingriff des Staates in die Freiheitsrechte eines einzelnen sei, sondern geradezu dringend geboten, um die Sicherheit der Allgemeinheit zu gewährleisten, die nicht durch das Privatvergnügen einiger weniger gefährdet werden dürfe.

Man sieht, zu welchen Übertreibungen sich Captain Nicholl hinreißen ließ. Er stand mit seiner Meinung allein, niemand nahm seine unheilvollen Prophezeiungen ernst. Man ließ ihn einfach sich weiter die Lunge aus dem Hals schreien, wie es seinem Naturell eben entsprach. Er machte sich zum Verteidiger einer Sache, die von vornherein zum Scheitern verurteilt war. Man konnte ihn nicht überhören, aber niemand hörte auf ihn, und er machte dem Präsidenten des Kanonenclubs keinen einzigen Anhänger abspenstig. Dieser nahm sich, wie gesagt, nicht einmal die Zeit, sich gegen dessen Angriff zu wehren.

Als Nicholl sich selbst ins Abseits manövriert hatte, wo nicht einmal mehr sein Name etwas zählte, entschloß er sich, sein Geld für seine Sache einzusetzen. So schrieb er im *Enquirer* von Richmond eine Reihe von Wetten aus, die er immer höher ansetzte und die er folgendermaßen formulierte:

1. Wette
Daß der Kanonenclub nicht die Gelder zur Finanzierung seines Projekts aufbringen kann... 1000 Dollar.

2. Wette
Daß der Guß einer Kanone von dreihundert Metern Länge undurchführbar ist und nicht gelingen wird... 2000 Dollar.

3. Wette
Daß die geplante Kolumbiade nicht geladen werden kann und daß sich die Schießbaumwolle unter dem Gewicht des Projektils von selbst entzünden wird... 3000 Dollar.

4. Wette
Daß die Kolumbiade gleich beim Abschuß explodiert... 4000 Dollar.

5. Wette
Daß das Geschoß keine zehn Kilometer weit fliegt und Sekunden nach dem Abschuß herunterfällt... 5000 Dollar.

Wenn man den Wert des Dollars berücksichtigt, sieht man, daß der Captain in seiner Verbohrtheit ein ganzes Vermögen aufs Spiel setzte, insgesamt fünfzehntausend Dollar.

Ungeachtet der Gesamtsumme dieser Wetten schickte ihm der Präsident des Kanonenclubs ein Schreiben, das in diesem Zusammenhang nicht besser hätte formuliert sein können. Sein Text bestand aus einem Satz:

Baltimore, den 18. Oktober

Die Wette gilt.

Barbicane

XI

Florida und Texas

Ein Frage war noch offen: Wo sollte das Geschütz aufgestellt werden?

Die Empfehlung der Sternwarte Cambridge besagte, daß der Abschuß im rechten Winkel zum Horizont erfolgen müsse, also in Richtung Zenit. Da der Mond nur zwischen den

28. Breitengraden südlich und nördlich des Äquators direkt im Zenit über der Erde steht, mußte man dort nach einem Ort suchen, wo die Kolumbiade gegossen und aufgestellt werden konnte.

Am 20. Oktober fand eine Generalversammlung im Kanonenclub statt, zu der Barbicane eine wunderbare Karte der Vereinigten Staaten von Z. Belltropp mitbrachte.

Aber J.-T. Maston ließ ihm nicht einmal die Zeit, sie zu entfalten, und ergriff mit dem ihm eigenen Ungestüm das Wort: »Verehrte Kollegen! Was wir hier heute besprechen, ist von nationaler Bedeutung! Und es bietet sich uns die Möglichkeit, ein Fanal des Patriotismus zu errichten.«

Die Mitglieder des Kanonenclubs sahen sich ratlos an. Keiner begriff, worauf er hinauswollte.

»Keinem von uns«, fuhr Maston fort, »käme es in den Sinn, den Ruhm seines Landes aufs Spiel zu setzen. Und wenn es etwas gibt, das die Vereinigten Staaten fordern dürfen, dann ist es die Errichtung der grandiosen Kanone unseres Clubs. Unter den augenblicklichen Umständen ...«

»Lieber Maston ...«, unterbrach ihn Präsident Barbicane.

»Ich verlange, mein Recht auf freie Meinungsäußerung ausüben zu können«, erwiderte der hitzige J.-T. Maston. »Und ich bin der Meinung, daß der Standort, von wo aus unser glorreiches Geschoß aufsteigen wird, innerhalb der Vereinigten Staaten liegen sollte!«

»Ganz richtig!« ertönte es vereinzelt im Saal.

»Nun gut! Da unsere Grenzen nicht weit genug gesteckt sind und uns das Meer im Süden eine unüberwindliche Schranke aufzwingt und da wir diesen achtundzwanzigsten Breitengrad in einem angrenzenden Land suchen müssen, sehe ich einen hinreichenden Kriegsgrund gegeben und fordere, daß wir Mexiko den Krieg erklären!«

»Nein! Aber nein!« ertönte es von allen Seiten.

»Nein?« rief J.-T. Maston. »Nein? Dieses Wort hier im Saal zu hören erstaunt mich doch sehr ...«

»Aber hören Sie doch…!«

»Ich will nichts weiter hören!« schrie der wutentbrannte Redner. »Dieser Krieg kommt früher oder später. Ich verlange nur, daß er heute beginnt!«

»Maston!« rief Barbicane mit grollender Stimme. »Ich entziehe Ihnen hiermit das Wort!«

Maston wollte sich wehren, aber einigen seiner Kollegen gelang es, ihn davon abzuhalten.

»Ich stimme der Forderung zu«, sagte Barbicane, »daß das Unternehmen nur auf dem Boden der Vereinigten Staaten stattfinden kann und darf. Aber wenn mein ungeduldiger Freund mir nicht das Wort streitig gemacht und er einen Blick auf die Karte geworfen hätte, wüßte er bereits, daß es völlig unnötig ist, unseren Nachbarn deswegen den Krieg zu erklären, denn einige Gebiete der USA liegen zwischen dem achtundzwanzigsten Breitengrad und dem Äquator. Überzeugen Sie sich selbst – der ganze Süden von Texas und Florida liegt in dieser Region!«

J.-T. Mastons Intervention hatte keine Folgen, obwohl er sich nur ungern überzeugen ließ. Man faßte den Beschluß, die Kolumbiade entweder auf dem Boden von Texas oder von Florida zu gießen. Aber diese Entscheidung beschwor eine beispiellose Rivalität zwischen den Städten dieser beiden Staaten herauf.

Wo der 28. Breitengrad im Osten auf das Territorium der USA trifft, teilt er die Halbinsel von Florida in zwei etwa gleich große Hälften. Nach Westen hin verläuft er unterhalb des Bogens, den die Staaten Alabama, Mississippi und Louisiana bilden, durch den Golf von Mexiko. Dann trifft er auf Texas, dessen Südostecke er abschneidet, überquert die Sierra Madre, den Golf von Kalifornien und den Südzipfel Kaliforniens und führt schließlich auf den Pazifischen Ozean hinaus. Nur die südlichsten Regionen von Texas und Florida befanden sich demnach in der von der Sternwarte Cambridge empfohlenen Gegend.

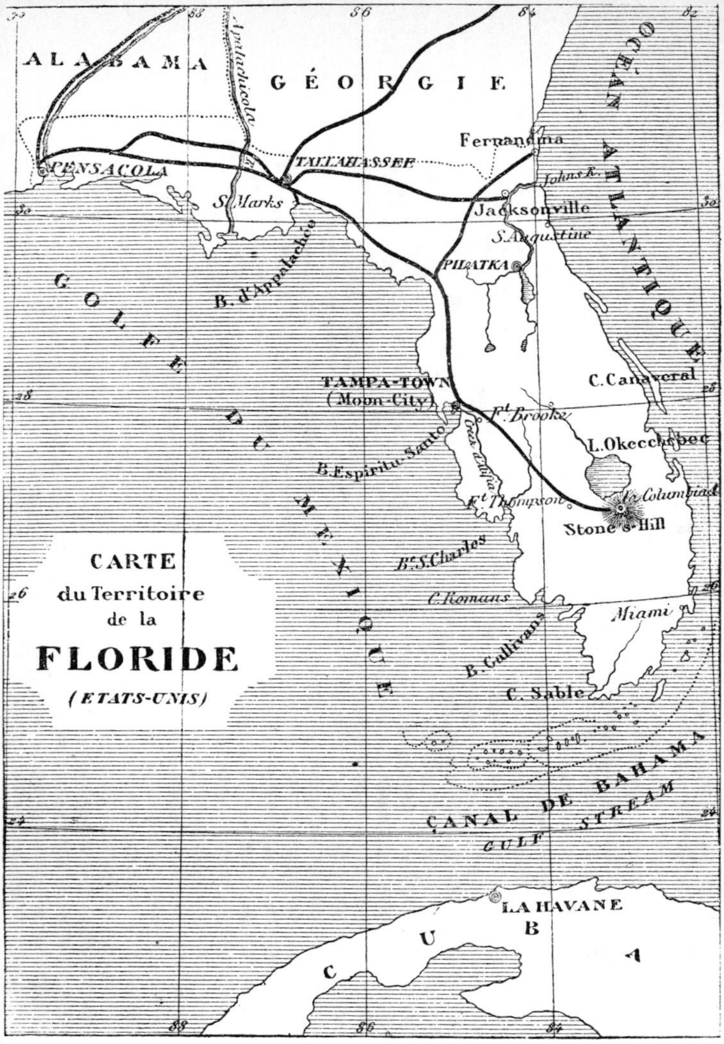

Karte von Florida

Im südlichen Teil von Florida gab es keine größeren Städte, sondern nur einige Forts, die die Siedler gegen umherstreifende Indianer schützten. Tampa war die einzige Stadt, die sich als Standort für die Kolumbiade bewerben konnte.

Im Südosten von Texas gab es dagegen viel mehr und viel größere Städte: Corpus Christi im Bezirk Nueces und die Städte am Rio Bravo – Laredo, Comalites und San Ignacio im Bezirk Web, Roma und Rio-Grande City im Bezirk Starr, Edinburgh im Hidalgo, Santa Rita, El Panda und Braunsville im Cameron – sie alle bildeten eine mächtige Liga gegen die Ansprüche von Florida.

Sobald die Entscheidung bekanntgeworden war, eilten die Abgesandten von Texas und Florida nach Baltimore. Dort belagerten sie Tag und Nacht Präsident Barbicane und andere einflußreiche Mitglieder des Kanonenclubs mit ihren Forderungen. In der Antike haben sich sieben Städte um die Ehre gestritten, Geburtsstadt von Homer zu sein; hier drohte ein handfester Konflikt zwischen zwei Bundesstaaten wegen einer Kanone.

In den Straßen von Baltimore sah man tatsächlich Landsleute aus den verfeindeten »Bruderstaaten« in Waffen, und jedesmal, wenn sie zusammentrafen, waren Auseinandersetzungen zu befürchten, die katastrophale Folgen hätten nach sich ziehen können. Dank der Klugheit und des Geschicks von Präsident Barbicane konnte das Schlimmste verhindert werden. Die Parteinahmen zogen sich bis in die Presse hinein, wo die Streitigkeiten großen Widerhall fanden. Der *New York Herald* und die *Tribune* unterstützten Texas, während die *Times* und die *American Review* auf Floridas Seite standen. Die Mitglieder des Kanonenclubs wußten nicht mehr, wem sie Gehör schenken sollten.

Texas präsentierte stolz seine sechsundzwanzig Bezirke. Florida antwortete, daß seine zwölf Bezirke auf dem sechsmal kleineren Territorium viel effektiver seien. Texas brüstete sich mit seinen dreihundertdreißigtausend Einwohnern; aber mit seinen sechsundfünfzigtausend Einwohnern rühmte sich das kleinere Florida der größeren Bevölkerungsdichte. Außerdem hielt man den Texanern vor, daß das in Texas grassierende Sumpffieber jahraus, jahrein mehrere tausend Tote forderte. Und das traf durchaus zu. Darauf entgegneten die Texaner, daß das Sumpffieber in Florida genauso schlimm sei, und es zumindest unklug wäre, andere Gegenden als ungesund zu verschreien, wenn man selbst die Ehre habe, das »schwarze Erbrechen« in chronischer Form im Lande zu haben. Was durchaus zutraf.

»Im übrigen«, fügten die Texaner mit der Schützenhilfe des *New York Herald* hinzu, »verdient der Staat Hochachtung, in dem die schönste Baumwolle der Vereinigten Staaten wächst, wo die beste Eiche für den Schiffsbau herkommt und die prächtigste Kohle und das gehaltvollste Eisenerz gefördert werden.«

Darauf erwiderte die *American Review*, daß der Boden von Florida, auch ohne solche Schätze zu bergen, die besten Bedingungen für das Anlegen der Form und das Gießen der Kolumbiade aufweise, da er aus Sand und Tonerde bestehe.

»Aber«, hielten die Texaner dagegen, »ehe man in einem Land etwas gießen kann, muß man dorthin gelangen. Die Verkehrsverbindungen nach Florida sind aber sehr dürftig, während Texas die weitläufige Bucht vor Galveston zu bieten hat, wo alle Flotten der Welt vor Anker gehen könnten.«

»Na schön«, antworteten die Zeitungen der Floridafraktion, »jetzt prahlt ihr schon mit der Bucht von Galveston, die nördlich des 29. Breitengrads liegt. Da brauchen wir uns mit der Bucht von Espiritu Santo wirklich nicht zu verstecken, deren Öffnung genau auf dem 28. Breitengrad liegt und in der die Schiffe die Stadt Tampa unmittelbar anfahren können!«

»Und was ist das für eine Bucht?« gaben die Texaner zurück. »Eine, die halbvoll mit Sand ist!«

»Sandfresser seid ihr selbst!« rief Florida. »Aber ihr haltet uns wohl für ein Land der Wilden?«

»Ja, immerhin machen die Seminolen eure Prärien unsicher!«

»Ach was? Und eure Apachen! Und eure Komantschen! Sind die vielleicht zivilisiert?«

So wogte das Kriegsgeschrei einige Tage hin und her, bis Florida seinen Gegner auf ein anderes Kampfgebiet lockte. Und eines Morgens deutete die *Times* an, daß das Vorhaben ein »essentiell amerikanisches« sei und daher auch nur von »essentiell amerikanischem Territorium« aus gestartet werden könne!

Empört riefen die Texaner: »Sind wir etwa nicht ebenso Amerikaner wie ihr? Sind Texas und Florida nicht beide 1845 in die Union aufgenommen worden?«

»Sicher«, antwortete die *Times*, »aber wir sind schon seit 1820 Amerikaner.«

»Das glauben wir gern«, war die Antwort der *Tribune*. »Nachdem ihr zweihundert Jahre Spanier und Engländer ward, hat man euch für fünf Millionen Dollar an die Vereinigten Staaten verkauft.«

»Und wenn schon!« entgegnete Florida. »Soll das eine Schande sein? Hat man nicht von Napoleon Bonaparte den Staat Louisiana im Jahre 1803 für sechzehn Millionen abgekauft?«

»Es ist eine Schande«, riefen die Texaner erbost, »wenn ein armseliges Fleckchen Erde wie Florida es wagt, sich mit Texas zu vergleichen, das sich nicht verkauft, sondern sich selbst für unabhängig erklärt, am 2. März 1836 die Mexikaner vertrieben und sich nach dem Sieg von Samuel Houston am San Jacinto über die Truppen von Santa-Anna aus eigener Kraft zur föderativen Republik ausgerufen hat! Mit einem Land also, das sich aus eigenem Willen den Vereinigten Staaten von Amerika angeschlossen hat!«

»Weil man Angst vor den Mexikanern hatte!« stichelte Florida.

Angst! Das war zuviel! Ab dem Tag, an dem dieses Wort gefallen war, war die Lage unhaltbar geworden. Man konnte darauf warten, daß sich die Anhänger der beiden Parteien in den Straßen von Baltimore an die Gurgel gingen. Man mußte die Abgesandten überwachen.

Präsident Barbicane wußte nicht mehr, wo ihm der Kopf stand. Eine Flut von offiziellen Schreiben, Dokumenten und Drohbriefen brach über ihn herein. Welcher Partei sollte er den Vorzug geben? Was die Eignung des Terrains und die Nachrichten- und Verkehrsverbindungen betraf, waren beide Staaten gleich geeignet. Die politischen Rivalitäten konnte er außer acht lassen.

In dieser Verlegenheit zögerte Barbicane lange, bis er sich endlich zum Handeln entschloß. Er versammelte seine Kollegen, und der Beschluß, den er ihnen mitteilte, war, wie man sehen wird, gut überlegt und weise.

»In Anbetracht dessen«, sagte er, »was sich zwischen Florida und Texas augenblicklich abspielt, ist es offenkundig, daß sich dieselben Auseinandersetzungen zwischen den Städten des Staates wiederholen werden, der den Zuschlag erhält. Es wird also zu einer Verlagerung der Rivalitäten kommen. In Texas gibt es elf Städte, die in Frage kommen – und die sich um die Ehre des Standorts schlagen werden. Und wir würden dort nur neuen Ärger bekommen. In Florida aber gibt es nur eine. Die Entscheidung fällt also auf Florida und auf die Stadt Tampa!«

Als diese Entscheidung bekannt wurde, waren die Abgesandten von Texas zuerst wie vom Donner gerührt. Dann packte sie eine unbeschreibliche Wut, und sie beschimpften und bedrohten verschiedene Mitglieder des Kanonenclubs. Dem Stadtrat von Baltimore blieb nichts anderes übrig, als schnell zu reagieren. Man stellte einen Sonderzug bereit, den die Texaner, ob sie wollten oder nicht, besteigen mußten, und schon bald dampften sie mit fünfzig Stundenkilometern aus der Stadt.

Doch die schnelle Abreise hinderte sie nicht daran, noch ei-

Man mußte die Abgesandten überwachen

nen letzten ätzenden Spott über ihre Gegner auszuschütten. In Anspielung auf die Natur der Halbinsel Florida, die von drei Seiten von den Meeren bedrängt wurde, behaupteten sie, daß diese dem Rückstoß des Geschützes nicht standhalten würde und beim Abschuß des Projektils in tausend Stücke zerspringen würde.

»Na ja, dann zerspringt sie eben«, antwortete Florida lakonisch, wie die alten Griechen es nicht souveräner gekonnt hätten.

XII

Urbi et orbi,
für die Stadt und den Erdkreis

Nachdem die astronomischen, technischen und geographischen Sachfragen geklärt waren, beschäftigte man sich mit der Finanzierung des Projekts. Zu seiner Durchführung war eine enorme Geldsumme aufzutreiben. Kein einzelner und auch kein Staat hätte die erforderlichen Millionen allein zur Verfügung stellen können.

Präsident Barbicane machte daher das ursprünglich amerikanische Projekt zu einer Sache von allgemeinem Interesse und verlangte, daß jedes Volk einen finanziellen Beitrag dazu leisten solle. Die ganze Welt hatte das Recht und die Pflicht, sich an einem Unternehmen zu beteiligen, das Menschen von der Erde zum Mond bringen sollte. Zu diesem Zweck wurde von der Stadt Baltimore ausgehend eine Subskription für den ganzen Erdkreis, also *urbi et orbi*, eröffnet.

Dieser Subskription war ein unerwarteter Erfolg beschieden, was um so erstaunlicher war, als es sich nicht um Kredite oder Darlehen handelte, sondern um Schenkungen. Die Sache war völlig unprofitabel im engsten Sinne des Wortes, denn

Gewinn in der Form von Zinsen oder ähnliches konnte damit nicht erzielt werden.

Barbicanes Botschaft hatte nicht an den Grenzen der Vereinigten Staaten haltgemacht; sie war über den Atlantik und über den Pazifik nach Asien und Europa, nach Afrika und Ozeanien gedrungen. Die Sternwarten der Union setzten sich mit den Sternwarten im Ausland in Verbindung. Aus Paris, Sankt Petersburg, Kapstadt, Berlin, Altona, Stockholm, Warschau, Hamburg, Budapest, Bologna, Malta, Lissabon, Benares, Madras und Peking kamen Glückwünsche; die anderen blieben vorsichtig abwartend auf Distanz.

Die Sternwarte von Greenwich, der sich die zweiundzwanzig anderen astronomischen Beobachtungsstätten von Großbritannien anschlossen, sprach dem Projekt rundweg jede Erfolgsaussicht ab und schloß sich den Aussagen von Captain Nicholl an. Während daher verschiedene wissenschaftliche Vereinigungen versprachen, Delegierte nach Tampa zu entsenden, ging man auf der Vorstandssitzung in Greenwich nach der Erwähnung von Barbicanes Manifest ohne ein Wort der Aussprache zur Tagesordnung über. Hier kam nichts anderes als die Eifersucht der ehemaligen Kolonialherren zum Ausdruck.

Insgesamt war das Echo in der Gelehrtenwelt ausgezeichnet, und von da aus verbreitete sich die positive Aufnahme dieses Manifests überall unter der Masse der Bevölkerung, die sich von dem Vorhaben begeistert zeigte. Das war von ganz großer Bedeutung, denn diese Bevölkerungsmassen waren dazu aufgerufen, ein beträchtliches Kapital zur Verfügung zu stellen.

Am 8. Oktober hatte Präsident Barbicane ein Manifest veröffentlicht, in dem er in leidenschaftlichen Worten an »alle Menschen auf der Erde, die guten Willens sind«, appellierte. Dieses Dokument wurde in alle Sprachen der Welt übersetzt und war ein voller Erfolg.

Die Subskriptionen wurden in den wichtigsten Städten der

Vereinigten Staaten unter der Federführung der Bank von Baltimore, Baltimore Street 9, eröffnet. Dann erfolgten die Subskriptionen in den verschiedenen Ländern Amerikas und Europas:

in Wien bei S.-M. von Rothschild,
in Sankt Petersburg bei Stieglitz und Co.,
in Paris beim Crédit Mobilier,
in Stockholm bei Tottie und Arfuredson,
in London bei N.-M. de Rothschild et Fils,
in Turin bei Ardouin und Co.,
in Berlin bei Mendelssohn,
in Genf bei Lombard, Odier und Co.,
in Konstantinopel bei der Ottomanischen Bank,
in Brüssel bei S. Lambert,
in Madrid bei Daniel Weisweller,
in Amsterdam beim Niederländischen Kreditverein,
in Rom bei Torlonia und Co.,
in Lissabon bei Lecesne,
in Kopenhagen bei der Privatbank,
in Buenos Aires bei der Bank Maua,
in Rio de Janeiro bei derselben Institution,
in Montevideo ebenso,
in Valparaiso bei Thomas La Chambre und Co.,
in Mexiko bei Martin Daran und Co. und
in Lima bei Thomas La Chambre und Co.

Drei Tage nach der Veröffentlichung des Manifests von Präsident Barbicane waren in den verschiedenen Städten der Vereinigten Staaten vier Millionen Dollar, das entspricht sechzehn Millionen Goldmark, an Subskriptionsgeldern eingegangen. Mit einem solchen Kapital ausgerüstet, konnte der Kanonenclub mit dem Unternehmen beginnen.

Aber kurze Zeit später erfuhr Amerika durch Depeschen aus dem Ausland, daß dort zusätzlich Subskriptionen in großem Umfang gezeichnet wurden. Einige Länder melde-

Die Subskriptionen wurden eröffnet

ten sehr großzügige Zeichnungen, während man sich in anderen weniger leicht damit tat. Das ist ein Frage des Temperaments.

Im übrigen sagen die Zahlen mehr aus als alle Worte, weshalb nachfolgend die offizielle Aufstellung nach Abschluß der Subskription aller an den Kanonenclub überwiesenen Gelder zitiert werden.

Rußland hat mit dem enormen Betrag von 368733 Rubeln (1,180 Millionen Mark) gezeichnet. Das kann nur erstaunen, wenn man nicht weiß, daß die Russen an allen Fragen der Wissenschaft sehr interessiert sind und daß sie der Astronomie wichtige Impulse verleihen dank ihrer zahlreichen Sternwarten, deren bedeutendste zwei Millionen Rubel gekostet hat.

In Frankreich lachte man zuerst über diese Idee der Amerikaner. Plötzlich waren tausend Mondwitze im Umlauf, und in zwei Dutzend Mondstücken schlugen sich die Schmierenkomödianten Abgeschmacktheiten und Ignorantentum um die Ohren. Aber da die Franzosen ihre Ausgelassenheit schon immer nachträglich bitter bezahlen mußten, subskribierten sie 1253930 Francs (1,003 Millionen Mark), eine Summe, für die man ihnen wirklich ein bißchen Amüsement zugestehen mußte.

Österreich-Ungarn zeigte sich, trotz seiner Finanzmisere, ziemlich großzügig. Sein Anteil an der öffentlichen Unterstützung betrug 216000 Gulden (416000 Mark), die sehr willkommen waren.

Auf 52000 Reichstaler belief sich der Beitrag von Schweden und Norwegen, der im Verhältnis zur Größe dieser Länder bedeutend war. Nur wäre er sicher noch größer gewesen, wenn die Subskription nicht nur in Stockholm, sondern auch in der norwegischen Hauptstadt Christiania stattgefunden hätte. Aus irgendeinem Grund schickten die Norweger nicht gern ihr Geld nach Schweden.

Preußen bezeugte durch Subskriptionen in der Höhe von 250000 Talern (750000 Mark) seine hohe Wertschätzung des

Projekts. Die preußischen Sternwarten beteiligten sich mit einer beträchtlichen Summe und gehörten zu den leidenschaftlichsten Parteigängern von Präsident Barbicane.

Die Türkei spendete auch großzügig, fühlte sich aber unmittelbar von dem Unternehmen betroffen, weil der türkische Kalender nach Mondjahren zählte und der Fastenmonat Ramadan ebenfalls nach dem Mond datiert wurde. Sie zahlte 1372640 Piaster (275000 Mark) mit einem Feuereifer, der auf einen gewissen Druck von seiten der Hohen Pforte schließen ließ.

Belgien zeichnete sich unter den kleineren Staaten durch eine Spende von 513000 Francs (410400 Mark) aus, was etwa 12 Centimes pro Einwohner entspricht.

Das Interesse von Holland und seinen Kolonien kam in einer Beteiligung von 110000 Gulden (188320 Mark) zum Ausdruck; allerdings baten die Holländer um fünf Prozent Skonto, da sie doch bar bezahlt hätten.

Das kleine Dänemark gab immerhin 9000 Dukaten (93931 Mark) und zeigte damit wieder einmal die Vorliebe der Dänen für wissenschaftliche Expeditionen.

Der Deutsche Bund brachte 34285 Gulden (57600 Mark) ein. Etwas anderes konnte man nicht verlangen. Mehr hätte er auch nicht herausgerückt.

Italien hatte einige Schwierigkeiten, 200000 Lire aus den Taschen seiner Landeskinder beizusteuern, die zweimal umgedreht werden mußten. Wenn es Venetien noch besessen hätte, wäre es wohl besser gegangen. Aber Venetien gehörte eben zu Österreich-Ungarn.

Der Kirchenstaat wollte sich wenigstens mit 7040 römischen Talern (30413 Mark) beteiligen, und Portugal ließ sich seine Förderung der Wissenschaft 30000 Cruzados (90560 Mark) kosten.

Mexiko gehörte mit 86 Piastern (1382 Mark) zu den sparsamsten Geldgebern. Aber Imperien, die im Entstehen begriffen sind, haben immer gewisse Geldnöte.

Mit 257 Schweizer Franken trug die Schweiz zum Gelingen des amerikanischen Weltraumexperiments bei. Da gibt es nichts zu beschönigen: In der Schweiz sah man kein praktisches Ziel dieser Unternehmung. Ein Projektil auf den Mond zu schießen, erschien den Schweizern kein vielversprechender Weg zur Anbahnung von Geschäftsbeziehungen zum Gestirn der Nacht. Diese Art von Kapitalanlage kam den Schweizern nicht besonders sicher vor, und vielleicht hatten sie letzten Endes recht damit.

Und in Spanien gelang es nicht, mehr als 110 Reales (47 Mark und 84 Pfennig) zu sammeln. Es hieß, man müsse erst noch die Eisenbahn fertigbauen. In Wirklichkeit hat aber die Wissenschaft in diesem Land keinen hohen Stellenwert und ist daher etwas zurückgeblieben. Und einige Spanier, die nicht einmal zu den Ungebildeten gehörten, konnten sich keine richtige Vorstellung von der Masse des Projektils im Verhältnis zur Masse des Mondes machen: Sie befürchteten, daß es die Bahn und damit den Trabantenstatus des Mondes verändern und daß dieser dann auf die Erdkugel herabstürzen würde. Mit einem solchen Unternehmen wollten sie lieber nichts zu tun haben. Daran hielten sich die Spanier dann auch, außer denen, die doch ein paar Reales schickten.

England bleibt noch zu erwähnen. Wir wissen bereits, auf welche Ablehnung und Verachtung das Projekt von Präsident Barbicane dort gestoßen war. Die fünfundzwanzig Millionen Menschen zählende Bevölkerung von Großbritannien ist sich im Grunde ihres Herzen immer einig. Und so gab man zu verstehen, daß die Initiative des Kanonenclubs dem Prinzip der »Nichteinmischung« zuwiderlief, und das amerikanische Projekt erhielt nicht einen Penny Unterstützung vom ehemaligen Mutterland.

Im Kanonenclub nahm man diese Nachricht nur achselzuckend zur Kenntnis und wandte sich wieder der großen Aufgabe zu. Und als Südamerika, das heißt Peru, Chile, Brasilien, die La-Plata-Staaten und Kolumbien insgesamt 300 000 Dollar

(1,2 Millionen Mark) überwiesen hatten, war der Club im Besitz eines ansehnlichen Kapitals, das sich wie folgt zusammensetzte:

Subskriptionen aus den Vereinigten Staaten	4000000 Dollar
Subskriptionen aus dem Ausland	1446675 Dollar
Gesamtsumme	5446675 Dollar

Über diese erstaunliche Summe von fast zweiundzwanzig Millionen Mark braucht man sich dennoch nicht zu wundern. Die Kosten für Guß-, Bohr- und Maurerarbeiten für das Geschütz, für den Transport und die Unterbringung der Arbeiter in einer kaum besiedelten Gegend, für den Bau von Gebäuden und Hochöfen, für Werkzeuge und Maschinen, für Pulver und Projektil und für Allgemeinkosten würden sie fast ganz verschlingen. Mancher Kanonenschuß im Bürgerkrieg hat viertausend Mark gekostet. Der einzigartige Schuß von Präsident Barbicane konnte über fünftausendmal mehr kosten.

Am 20. Oktober wurde mit der Firma Goldspring bei New York, die an Parrott die besten Kanonen geliefert hatte, ein Vertrag geschlossen. Er besagte, daß die Hüttenwerke Goldspring das nötige Material für den Guß der Kolumbiade nach Tampa in Südflorida bringen und die Kanone dort herstellen würden. Bis spätestens 15. Oktober nächsten Jahres sollte die Kanone mängelfrei fertiggestellt sein. Wenn die Vertragsbestimmungen nicht eingehalten würden, drohte ein Strafgeld in Höhe von hundert Dollar pro Tag und zahlbar bis zum nächsten günstigen Abschußzeitpunkt, das heißt, in achtzehn Jahren und elf Tagen. Für die Einstellung und Bezahlung der Arbeiter und alle nötigen laufenden Maßnahmen war die Firma Goldspring verantwortlich.

Dieser Vertrag wurde in zweifacher Ausfertigung, nach bestem Wissen und Gewissen, aufgesetzt und von Impey Bar-

Die Hüttenwerke Goldspring

bicane, dem Präsidenten des Kanonenclubs, sowie von J. Murchison, dem Direktor der Hüttenwerke Goldspring, unterschrieben.

XIII

Stone's Hill

Seitdem die Entscheidung des Kanonenclubs bezüglich des Abschußstandortes gegen Texas ausgefallen war, machten es sich die Amerikaner, die alle lesen können, zur Pflicht, die Geographie von Florida zu studieren. Die Buchhändler hatten noch nie so viele Exemplare von Bartrams *Reise durch Florida*, Romans *Naturgeschichte von Ost- und Westflorida*, Williams *Die Region Florida* und Clelands *Über den Zuckerrohranbau in Ostflorida* verkauft. Die Bücher mußten sogar nachgedruckt werden. Es war ein Riesengeschäft.

Barbicane hatte anderes zu tun, als zu lesen. Er wollte die Gegend mit eigenen Augen sehen, um den genauen Standort der Kolumbiade bestimmen zu können. Deshalb stellte er der Sternwarte Cambridge die nötigen Mittel zur Herstellung eines Teleskops zur Verfügung und beauftragte die Firma Breadwill & Co. in Albany mit der Anfertigung des Projektils aus Aluminium. Dann reiste er in Begleitung von J.-T. Maston, Oberst Elphiston und des Direktors der Hüttenwerke Goldspring von Baltimore ab.

Am nächsten Morgen kamen die vier Reisenden in New Orleans an. Dort schifften sie sich unverzüglich auf der *Tampico* ein, einem Meldeschiff der Bundesmarine, das die Regierung der USA ihnen zur Verfügung gestellt hatte. Die Kessel standen unter Volldampf, und bald entschwand das Ufer von Louisiana ihren Blicken.

Die Überfahrt dauerte nicht lange. Nachdem die *Tampico*

zwei Tage und etwa achthundert Kilometer unterwegs gewesen war, kam die Küste von Florida in Sicht. Beim Näherkommen erblickte Barbicane ein flaches und ziemlich unfruchtbar aussehendes Land. Sie fuhren an einer Reihe kleiner Buchten entlang, die reich an Hummer und Austern waren, bis die *Tampico* in die Bucht von Espiritu Santo einbog.

Diese Bucht teilt sich in die langgezogenen Reeden von Tampa und Hillisboro, und bald darauf spiegelten sich die Flachbatterien von Fort Brooke auf dem Wasser, und schließlich tauchte das Städtchen Tampa am Ende eines natürlichen Hafens, den die Mündung des Hillisboro bildete, auf.

Dort machte die *Tampico* am 22. Oktober um sieben Uhr abends fest, und die vier Passagiere gingen sofort von Bord.

Barbicane spürte, wie sein Herz heftig pochte, als er den Boden von Florida betrat; er machte ganz bedächtige, tastende Schritte, wie ein Architekt, der die Stabilität eines Hauses überprüft. J.-T. Maston stocherte mit seinem Armhaken im Boden.

»Mein Herren«, sagte Barbicane, »wir haben keine Zeit zu verlieren. Morgen machen wir einen Aufklärungsritt durch das Land.«

An Land bereiteten die dreitausend Einwohner von Tampa Barbicane einen begeisterten Empfang, den der Präsident des Kanonenclubs verdient hatte dafür, daß er ihrer Stadt den Vorzug gegeben hatte. Aber Barbicane entzog sich bald ihren Beifallsbekundungen und suchte sein Zimmer im Hotel Franklin auf, wo er von niemandem gestört werden wollte. Für die Rolle eines Stars eignete er sich ganz und gar nicht.

Am nächsten Morgen, dem 23. Oktober, stampften kleine kräftige spanische Pferde unter seinem Fenster. Aber statt vier Pferden standen fünfzig vor dem Hotel, mitsamt ihren Reitern. Als Barbicane mit seinen drei Begleitern aus dem Hotel trat, war er sehr erstaunt, einer ganzen Kavallerieabteilung gegenüberzustehen. Er bemerkte außerdem, daß die Reiter alle mit Karabinern und Pistolen bewaffnet waren.

Tampa vor dem Bau der Kolumbiade

Einer der jungen Männer klärte ihn auf: »Da draußen gibt es Seminolen, Sir.«

»Was für Seminolen?«

»Wilde, die durch die Prärie ziehen. Es schien uns angebracht, Ihnen Geleitschutz zu bieten.«

»Pah!« machte J.-T. Maston, als er auf sein Pferd stieg.

»Es ist aber sicherer«, beharrte der junge Mann.

»Meine Herren!« erwiderte Barbicane. »Ich danke Ihnen für diese besondere Aufmerksamkeit. Und jetzt vorwärts!«

Der kleine Trupp setzte sich sogleich in Bewegung und war bald in einer Staubwolke verschwunden. Es war fünf Uhr morgens. Die Sonne leuchtete bereits grell, und es war fast dreißig Grad warm. Eine kühle Brise von der See machte die Hitze erträglich.

Barbicane ritt von Tampa in Richtung Süden auf das Flüßchen Alifia zu, das in die Reede von Hillisboro mündete, achtzehn Kilometer südlich von der Stadt. Sie ritten an der Alifia entlang, flußaufwärts und in östlicher Richtung. Die Bucht hinter ihnen wurde bald von hügeligem Gelände verdeckt, und vor ihnen erstreckte sich die typische Landschaft von Florida.

Florida bestand aus zwei Teilen. Der Nordteil war dichter besiedelt; sein Zentrum war Tallahassee; in Pensacola befand sich eines der größten Marinearsenale der Vereinigten Staaten. Der Südteil von Florida lag eingezwängt zwischen den Fluten des Atlantiks und des Golfs von Mexiko, eine Halbinsel, die sich, vom Golfstrom ständig angenagt, ins Antillenarchipel der Karibik vorstreckte. Er bewachte die Straße von Florida, durch die zahllose Schiffe in den sturmgepeitschten Golf einfuhren. Der Staat Florida hatte eine Fläche von 15 365 440 Hektar; davon sollte einer südlich des 28. Breitengrades als Standort ausgewählt werden, und so suchte Barbicane vom Pferd aus aufmerksam und prüfend den Boden nach einem geeigneten Ort ab.

Florida war 1512 von Juan Ponce de Leon kurz vor Ostern

(spanisch: Pascua Florida) entdeckt worden. Seine heißen und von der Sonne versengten Küsten verdienten aber kaum, »florierend«, blühend, genannt zu werden. Aber wenn man von der Küste ins Landesinnere vorstieß, änderte sich nach einigen Kilometern die Landschaft und erwies sich ihres Namens würdig. Das ganze Land war von Bächen und kleinen Flußläufen, Weihern und Seen durchzogen, so daß man an Holland oder Guyana erinnert wurde. Dann stieg das Terrain merklich an und bot bald den Anblick von fruchtbaren Ebenen, auf denen alle nördlichen und südlichen Pflanzenkulturen auf riesigen Feldern wuchsen, die in der tropischen Sonne und mit dem Wasser des lehmigen Bodens prächtig gediehen. Die Ananas-, Yams-, Tabak-, Reis-, Baumwoll- und Zuckerrohrplantagen dehnten sich bis zum Horizont und breiteten sich in sorgloser Üppigkeit vor dem Blick des Fremden aus.

Barbicane schien sehr befriedigt darüber, daß das Gelände anstieg. J.-T. Maston sprach ihn darauf an, und er antwortete: »Lieber Freund, wir tun wirklich gut daran, unsere Kolumbiade im Hochland aufzustellen.«

»Weil wir dann näher am Mond sind?« rief der Sekretär des Clubs.

»Nein«, erwiderte Barbicane lächelnd. »Ein paar Meter mehr oder weniger machen da nichts aus, oder? Aber auf höherem Gelände werden die Arbeiten besser vorangehen. Wir werden nicht mit Grundwasserproblemen zu kämpfen haben und können uns aufwendige und teure Drainageanlagen ersparen. Und das fällt schon ins Gewicht, wenn man einen dreihundert Meter tiefen Schacht graben will.«

»Sie haben recht«, sagte der Ingenieur und Hüttendirektor Murchison, »während des Schachtaushubs sollte möglichst kein Wasser eindringen. Wenn wir dennoch auf Wasseradern stoßen, werden wir sie mit Pumpen trockenlegen oder umleiten. Wir werden hier keinen artesischen Brunnen von einigen hundert Metern Tiefe ausheben, in dem es eng und dunkel ist und in dem alle Grab- und Bohrwerkzeuge wie Schraubenbohrer, Dille und Sonde im Dunkeln arbeiten. Nein, wir graben über Tage, mit Pickel und Hacke, und durch den zusätzlichen Einsatz von Sprengstoff werden wir schnell vorankommen.«

»Wenn wir allerdings die Schwierigkeiten mit dem Grundwasser vermeiden können«, sagte Barbicane, »weil wir auf höher gelegenem Gelände und entsprechendem Grund arbeiten, wird alles schneller und besser gehen. Deshalb sollten wir ein Terrain suchen, das ein paar hundert Meter über dem Meer liegt.«

»Sie haben recht, Mr. Barbicane. Und wenn ich mich nicht täusche, werden wir diesen Platz bald finden.«

»Ach, wenn ich doch schon den ersten Spatenstich machen könnte«, sagte der Präsident.

»Und ich den letzten!« rief J.-T. Maston.

»Wir schaffen es schon, meine Herren«, antwortete der Ingenieur. »Und Sie können sicher sein, daß die Goldspring Hüttenwerke keine Vertragsstrafe wegen der Nichteinhaltung des Fertigstellungstermins zahlen müssen.«

»Beim heiligen Kanonimus! Daß Sie da nur recht behalten!« erwiderte J.-T. Maston. »Hundert Dollar pro Tag bis zu dem Zeitpunkt, an dem der Mond wieder in derselben Position steht, das heißt, achtzehn Jahre und elf Tage. Wissen Sie, daß Sie das über 658000 Dollar (2,6 Millionen Mark) kosten würde?«

»Nein, Sir, das wußte ich nicht«, antwortete der Ingenieur, »weil ich es nicht wissen muß.«

Gegen zehn Uhr morgens hatte der kleine Trupp knapp zwanzig Kilometer zurückgelegt. Die fruchtbaren Ebenen wurden von Wäldern abgelöst, in denen die verschiedensten Hölzer in tropischer Üppigkeit wuchsen. In dem fast undurchdringlichen Dickicht drängten sich Granat-, Orangen-, Zitronen-, Feigen-, Oliven- und Aprikosenbäume, Bananenstauden und große Weinstöcke, deren Früchte und Blüten einander in Farbe und Duft zu übertreffen suchten. Im dufterfüllten Schatten dieser herrlichen Bäume sang und flatterte ein buntes Vogelvolk, in dem der Krabbenvogel mit seinem herrlichen Gefieder besonders auffiel.

J.-T. Maston und Oberst Elphiston konnten ihre Bewunderung für diesen Reichtum der Natur nicht verbergen. Aber Barbicane war dafür kaum empfänglich und drängte zur Eile. Dieser fruchtbare Urwald mißfiel ihm eben wegen seiner Fruchtbarkeit. Überall witterte er Wasser und suchte vergeblich nach einem trockenen Boden.

Dennoch kam der Trupp weiter voran und überquerte, nicht ohne Gefahr, einige Flüsse, in denen fünf bis sechs Meter lange Kaimane lauerten. J.-T. Maston drohte ihnen furchtlos mit seinem Stahlhaken, schreckte damit aber nur die scheuen Pelikane, Kriekenten und Tropikvögel auf, während ihn die roten Flamingos bloß anstarrten.

Nach und nach sahen sie weniger Bewohner der Sumpfwälder, die Bäume wurden kleiner und standen nicht mehr so dicht gedrängt. Dann war der Wald zu Ende, die Reiter sahen nur noch einzelne Baumgruppen auf den endlosen Ebenen, über die Rotwildherden zogen, die bei ihrem Näherkommen sofort flüchteten.

»Endlich!« rief Barbicane und richtete sich in den Steigbügeln auf. »Endlich sind wir auf trockenem Boden, wo Pinien wachsen!«

»Und Wilde umherstreifen!« sagte der Oberst.

Tatsächlich erschienen einige Seminolen am Horizont. Sie gestikulierten, galoppierten auf ihren schnellen Pferden kreuz und quer, schüttelten ihre Speere und feuerten dumpf dröhnende Gewehrsalven ab. Aber sie beschränkten sich auf diese feindseligen Gesten, ohne Barbicane und seinen Begleitern Anlaß zur Beunruhigung zu bieten.

Diese befanden sich jetzt inmitten einer ausgedehnten, steinigen Ebene, auf die eine glühende Sonne herunterbrannte. Dieser weite Landrücken schien den Mitgliedern des Kano-

Einige Flüsse wurden überquert

nenclubs in jeder Hinsicht für den Standort der Kolumbiade geeignet.

»Halt!« rief Barbicane und hielt sein Pferd an. »Hat diese Gegend einen Namen?«

»Man nennt sie Stone's Hill«, sagte einer der jungen Soldaten aus Florida.

Ohne ein weiteres Wort stieg Barbicane ab, holte seine Instrumente heraus und begann mit äußerster Sorgfalt ihre Position zu bestimmen. Der Reitertrupp hatte sich um ihn geschart und sah ihm schweigend zu.

In diesem Augenblick erreichte die Sonne genau den Zenit. Wenige Augenblicke später stellte Barbicane mit seinen Meßwerten einige Berechnungen an und sagte dann: »Diese Stelle liegt dreihundert Meter über dem Meer auf siebenundzwanzig Grad und sieben Minuten nördlicher Breite und fünf Grad und sieben Minuten westlicher Länge. Mit seiner trockenen und felsigen Beschaffenheit scheint er mir die günstigsten Voraussetzungen für unser Experiment zu bieten. Daher werden wir auf dieser Ebene Lager, Werkstätten, Hochöfen und Arbeiterunterkünfte errichten. Und von hier aus, genau von diesem Punkt aus«, sagte er und stampfte an der höchsten Stelle von Stone's Hill mit dem Fuß auf den Boden, »wird unser Projektil zu seinem Flug in den Weltraum aufbrechen!«

XIV

Hacke und Kelle

Am selben Abend kehrten Barbicane und seine Begleitmannschaft nach Tampa zurück. Der Ingenieur Murchison schiffte sich wieder auf der *Tampico* ein und fuhr nach New Orleans zurück. Er mußte eine ganze Armee von Arbeitern einstellen und den Großteil des Rohmaterials hierher transportieren lassen. Die Mitglieder des Kanonenclubs blieben in Tampa, um die Vorbereitungen zu organisieren und Aufträge dafür an Einheimische zu vergeben.

Acht Tage nach ihrer Abfahrt lief die *Tampico* im Verband mit einer kleinen Flotte von Dampfbooten wieder in die Bucht von Espiritu Santo ein. Murchison hatte fünfzehnhundert Arbeiter angeheuert. In den üblen Zeiten, als es noch die Sklaverei gab, hätte er damit weder Zeit noch Mühe verschwenden müssen. Aber seit in Amerika, dem Land der Freiheit, nur noch freie Menschen lebten, strömten diese überallhin, wo es gutbezahlte Arbeit gab. Und an Geld fehlte es dem Kanonenclub gewiß nicht. Er bezahlte gut und gewährte zusätzlich beträchtliche Prämien. Der Arbeiter, der nach Florida verpflichtet wurde, konnte nach vollbrachtem Werk über eine Geldsumme verfügen, die auf seinen Namen bei der Bank von Baltimore hinterlegt war. Murchison hatte nur die Auswahl treffen müssen, bei der er strenge Kriterien anlegen konnte, was die Intelligenz und Geschicklichkeit der Männer anging. Es deutet alles darauf hin, daß er mit seinen Arbeiterscharen die Elite der Maschinenführer, Fahrer, Gießer, Kalkbrenner, Grubenarbeiter, Ziegelbrenner und Hilfskräfte ausgewählt hatte, Schwarze wie Weiße, ohne daß die Hautfarbe der einen oder der anderen den Ausschlag gegeben hätte. Viele davon brachten ihre Familie mit. Auf Florida kam eine richtige Immigrantenwelle zu.

Am 31. Oktober, um zehn Uhr morgens, ergoß sie sich auf die Kais von Tampa, wo bereits alles in Bewegung und Aufregung war, da sich mit der Ankunft der Arbeiter ab diesem Tag die Bevölkerung der Stadt auf einen Schlag verdoppelte. Tampa sollte in der Tat durch die Unternehmung des Kanonenclubs viel gewinnen, nicht durch die Arbeiter, die gleich weiter nach Stone's Hill transportiert wurden, sondern durch den Zustrom von Neugierigen und Schaulustigen, die nach und nach aus allen Ländern des Erdballs auf die Halbinsel Florida kamen.

Während der ersten Tage war man damit beschäftigt, im Hafen die Fracht von Werkzeugen, Maschinen, Lebensmitteln und in numerierte Einzelteile zerlegten Wellblechhütten zu löschen. Zur selben Zeit setzte Barbicane die ersten Meßpfähle für eine zwanzig Kilometer lange Eisenbahnstrecke, die Tampa mit Stone's Hill verbinden sollte.

Man weiß ja, wie die amerikanischen Eisenbahnen gebaut werden. Sie schlängeln sich gern durchs Gelände, bewältigen atemberaubende Steigungen, verzichten auf Brückengeländer und kunstvolle Bauten und ziehen sich bergauf, bergab blindlings durch die Landschaft, ohne auf gerade Strecken zu achten. Sie sind nicht teuer und nicht beschwerlich, nur hebt es die Passagiere nicht selten von den Sitzen, und oft entgleisen sie auch. Die Strecke von Tampa nach Stone's Hill war nur eine Kleinigkeit, die weder viel Geld kostete noch viel Zeit erforderte.

Barbicane war die Seele der auf seinen Ruf hin zusammengeströmten Massen. Er belebte, begeisterte und überzeugte sie. Als ob er an allen Ecken und Enden zugleich sein könnte, tauchte er überall auf, und J.-T. Maston folgte ihm überallhin wie ein sehr geschwätziger Schatten. In tausend Einzelheiten erwies sich Barbicane als einfallsreicher und oft genialer Praktiker. Kein Hindernis, das er nicht beseitigen, keine Schwierigkeit, die er nicht beheben konnte. Er war Erdarbeiter, Maurer, Maschinenführer und Artilleriefachmann in einem und hatte für alle Fragen ein offenes Ohr und für alle Probleme eine Lösung. Er befand sich in ständigem Briefkontakt mit den Mitgliedern des Clubs und den Goldspring Hüttenwerken; Tag und Nacht lag die *Tampico* in der Reede von Hillisboro abfahrtbereit unter Dampf, um auf seinen Auftrag hin auszulaufen.

Am 1. November verließ Barbicane Tampa mit einer »Vorausabteilung« von Arbeitern, die vom nächsten Tag an eine Barackensiedlung um das Stone's-Hill-Gelände errichteten. Man umgab sie mit einem Zaun, und dem geschäftigen Treiben nach, das bald hier herrschte, hätte man sie für eine der großen Städte der USA halten können. Alles verlief sehr diszipliniert, und die Arbeitsorganisation war perfekt.

Sorgfältig durchgeführte Probebohrungen ergaben genaue Aufschlüsse über die Beschaffenheit des Bodens, so daß mit dem Aushub am 4. November begonnen werden konnte.

An diesem Tag versammelte Barbicane die Werkmeister und sagte: »Sie wissen alle, meine Freunde, warum ich Sie in dieses abgelegene Gebiet in Florida gerufen habe. Hier soll eine Kanone gegossen werden, die einen inneren Durchmesser von drei Metern, eine Wandstärke von zwei Metern und eine Verschalung von sechseinhalb Metern Durchmesser haben wird. Wir müssen also eine zwanzig Meter lange und dreihundert Meter tiefe Grube ausheben. Die umfangreichen Arbeiten müssen in acht Monaten beendet sein, das heißt, in zweihundertfünfundfünfzig Tagen müssen Sie 720 290 Kubikmeter Erde ausheben, also knapp dreitausend Kubikmeter pro Tag. Für tausend Arbeiter wäre das keine Schwierigkeit, wenn sie viel Platz hätten. Auf unserem beschränkten Gelände ist die Aufgabe schwieriger. Doch da diese Arbeit gemacht werden muß, werden wir sie machen. Und ich zähle ebensosehr auf Ihre Ausdauer wie auf Ihr Geschick.«

Um acht Uhr morgens erfolgte der erste Schlag der Hacke in die Erde von Florida. Und von da an war das vortreffliche Werkzeug pausenlos im Einsatz in der Hand der Erdarbeiter, die in vier Schichten vierundzwanzig Stunden am Tag arbeiteten.

So ungeheuer diese Leistung auch war, sie überstieg bei weitem nicht die Grenzen der menschlichen Kräfte. Die Menschen hatten schon weit schwierigere Aufgaben bewältigt und dabei noch mit den Elementen kämpfen müssen! Um nur ähnliche Werke zu erwähnen, reicht es, an den großen Brunnen des Patriarchen Joseph zu erinnern, den Sultan Saladin bei Kairo am Nilufer hundert Meter tief anlegen ließ zu einer Zeit, als noch keine Maschinen mit hundertfacher menschlicher Kraft zur Unterstützung bereitstanden! Und an den anderen Brunnen, den der Markgraf Hans von Baden bei Koblenz zweihundert Meter tief in die Erde graben ließ! Um was ging es denn anderes, als eine Grube auszuheben, die dreimal so tief und zehnmal so lang war? Kein Vorarbeiter und kein Arbeiter zweifelte daran, daß das Werk gelingen würde.

Eine wichtige Entscheidung, die der Ingenieur Murchison in Absprache mit Präsident Barbicane getroffen hatte, beschleunigte den Fortgang der Arbeiten. Ein Paragraph des Vertragstextes verlangte, daß die Kolumbiade mit schmiedeeisernen Ringen umgeben werden mußte, die glühend angebracht werden sollten. Das war eine übertriebene Sicherheitsmaßnahme, auf die gefahrlos verzichtet werden konnte. Also strich man diesen Absatz. Dadurch sparte man viel Zeit, denn man konnte nun ein neues Ausschachtungssystem anwenden, bei dem der Schacht gleichzeitig gegraben und ausgemauert wird. Bei diesem einfachen Verfahren muß man die Schachtwände nicht mehr abstützen, da die Erde von den Mauern gehalten wird. Diese senken sich, dank ihres Gewichts, von selbst ab. Mit dieser Vorgehensweise sollte begonnen werden, wenn die Hacken in die festen Erdschichten vorstießen.

Am 4. November gruben fünfzig Arbeiter im Zentrum des eingezäunten Geländes, das heißt auf dem hochgelegenen Teil von Stone's Hill, ein rundes Loch von zwanzig Metern Durchmesser.

Die Hacke traf zuerst auf eine fünfzehn Zentimeter tiefe Humusschicht, die ihr keinerlei Widerstand entgegensetzte. Dann folgten sechzig Zentimeter feinen Sandes, der sorgsam abgetragen wurde, da er zur Herstellung der Gußform gebraucht wurde. Danach kam eine sehr helle, dichte Tonerde zutage, die dem englischen Mergel ähnelte und 1,20 Meter dick war.

Dann schlug das Eisen der Hacken Funken. Man hatte Felsformationen aus trockenem, hartem Muschelkalk erreicht, mit dem es die Werkzeuge von nun an zu tun hatten. Bei knapp zwei Meter Tiefe angekommen, begannen die Maurerarbeiten.

Auf dem Boden der Grube baute man eine Art Schachtmauerkranz aus Eichenbalken, die zu einem sehr stabilen, massiven Rad fest untereinander verschraubt waren. In die Mitte dieses Rades wurde ein Loch, so breit wie der äußere Durchmesser der Kolumbiade, gebohrt. Auf diesem Schachtmauerkranz ruhten die ersten Schichten des Mauerwerks, dessen extrem austrocknender Mörtel die Mauersteine miteinander verschweißte. Als die Arbeiter die erste Mauer rundherum hochgezogen hatten, befanden sie sich in einem über sechs Meter breiten Brunnenschacht.

Danach griffen sie wieder zu Hacke und Pickel und attackierten den Fels unter dem Rad, das sie beim Fortschritt der Arbeit immer wieder auf starken Balken abstützten. Sobald das Loch unter dem Rad einen halben Meter tief geworden war, entfernt man die Stützen, ließ das Rad – und mit ihm den Mauerring – vorsichtig ab. Die Maurer erhöhten den Ring ständig, wobei sie darauf achteten, Abzugslöcher für die Gase beim Gießen der Kanone freizulassen.

Diese Art zu arbeiten erforderte von den Arbeitern ein äußerstes Maß an Geschicklichkeit und eine ständige Konzentration. Mehr als einmal wurde ein Arbeiter bei den Aushubarbeiten unter dem Schachtmauerkranz von Gesteinssplittern schwer verletzt, und es gab sogar Tote. Aber der Arbeitseifer hielt Tag und Nacht unvermindert an. Am Tage brannte schon bald eine strahlende Sonne auf die ausgedörrten Ebenen, und die Temperatur stieg auf vierzig Grad im Schatten; bei Nacht, im gleißend weißen elektrischen Licht, hielt der Lärm unvermindert an, wenn die Pickel auf den Fels schlugen, die Maschinen ächzten und dicke Staubwolken aufstiegen. So wurde Stone's Hill eine Enklave des Schreckens für Bisons und Seminolen, die sich nicht mehr in die Nähe trauten.

Die Arbeiten gingen unterdessen planmäßig weiter. Mit Hilfe dampfbetriebener Kräne wurde der Schutt abtranspor-

Die Arbeiten gingen planmäßig weiter

tiert. Von unvorhergesehenen Schwierigkeiten war kaum die Rede; es gab nur vorhersehbare, die mit viel Geschick bewältigt wurden.

Nach einem Monat hatte der Schacht die geplante Tiefe von dreiunddreißig Metern erreicht. Im Dezember war er doppelt so tief, und im Januar reichte er bereits in die dreifache Tiefe auf hundert Meter hinab. Im Februar hatten die Arbeiter mit eindringendem Grundwasser zu kämpfen. Sie mußten starke Pumpen und Kompressoren einsetzen, um das Wasser abpumpen und die Stellen abdichten zu können, durch die es eingedrungen war, wie man es bei einem Leck auf einem Schiff auch macht. Schließlich hatte man das Wasser unter Kontrolle, aber dann stürzte das Mauerwerk der Schachtwände teilweise ein, weil der vom Wasser aufgeweichte Boden unter dem Schachtkranz unverhältnismäßig stark nachgegeben hatte. Man muß sich vor Augen halten, welchen Druck die inzwischen hundertfünfzig Meter hohe Ringmauer ausübte! Dieser Vorfall kostete mehreren Arbeitern das Leben.

Es dauerte drei Wochen, bis das Mauerwerk abgestützt, ausgebessert und der Schachtkranz konsolidiert werden konnte. Aber dank des Geschicks der Ingenieure und der Leistung der eingesetzten Maschinen gewann das für kurze Zeit gefährdete Bauwerk seine Stabilität zurück, und die Ausschachtung ging weiter.

Die Arbeiten wurden nun nicht mehr durch Zwischenfälle unterbrochen, so daß am 10. Juni, zwanzig Tage vor der von Barbicane gesetzten Frist, der ganze Schacht bis auf die Tiefe von dreihundert Metern ausgemauert war. Dort unten saß die Ringmauer auf einem zehn Meter starken, massiv gemauerten Würfel, während sie oben mit dem Erdboden abschloß.

Präsident Barbicane und Mitglieder des Kanonenclubs beglückwünschten überschwenglich den Ingenieur Murchison zu der außerordentlich schnellen Erledigung dieser gigantischen Aufgabe.

Während der vergangenen acht Monate hatte Barbicane

Stone's Hill nicht einen Augenblick verlassen. Er hatte ständig ein wachsames Auge auf die Schachtarbeiten, kümmerte sich aber gleichzeitig um das Wohl und die Gesundheit der Arbeiter und war froh, daß Epidemien verhindert werden konnten, die so oft auftreten, wenn große Menschenmassen versammelt sind, und die unter tropischen Verhältnissen so katastrophale Folgen haben können.

Es ist richtig, daß mehrere Arbeiter bei diesen gefährlichen Tätigkeiten ihr Leben lassen mußten. Aber zu solch bedauernswerten Opfern kann es bei Bau- und Schachtarbeiten immer kommen, sie sind einfach nicht zu vermeiden, und die Amerikaner denken eben immer ans große Ganze. Für sie zählt die Menschheit insgesamt mehr als der einzelne. Doch Barbicane handelte bei jeder sich bietenden Gelegenheit nach dem umgekehrten Prinzip. Seine Umsicht, sein scharfer Verstand, sein schnelles Eingreifen in brenzligen Situationen und sein erstaunlicher und sehr menschlicher Blick fürs Wesentliche sorgten dafür, daß die Unfallrate niedrig blieb, wenn man sie mit der in europäischen Ländern vergleicht, die so oft für ihre Unfallschutzmaßnahmen gerühmt werden. Zum Beispiel geschieht in Frankreich im Schnitt ein Unfall je Auftragsvolumen von zweihunderttausend Francs.

XV

Der Guß wird gefeiert

Während der achtmonatigen Schachtarbeiten wurden gleichzeitig äußerst rasch die Vorbereitungen für den Guß der Kanone getroffen. Ein Fremder, der zufällig Stone's Hill besucht hätte, wäre von dem Schauspiel, das sich ihm geboten hätte, sehr überrascht gewesen.

In einer Entfernung von sechshundert Metern waren zwölfhundert Flammöfen in einem Kreis um den Schacht errichtet worden. Jeder war zwei Meter breit, und sie standen einen Meter voneinander entfernt. Der Kreis hatte einen Umfang von etwa dreieinhalb Kilometern. Sie waren alle gleich gebaut, mit hohen, rechteckigen Schornsteinen, was einen recht eigenartigen Anblick bot. J.-T. Maston fand das ganze Ensemble unter architektonischen Gesichtspunkten außerordentlich gelungen; es erinnerte ihn an die Denkmäler in der Hauptstadt Washington. Er konnte sich gar nichts Schöneres vorstellen, nicht einmal die Architektur in Griechenland erschien ihm beeindruckender, wo er allerdings, zugegebenermaßen, noch nie gewesen war.

Erinnern wir uns, daß in der dritten Ausschußsitzung beschlossen wurde, Gußeisen, und zwar Graumetall, für die Kolumbiade zu verwenden. Dieses Metall zeichnet sich dadurch aus, daß es sehr widerstandsfähig, dehnbar, elastisch, leicht zu gießen und zu bearbeiten ist. Mit Steinkohle geschmolzen, werden daraus Stücke hoher Qualität und Haltbarkeit gefertigt, wie man sie für Kanonen, Dampfkolben und hydraulische Pressen benötigt.

Wenn es nur einmal geschmolzen wurde, war das Eisen selten schlackenfrei, weiteres Schmelzen entfernte dagegen alle noch vorhandenen Verunreinigungen.

Deshalb war das Eisenerz vor dem Abtransport nach Tampa in den Goldspring Hüttenwerken bereits einmal im Kontakt mit Kohle und Silizium erhitzt und zu kohlenstoffhaltigem Gußeisen geschmolzen worden. Im Flammofen wurden Kohlenstoff und Silizium beim zweiten Schmelzdurchgang beseitigt. Es mußten achtundsechzig Millionen Kilo Gußeisen nach Stone's Hill transportiert werden, eine Menge, die als Eisenbahnfracht zu teuer gekommen wäre. Der Frachtpreis hätte die Unkosten verdoppelt. Günstiger schien es, in New York Schiffe für den Transport der Eisenbarren zu chartern. Man brauchte dazu nicht weniger als achtundsechzig Tausend-Tonnen-Frachter, die als richtige Flotte am 3. Mai aus dem New

Yorker Hafen ausliefen. Sie fuhren im Atlantik an der amerikanischen Ostküste entlang nach Süden, umrundeten die Spitze der Halbinsel Florida und dampften zur Bucht von Espiritu Santo hinauf, wo sie alle unbeschadet im Hafen von Tampa festmachten.

Die Fracht wurde gelöscht und auf Waggons der Eisenbahn nach Stone's Hill verladen. Mitte Januar war die riesige Menge Roheisen an ihrem Bestimmungsort angekommen.

Es versteht sich von selbst, daß zwölfhundert Flammöfen nicht zuviel waren, um diese achtundsechzigtausend Tonnen Eisen gleichzeitig zu schmelzen. Jeder dieser Öfen konnte mit siebenundfünfzigtausend Kilo Metall beschickt werden. Sie waren, nach dem Vorbild der Öfen für die Rodman-Kanone, trapezförmig und flach gebaut worden. Der Feuerungsteil und der Kamin befanden sich an den beiden gegenüberliegenden Seiten, so daß letzterer in seiner ganzen Länge ebenfalls beheizt wurde. Die Öfen waren aus feuerfesten Ziegeln gemauert und bestanden lediglich aus einem Kohlenrost und einer »Herdplatte«, auf der die Eisenbarren erhitzt wurden. Sie war um fünfundzwanzig Grad nach unten geneigt, so daß das flüssige Metall in die Auffangbecken abfließen konnte, aus denen es in zwölfhundert Rinnen in den Schacht geleitet wurde.

Als die Schacht- und Maurerarbeiten beendet waren, ordnete Barbicane am nächsten Tag die Fertigung der inneren Gußform an. Dazu mußte im Zentrum der Schachts ein dreihundert Meter hoher und drei Meter breiter Zylinder errichtet werden, dessen Volumen genau der späteren Bohrung der Kolumbiade entsprach. Der Zylinder wurde aus Tonerde und Sand mit Beimischungen von Heu und Stroh hergestellt. Der freie Raum zwischen Zylinder und Schachtmauer sollte mit flüssigem Metall ausgegossen werden, so daß der Mantel der Kanone zwei Meter stark war.

Der Zylinder wurde mit einer Armierung versehen und in bestimmten Abständen durch Querverstrebungen in den Schachtwänden zusätzlich stabilisiert. Nach dem Guß würden diese Verstrebungen in den Eisenmantel eingebettet sein und in keiner Weise störend wirken.

Als diese Vorarbeiten am 8. Juli abgeschlossen waren, wurde der Guß auf den nächsten Tag festgesetzt.

»Schön, daß wir bald den Guß feiern können«, sagte J.-T. Maston zu Barbicane.

»Sicher«, anwortete dieser, »aber nicht öffentlich!«

»Wie? Wollen Sie nicht die Leute hereinlassen, die das miterleben möchten?«

»Ich werde mich hüten, Maston. Der Guß der Kolumbiade ist ein heikles, um nicht zu sagen gefährliches Unterfangen. Deswegen ist es mir lieber, wenn wir kein Publikum dabeihaben. Wenn das Projektil gestartet ist, kann es von mir aus ein Fest geben. Aber vorher nicht.«

Der Präsident hatte recht. Beim Guß konnten unvorhersehbare Gefahren auftreten, und eine große Zuschauermenge hätte womöglich Notmaßnahmen verhindert. Es galt, die Bewegungsfreiheit auf der Baustelle zu erhalten. Nur einer Delegation der Mitglieder des Kanonenclubs wurde der Zutritt gewährt. Sie reiste über Tampa an, und zu ihr zählte der muntere Bilsby, der Oberst Blomsberry, Tom Hunter, Oberst Elphiston, General Morgan und alle, denen der Guß der Kolumbiade ein ganz besonderes Anliegen war. J.-T. Maston nahm sich ihrer als Führer an und ersparte ihnen auch nicht die kleinste Einzelheit, indem er sie in die Lagerhallen, Werkstätten und Maschinenparks führte und sie alle zwölfhundert Flammöfen der Reihe nach besichtigen ließ. Als sie das hinter sich hatten, waren sie bedient.

Der Guß sollte Punkt zwölf Uhr mittags beginnen. Am Abend zuvor waren alle Öfen mit siebenundfünfzigtausend Kilo Eisen gefüllt worden. Die Barren wurden über Kreuz geschichtet, damit sie der Hitze möglichst viel Angriffsfläche boten. Seit dem frühen Morgen wogten dicke Wolken aus den Schornsteinen, und der Boden vibrierte vom Rumoren der Menschen und Maschinen. Um ein Pfund Metall zu schmelzen, mußte man ein Pfund Kohle verheizen. Und so schob der Qualm von achtundsechzigtausend Tonnen Kohle einen dichten schwarzen Vorhang vor die Sonne.

Die Hitze im Kreis der zwölfhundert Öfen war bald unerträglich geworden; es prasselte und dröhnte wie bei einem Gewitter. Riesige Ventilatoren bliesen die Gluthitze in den Öfen ständig weiter an.

Der Guß konnte nur gelingen, wenn er schnell ausgeführt wurde. Ein Kanonenschuß sollte das Signal dafür geben, daß aus jedem Ofen das flüssige Eisen vollständig abgelassen wurde.

Als soweit alles vorbereitet war, warteten Meister, Vorarbeiter und Arbeiter voller Ungeduld und Erregung. Niemand befand sich mehr im Kreis der Öfen, alle Gießmeister standen auf ihrem Posten an den Abflußöffnungen. Von einer nahegelegenen Anhöhe beobachteten Barbicane und seine Kollegen vom Club das Geschehen. Neben ihnen stand eine geladene Kanone, die auf ein Zeichen hin abgefeuert werden konnte.

Ein paar Minuten vor zwölf Uhr zeigten sich die ersten Metalltröpfchen. Die Auffangbecken füllten sich allmählich. Und als das Eisen vollständig verflüssigt war, ließ man es einige Augenblicke ruhen, damit sich die Verunreinigungen leichter absetzen konnten.

Da schlug es Mittag. Plötzlich ertönte der Knall der Kanone, nachdem sie ihren Zündblitz in die Luft geschleudert hatte. Auf einen Schlag öffneten sich zwölfhundert Abflußöffnungen gleichzeitig, und zwölfhundert feuerspeiende Schlangen krochen auf den Schacht zu. Mit einem schrecklichen Getöse stürzten sie sich dort in eine Tiefe von dreihundert Metern hinab. Es war ein beeindruckendes, großartiges Schauspiel. Der Boden zitterte, aus den flüssigen Eisenmassen stiegen qualmende Rauchsäulen auf, und zugleich verdampfte jegliche Feuchtigkeit der inneren Gußform, so daß undurchdringliche Dampfwolken durch die Abzugsröhren in den Schachtwänden aufstiegen. Diese künstlichen Wolken schraubten sich bis

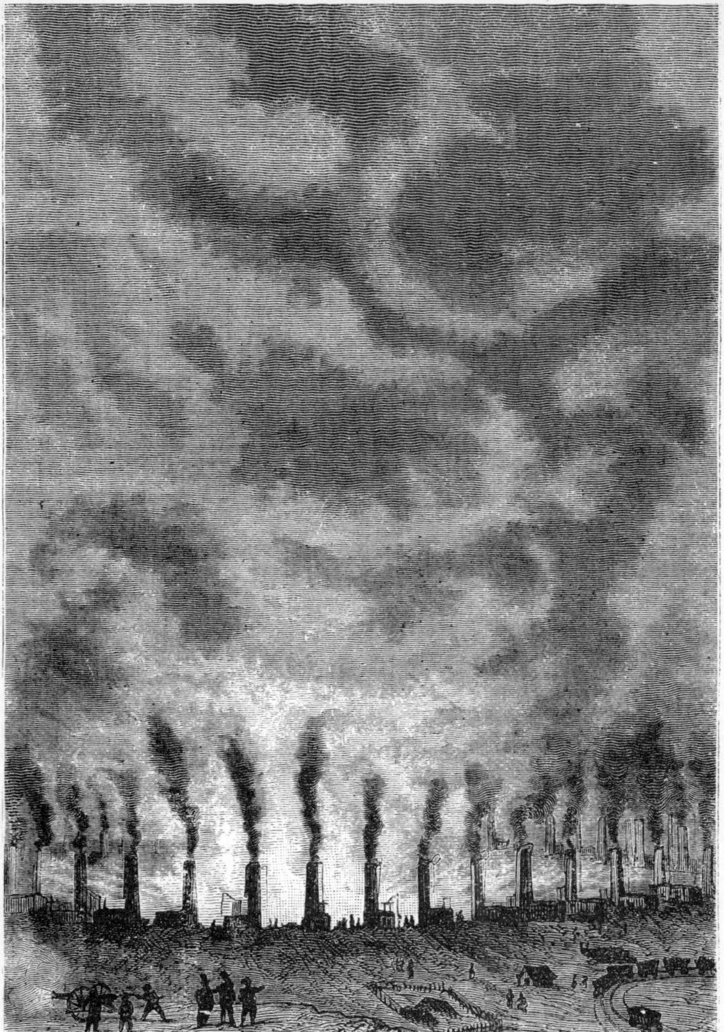

Aus den flüssigen Eisenmassen stiegen qualmende Rauchsäulen auf

zu tausend Metern hoch in die Luft. Ein Eingeborener, der vom Horizont her dies Schauspiel beobachtet hätte, hätte meinen können, daß sich mitten in Florida der Krater eines neuen Vulkans bildete. Doch es war kein Vulkanausbruch, kein Wirbelsturm, kein Gewitter und auch sonst kein Kampf der Elemente, wie ihn die Natur bewirken kann. Nein! Der Mensch hatte diese rötlichen Dampfmassen aufsteigen und diese riesenhaften Flammen leuchten lassen, die eines Vulkans würdig waren; er hatte die fürchterlichen Erschütterungen des Erdbodens ausgelöst, die einem Erdbeben glichen, und das Brüllen bewirkt, das die wildesten Stürme übertraf. Und die Hand des Menschen ließ in ein Loch, das sie selbst gegraben hatte, flüssiges Eisen wie über einen Niagarafall hinabstürzen.

XVI

Die Kolumbiade

War der Guß nun geglückt? Man war auf Vermutungen angewiesen. Alles deutete auf einen erfolgreichen Ausgang hin, da der Freiraum im Schacht die gesamte Menge des flüssigen Eisens aus den Öfen aufgenommen hatte. Aber es würde lange dauern, bis man sich Gewißheit verschaffen konnte.

Als Oberst Rodman seine achtzigtausend Kilo schwere Kanone gießen ließ, mußte man nicht weniger als vierzehn Tage warten, bis sich der Guß abgekühlt hatte. Wie lange würde sich nun die riesenhafte Kolumbiade hinter Dampfwolken und Hitzeschild den Blicken und dem Nähertreten ihrer Bewunderer verweigern? Das war schwer zu sagen.

Die Geduld der Mitglieder des Kanonenclubs wurde während dieser Zeit auf eine harte Probe gestellt. Aber es war nicht zu ändern. J.-T. Maston hätte sich vor Ungeduld am liebsten selbst auf einem Ofenrost geröstet. Fünfzehn Tage nach dem Guß stieg immer noch eine gewaltige Rauch- und Dampfwolken in den Himmel über Stone's Hill, und bis zu zweihundert Meter im Umkreis verbrannte man sich fast die Schuhsohlen auf dem heißen Boden.

Die Tage vergingen, sie wurden zu Wochen, denen weitere Wochen folgten. Der riesige Eisenmantel kühlte nicht ab. Niemand konnte sich ihm nähern. Das Warten ging weiter, und die Mitglieder des Kanonenclubs knirschten mit den Zähnen.

»Heute ist bereits der 10. August«, sagte J.-T. Maston eines Morgens. »Es sind nicht einmal mehr vier Monate bis zum 1. Dezember! Der Zylinder muß entfernt, die Bohrung kalibriert und die Kolumbiade geladen werden! Nichts davon ist geschehen, wir können nicht weitermachen, man kann nicht einmal in die Nähe der Kanone! Kühlt sie denn niemals ab? Das wäre wirklich ein grausamer Scherz!«

Vergeblich versuchten die anderen den Sekretär des Clubs zu beruhigen. Barbicane sagte nichts, weil er zu verärgert war. Sich einem Hindernis gegenüberzusehen, das nur mit der Zeit, dem Erzfeind Zeit, zu überwinden war und ihn diesem Erzfeind gnadenlos auslieferte, das war hart für einen Kriegsmann.

Doch dann stellte man bei der täglichen Untersuchung des Bodens eine Veränderung fest. Mitte August ließ die Dampfentwicklung merklich nach. Und nach einigen Tagen stiegen die letzten leichten Dunstschleier des in seinem steinernen Sarg abgekühlten Ungeheuers auf. Das Vibrieren des Bodens hatte nachgelassen, die heiße Zone war geschrumpft, und die Neugierigsten gingen immer näher: vier Meter an einem Tag, acht Meter am nächsten. Am 22. August konnten Barbicane, die Mitglieder des Kanonenclubs und Ingenieur Murchison an die Gußoberfläche auf der Anhöhe von Stone's Hill herantreten. Der Ort wirkte wie sterilisiert. Hier würde man noch lange keine kalten Füße bekommen.

»Endlich!« rief der Präsident aus und atmete erleichtert auf.

Am selben Tag wurden die Arbeiten wieder aufgenommen. Die innere Gußform, der Zylinder, wurde herausgeholt; Pickel, Hacken und Bohrer waren pausenlos im Einsatz. Tonerde und Sand hatten sich in der Hitze zu extremer Festigkeit verdichtet, aber mit Hilfe der Maschinen gelang es, das Material herauszuholen, das noch brennend heiß war, wo es das Gußeisen berührte. Der Schutt wurde schnell auf Güterzüge verladen, und weil Barbicane mit Argumenten in klingender Münze nachhalf, war der Arbeitseifer so groß und ging alles so rasch vonstatten, daß am 3. September die letzte Spur der Gußform verschwunden war.

Nun begann man sofort mit dem Ausfeilen. Die Maschinen wurden unverzüglich installiert, die kräftigen Feilen gruben sich in das rauhe Gußeisen. Einige Wochen später war die Innenfläche des riesigen Kanonenrohres völlig eben und die Bohrung glattpoliert.

Am 22. September, weniger als ein Jahr nach der Rede von Barbicane im Kanonenclub, war das ungeheuere Geschütz genau kalibriert und exakt senkrecht ausgerichtet, was man mit den empfindlichsten Instrumenten überprüft hatte, so daß es einsatzbereit war. Man mußte jetzt nur noch die richtige Position des Mondes abwarten, und niemand zweifelte, daß er sich zu diesem Rendezvous einfinden würde.

J.-T. Maston überschlug sich fast vor Freude und wäre beinahe ins Loch gefallen, als er unbedingt einen Blick in das dreihundert Meter tiefe Kanonenrohr werfen mußte. Wenn Oberst Blomsberry ihn nicht mit seinem rechten Arm, der dem verdienten Mann glücklicherweise geblieben war, zurückgehalten hätte, hätte der Sekretär des Clubs in den Tiefen der Kolumbiade den Tod gefunden.

Das Geschütz war also fertiggestellt, und unzweifelhaft waren alle Arbeiten tadellos ausgeführt. Daher beglich Captain Nicholl am 6. Oktober zähneknirschend seine Wettschuld bei Präsident Barbicane, der in seinem Kontobuch dreitausend Dollar als Einnahme verbuchen konnte. Man kann wohl annehmen, daß die Wut des Captains ein nie gekanntes Ausmaß annahm, denn sie warf ihn aufs Krankenlager. Aber noch standen drei Wetten über dreitausend, viertausend und fünftausend Dollar aus, und vorausgesetzt, er gewann zwei davon, waren seine Aussichten nicht schlecht, wenn auch nicht glänzend. Allerdings ging es ihm gar nicht um das Geld. Vielmehr war es ein furchtbarer Schlag für ihn, daß es seinem Rivalen gelungen war, eine Kanone zu gießen, deren Geschosse selbst zwanzig Meter dicke Eisenplatten durchschlagen hätten.

Seit dem 23. September waren die Tore von Stone's Hill für das Publikum geöffnet, und verständlicherweise war der Besucherandrang sehr groß.

Zahllose Neugierige strömten aus allen Teilen der USA nach Florida. Die Einwohnerzahl von Tampa hatte sich im Laufe des Jahres, in dem der Kanonenclub die Arbeiten auf dem Gelände von Stone's Hill durchführen ließ, auf hundertfünfzigtausend Seelen erhöht. Die Stadt hatte bereits Fort Brooke mit einem Netz neuer Straßen umgeben, nun dehnte sie sich auf die Landzunge aus, die die Bucht von Espiritu Santo in zwei Reeden teilt. Neue Stadtteile, neue Plätze und ein ganzes Häusergewirr waren auf den ehemals verlassenen Kiesstränden unter der sengenden amerikanischen Sonne entstanden. Neue Gesellschaften waren gegründet worden, die Kirchen, Schulen und Wohnhäuser bauten, und in weniger als einem Jahr hatte die Stadt die zehnfache Ausdehnung erreicht.

Bekanntlich sind die Yankees geborene Kaufleute. Wohin sie das Schicksal auch verschlägt, sie müssen überall ihren Geschäftssinn nutzbringend entfalten. Deshalb hatten sich viele Neugierige, die zuerst nur die Aktivitäten des Kanonenclubs aus der Nähe verfolgen wollten, von der allgemeinen Geschäftstätigkeit anstecken lassen, sobald sie sich in Tampa niedergelassen hatten. Die Schiffe, die für den Transport von Material und Arbeitskräften gechartert worden waren, hatten eine unglaubliche Betriebsamkeit im Hafen ausgelöst. Bald

Tampa nach dem Bau der Kolumbiade

liefen jede Menge andere Schiffe die Bucht und die beiden Reeden an und brachten Lebensmittel und sonstige Versorgungsgüter und Handelswaren nach Tampa. Große Reedereien und viele Makler ließen sich in der Stadt nieder, und der Schiffahrtsanzeiger verzeichnete täglich neu ankommende Schiffe.

Während rund um die Stadt das Straßennetz wuchs, wurde Tampa endlich durch eine Eisenbahnlinie mit anderen Städten der Südstaaten verbunden. Von Mobile in Alabama führte eine Linie nach Pensacola, dem großen Marinearsenal im Süden, und von dort weiter nach Tallahassee, das bereits mit dem südlich am Golf liegenden St. Marks durch ein dreißig Kilometer langes Teilstück verbunden war. Diese Strecke wurde nach Tampa weitergeführt, und sie erweckte gleichzeitig die schlafenden Gebiete links und rechts des Schienenstrangs zum Leben. Dank Verkehr, Handel und Industrie nahm Tampa nun einen rasanten Aufschwung, aber vor allem war es durch den Gedanken, der sich eines Tages im Kopf eines Mannes gebildet hatte, zu einer richtigen Großstadt geworden. Tampa hatte den Beinamen »Moon City« bekommen und stellte die eigentliche Hauptstadt Tallahassee derart in den Schatten, als herrsche dort nun eine für alle Welt sichtbare Mondfinsternis auf Dauer.

Diese Entwicklung macht die Rivalität zwischen Texas und Florida und die Verärgerung der Texaner nach der Entscheidung für Florida verständlicher. Denn natürlich hatte man auch in Texas den wirtschaftlichen Gewinn »gerochen«, den die Initiative von Barbicane der ausgewählten Region bringen würde. Dadurch, daß dieser Kanonenschuß nicht auf texanischem Boden abgefeuert wurde, waren Texas ein neues Wirtschaftszentrum, neue Eisenbahnlinien und ein beträchtlicher Bevölkerungszuwachs entgangen. Alle diese Vorteile kamen statt dessen der armseligen Halbinsel zugute, die zwischen den Wellen des Atlantiks und des Golfs von Mexiko vor sich hingedümpelt hatte. Deshalb war Barbicane für die Texaner eine ebenso unbeliebte Person geworden wie der General Santa Anna.

Obwohl sich die Neuankömmlinge ganz der geschäftlichen Betriebsamkeit und dem industriellen Aufschwung verschrieben hatten, verloren sie deswegen nicht die spannenden Aktivitäten des Kanonenclubs aus den Augen. Im Gegenteil. Die kleinste Einzelheit, die geringste Veränderung erregte ihr Interesse. Ständig waren Menschenströme zwischen der Stadt und Stone's Hill unterwegs, als fände eine permanente Prozession oder Pilgerreise statt.

Es war vorauszusehen, daß dem Start der Rakete Millionen von Zuschauern beiwohnen würden. Schon jetzt drängten sich die Neuankömmlinge aus aller Herren Länder auf der schmalen Halbinsel. Europa wanderte sozusagen nach Amerika aus.

Allerdings wurde die Neugierde der herbeiströmenden Massen bislang kaum gestillt. Viele hatten erwartet, dem Schauspiel beiwohnen zu können, als die Kanone gegossen wurde, hatten aber nur Dampf und Qualm gesehen. Das befriedigte ihre Sensationslust nicht. Aber Barbicane wollte dabei keine Zuschauer. Das sorgte für Verstimmung, Unzufriedenheit und Gemurre. Man richtete Vorwürfe gegen den Präsidenten, warf ihm Willkür und »unamerikanisches« Verhalten vor. Am Zaun um das Gelände von Stone's Hill gab es sogar einen Auflauf. Aber wie wir wissen, hatte sich Barbicane nicht von seiner Entscheidung abbringen lassen.

Aber als die Kolumbiade fertiggestellt war, konnte die Abschirmung nicht mehr aufrechterhalten werden. Es wäre ein schlechter Stil und zudem sehr unklug gewesen, wenn man das Interesse der Öffentlichkeit nicht beachtet hätte. Barbicane gewährte nun allen Schaulustigen Zutritt zum Gelände. Aber sein praktischer Geschäftssinn veranlaßte ihn, aus der Neugier der Massen Kapital zu schlagen.

Ein Blick auf die riesenhafte Kolumbiade zu werfen war für viele ein Erlebnis; aber das höchste Glück auf Erden schien den Amerikanern der Abstieg in die Tiefen der Kanone zu sein. Kaum einer der Besucher wollte auf das Vergnügen verzichten, den metallenen Abgrund zu erforschen. In Käfigen, die an einer dampfbetriebenen Winde hingen, konnten sie ihre Neugierde befriedigen. Und die Leute waren ganz verrückt darauf. Frauen, Kinder, Greise standen Schlange, um einmal in die geheimnisvollen Tiefen des Kanonenkolosses hinabzutauchen. Die Fahrt in die Tiefe kostete pro Person fünf Dollar, und trotz dieses enormen Preises bereicherten die Schaulustigen auf diese Weise in den beiden Monaten vor dem Abschuß des Projektils die Kasse des Kanonenclubs um beinahe fünfhunderttausend Dollar.

Selbstverständlich nahmen die Mitglieder des Clubs das Vorrecht in Anspruch, als erste die Kolumbiade besichtigen zu dürfen. Diese feierliche Handlung fand am 25. September statt. In einem Ehrenkäfig fuhren Präsident Barbicane, J.-T. Maston, Oberst Elphiston, General Morgan, Oberst Blomsberry, der Ingenieur Murchison und vier weitere hervorragende Mitglieder des ehrenwerten Clubs hinunter. Auf dem Grund des langen Metallrohres war es immer noch heiß. Man bekam kaum noch Luft! Aber welch freudige Überraschung erwartete sie da unten! Auf dem Steinsockel, der die Kolumbiade trug, war eine Tafel für zehn Personen gedeckt worden, die von einem elektrischen Scheinwerfer taghell beleuchtet wurde. Zahlreiche vorzügliche Gerichte schienen vom Himmel herabzuschweben und wurden den Tafelnden der Reihe nach aufgetragen. Zu diesem Festmahl dreihundert Meter unter der Erde wurde reichlich von den besten Weinen Frankreichs eingeschenkt.

Es ging recht ausgelassen und sogar laut dabei zu; Toasts erschollen von allen Seiten; man trank auf den Erdball und auf seinen Trabanten, man trank auf den Kanonenclub und die USA, man trank auf die Mondgöttinnen Phöbe, Diana und Selene und wieder auf das Nachtgestirn, den »feundlichen Wanderer am Firmament«! Alle diese Hochrufe wurden in dem langen, hallenden Röhrenraum verstärkt und drangen

Man trank auf den Erdball
und seinen Trabanten

wie Donnergetöse an die Erdoberfläche, wo sich die versammelte Menge mit Herz und Stimmgewalt den zehn zechenden Festgästen am Grund der gigantischen Kolumbiade anschloß.

J.-T. Maston war außer sich. Ob er mehr schrie als gestikulierte, ob er mehr trank als aß, läßt sich schwer sagen. Jedenfalls hätte er seinen Platz hier unten nicht gegen ein Königreich getauscht, selbst wenn die Kanone geladen und noch im selben Augenblick gezündet worden wäre, so daß er in tausend Stücken in den Planetenraum geschleudert worden wäre.

XVII

Ein Telegramm aus Paris

Die umfangreichen Vorarbeiten waren somit abgeschlossen, und doch dauerte es noch zwei Monate bis zum Abschuß des Projektils zum Mond. Diese zwei Monate sollten der ungeduldig wartenden Welt wie zwei Jahre vorkommen! Bisher waren alle Einzelheiten des Unternehmens jeden Tag in den Zeitungen zu lesen gewesen und jede Nachricht von aller Augen verschlungen worden. Nun war zu befürchten, daß dieser tägliche Nervenkitzel sehr stark vermindert würde, und alle Welt hatte Angst, auf seine tägliche Dosis verzichten zu müssen.

Doch das war beileibe nicht der Fall. Ein ganz unerwartetes, außerordentliches und unglaubliches Ereignis stachelte die fanatischen Geister wieder an. Mit einem Schlag war die Spannung wieder da und die tägliche Dosis Sensation.

Am 30. September erhielt Präsident Barbicane ein Telegramm, das seinen Weg über Irland, im Kabel durch den Atlantik, über Neufundland und die amerikanische Ostküste nach Baltimore gefunden hatte. Er öffnete es. Trotz seiner erwiesenen Selbstbeherrschung wurde er blaß, die knapp zwei

Dutzend Wörter begannen vor seinen Augen zu tanzen, als er das Telegramm gelesen hatte.

Der Text des Telegramms, das später einen Ehrenplatz im Archiv des Kanonenclubs erhielt, lautete:

An M. Impey Barbicane, Tampa, Florida, USA
Statt Projektil rund, Fugkörper zylinder-kegelförmig verwenden! Darin mitfliege. Ankomme mit Dampfer *Atlanta.*

Michel Ardan
Paris, Frankreich

XVIII

Der Passagier der Atlanta

Wenn diese bestürzende Botschaft in einem einfachen, geschlossenen Briefumschlag und nicht mit Wissen der französischen, irischen, neufundländischen und amerikanischen Angestellten in den Telegrafenämtern angekommen wäre, hätte Barbicane keinen Augenblick gezögert. Er hätte den Inhalt verschwiegen, aus Vorsicht, um sein Werk nicht zu gefährden. Es konnte sich um einen üblen Streich handeln, schließlich kam das Telegramm von einem Franzosen. Wie wahrscheinlich war es denn, daß irgend jemand die Kühnheit besaß, sich eine solche Reise auch nur vorzustellen? Und wenn es so jemanden gab, mußte das nicht ein Verrückter sein, den man besser in eine Zelle stecken sollte als in ein Projektil?

Aber die Botschaft dieses Telegramms war bereits bekannt, denn die moderne Nachrichtentechnik zeichnete sich nicht gerade durch Diskretion aus; die Neuigkeit hatte sich schon in mehreren Bundesstaaten der USA verbreitet. Folglich konnte Barbicane nicht dazu schweigen. Er versammelte die anwesenden Kollegen in Tampa und las ihnen, ohne seine Gedanken zu verraten oder Mutmaßungen über die Glaubwürdigkeit des Absenders anzustellen, ganz einfach den Text des Telegramms vor.

»Unglaublich!« – »Unmöglich!« – »Ein schlechter Scherz!« – »Lächerlich!« – »Völliger Unsinn!« Minutenlang gaben alle Anwesenden durch Ausrufe und Gestikulieren zu verstehen, für wie unglaublich, dumm und verrückt sie diese Idee hielten. Man grinste, spottete, zuckte die Schultern oder brach in schallendes Gelächter aus, wie es der Natur jedes einzelnen entsprach.

Nur J.-T. Maston fand wohlwollende Worte: »Das ist doch eine Idee!« rief er begeistert.

»Ja«, entgegnete ihm Oberst Elphiston, »aber solche Ideen sind nur erlaubt, wenn an ihre Verwirklichung nicht einmal zu denken ist!«

»Und warum nicht?« fragte des Sekretär des Clubs, der gern weiterdiskutiert hätte. Aber niemand wollte sich auf eine Diskussion einlassen.

Der Name Michel Ardan machte inzwischen in Tampa die Runde. Fremde und Einheimische sahen sich an und lachten – nicht über diesen verrückten Europäer, den es wohl gar nicht gab, sondern über J.-T. Maston, der nicht an der Existenz dieser Phantasiegestalt zu zweifeln schien. Als Barbicane vorgeschlagen hatte, ein Projektil zum Mond zu schießen, hatte man dieses Experiment ganz normal gefunden; es war durchführbar und nur ein Frage der Ballistik. Aber daß ein vernunftbegabtes Wesen in diesem Projektil mitreisen wollte, war unwahrscheinlich, skurril, ein Scherz, ein Farce, mit einem Wort Humbug!

Bis in den Abend hinein wurde überall in den Vereinigten Staaten über diesen Gedanken gespottet und gelacht, was recht selten in einem Land geschah, in dem unmöglich erscheinende Vorhaben immer Verfechter, Anhänger und aktive Mitstreiter finden.

Doch – wie alle neuen Ideen – nistete sich die Idee von Michel Ardan in einigen Köpfen ein und ließ die Menschen nicht mehr los. Und das sorgte für einige Verwirrung in den landesüblichen Gefühlen. »Daran habe ich noch gar nicht gedacht!« hieß es jetzt. Die neue Idee faszinierte gerade wegen ihrer Absonderlichkeit. Immer mehr Menschen beschäftigten sich damit. Wie oft war etwas, das allen unmöglich schien, am nächsten Tag schon Realität geworden! Warum sollte nicht auch eine solche Reise möglich sein? Und trotzdem, der Mann, der das riskieren wollte, mußte verrückt sein, und weil man seine Idee doch nicht ernst nehmen konnte, hätte er besser den Mund gehalten, als ein ganzes Land durch seine lächerlichen Hirngespinste in Aufruhr zu versetzen.

Aber gab es den Mann überhaupt? Das war doch die Frage! Und siehe da: Michel Ardan war in den Vereinigten Staaten kein Unbekannter! Der Name dieses Europäers war schon oft im Zusammenhang mit waghalsigen Unternehmungen gefallen; sein Telegramm durch die Tiefen des Atlantiks und das Schiff, mit dem er bald nach Amerika kommen wollte, verliehen seinen Aussagen eine gewisse Wahrscheinlichkeit. Volkes Stimme forderte die Wahrheit. Einzelne taten sich zu Gruppen zusammen, die gemeinsame Neugier als Katalysator führte die Gruppen zueinander, und schließlich war eine Menge beisammen, die sich auf das Domizil von Präsident Barbicane in Tampa zubewegte.

Dieser hatte sich seit der Ankunft des Telegramms nicht dazu geäußert. Er hatte J.-T. Maston reden lassen, ohne ihm zuzustimmen oder zu widersprechen. Er hielt sich bedeckt und wollte abwarten. Aber er hatte nicht mit der Ungeduld der Masse gerechnet, und nun mußte er notgedrungen zusehen, wie sich eine Menge Einwohner von Tampa unter seinem Fenster drängten. Er wurde als Persönlichkeit des öffentlichen Lebens aufgesucht, deren Privilegien er genoß, wie er auch die damit verbundenen Unannehmlichkeiten in Kauf nehmen mußte. Stimmen wurden laut und Rufe, man drängte ihn, sich zu zeigen.

Präsident Barbicane an seinem Fenster

Das tat er dann auch. Es kehrte Ruhe ein. Ein Sprecher ergriff das Wort und fragte ihn geradeheraus: »Ist der Mann, der sich in dem Telegramm Michel Ardan nennt, auf dem Weg nach Amerika oder nicht?«

»Meine Herren!« erwiderte Barbicane. »Das weiß ich genausowenig wie Sie.«

»Man muß es aber wissen!« riefen einige voller Ungeduld.

»Kommt Zeit, kommt Rat«, erwiderte der Präsident kühl.

Der Sprecher meldete sich wieder zu Wort: »Die Zeit hat kein Recht, ein ganzes Land in Atem zu halten! Haben Sie die Pläne für das Projektil geändert, wie es in dem Telegramm gefordert wird?«

»Nein, meine Herren. Aber Sie haben recht. Man muß wissen, woran man ist. Wenden wir uns an das Telegrafenamt, das die ganze Aufregung verbreitet hat. Dort werden wir uns weitere Auskünfte verschaffen!«

»Zum Telegrafenamt! Zum Telegrafenamt!« rief die Menge.

Barbicane ging auf die Straße hinunter und setzte sich an die Spitze des Menschenauflaufs, den er zum Telegrafenamt führte.

Wenige Minuten später war ein Telegramm an das Schiffsmaklerkontor in Liverpool unterwegs, das Auskunft auf die folgenden Fragen begehrte:

»Gibt es ein Schiff namens *Atlanta*?«

»Wann ist es aus einem europäischen Hafen ausgelaufen?«

»Befindet sich ein gewisser Michel Ardan aus Frankreich an Bord?«

Zwei Stunden später erhielt Barbicane die Antworten, die an Genauigkeit nichts zu wünschen übrigließen: »Das Dampfschiff *Atlanta* ist von Liverpool am 2. Oktober in Richtung Tampa in Florida ausgelaufen. An Bord befindet sich ein Franzose, dessen Name in der Passagierliste mit Michel Ardan angegeben ist.«

Damit wurden die Angaben im ersten Telegramm bestätigt. In Barbicanes Augen flackerte es plötzlich, sein Hände ballten sich zu Fäusten, und man hörte ihn vor sich hin murmeln: »Dann stimmt es also! Dann ist es möglich! Den Franzosen gibt es wirklich! Und in vierzehn Tagen ist er hier! Aber er ist verrückt! Er hat hirnverbrannte Ideen!...Ich werde nie zulassen, daß...«

Doch am selben Abend noch schrieb er der Firma Breadwill & Co. und bat, mit dem Guß des Projektils zu warten, bis neue Anweisungen eintreffen würden.

Was man jetzt beschreiben müßte, übersteigt die Kräfte eines einzelnen: ganz Amerika vom Taumel der Erregung gepackt – die zehnfache Wirkung der Rede von Barbicane – die Reaktion der amerikanischen Zeitungen auf das Telegramm und die Ankunft des »Helden aus der Alten Welt« – die fiebrige Erwartung jedes einzelnen, der Stunden, Minuten und Sekunden zählt – die alles andere lähmende Besessenheit der Hirne, die nur noch von einem Gedanken beherrscht sind – die alles andere lähmende ausschließliche Beschäftigung mit einer Sache, wodurch Arbeiten liegenblieben, Geschäfte stockten, abfahrtbereite Schiffe im Hafen verharrten, um die *Atlanta* nicht zu verpassen, oder neue Schaulustige herbeigeschafft wurden, so daß die ganze Bucht von Espiritu Santo von Dampfern, Lastkähnen, Segeljachten und aller Art Küstenschiffen wimmelte – den Zustrom der Neugierigen, die innerhalb vierzehn Tagen die Einwohnerzahl von Tampa vervierfachten und in Zelten der Armee untergebracht werden mußten. All dies beschreiben zu wollen wäre wirklich vermessen.

Am 20. Oktober meldeten die Semaphoren an der Florida-Straße dicken Qualm am Horizont. Zwei Stunden später wechselte ein großer Dampfer Erkennungssignale mit ihnen. Sogleich wurde nach Tampa weitergemeldet, daß es sich um die *Atlanta* handle. Um vier Uhr lief das Schiff in die Bucht von Espiritu Santo ein. Um fünf Uhr befand es sich innerhalb der Hillisboro-Reede, um sechs machte es im Hafen von Tampa fest.

Die Anker der *Atlanta* hatten kaum den Sand im Hafenbecken berührt, als der Dampfer bereits von fünfhundert Booten und Schiffchen umzingelt war und regelrecht geentert wurde. Barbicane sprang als erster über die Reling und rief mit kaum verhohlener Erregung in der Stimme: »Michel Ardan!«

»Hier!« antwortete ein Mann auf dem Hinterdeck.

Mit verschränkten Armen und zugekniffenem Mund starrte Barbicane den Passagier der *Atlanta* an.

Der Mann war Anfang Vierzig, groß, aber schon ein wenig gebeugt, wie einer dieser Karyatiden, die ganze Balkone auf ihren Schultern tragen. Auf seinem mächtigen Schädel schüttelte er immer wieder die feuerrote Löwenmähne. Das eher breite Gesicht mit dem Schnurrbart, der wie bei einer Katze abstand, und den kleinen gelblichen Haarbüscheln, die ihm mitten auf den Wangen wuchsen, und den runden, etwas verloren blickenden, aber auf jeden Fall kurzsichtigen Augen vervollständigten seine katzenähnliche Physiognomie. Aber seine Nase war kühn geschwungen, der Mund voll und freundlich, die Stirn hoch und intelligent und gefurcht, wie ein Feld, das niemals brachliegt. Der kräftige Oberkörper mit ebensolchen Armen ruhte auf langen Beinen, der Mann war sozusagen stabil gebaut, seine Haltung strahlte Entschlossenheit aus, und er wirkte »eher geschmiedet als gegossen«, um einen Ausdruck aus der Metallurgie zu verwenden.

Die Anhänger des Physiognomen Lavater hätten aus Kopfform und Gesichtszügen dieses Menschen sicher die Anzeichen einer unbestreitbaren Kämpfernatur herausgelesen, die Mut in der Gefahr und den Willen zur Überwindung von Hindernissen bewies. Außerdem schien er gutmütig und begeisterungsfähig zu sein und sich für übernatürliche Phänomene interessieren zu können. Dagegen war er keine Händlernatur, der Drang zu besitzen und zu erwerben fehlte ihm völlig.

Zur vollständigen Beschreibung seines Äußeren sei noch erwähnt, daß der Passagier der *Atlanta* weit geschnittene und locker getragene Kleidung anhatte, daß seine Hose und sein

Michel Ardan

Umhang aus soviel Stoff bestand, daß Michel Ardan sich selbst als Stoffvertilger bezeichnete; die Krawatte hing locker am offenstehenden Hemdkragen, der einen kräftigen Hals sehen ließ, und die Manschetten waren immer aufgeknöpft und gaben nervöse Hände frei. Man spürte, daß es diesem Mann nie kalt wurde, weder im kältesten Winter noch je um das eigene Herz.

Er war übrigens an Deck des Dampfers in ständiger Bewegung und ging zwischen den Leuten auf und ab, hin und her, mit Händen und Füßen redend, jeden duzend und ständig nägelkauend aus lauter Nervosität. Dies war eines der Originale, die der Schöpfer aus einer besonderen Laune heraus erfunden hat und deren Gußform er sogleich zerbricht.

Die Persönlichkeit von Michel Ardan bot reichlich Material zur genauen Beobachtung. Dieser erstaunliche Mann neigte ständig zu Übertreibungen und war dem Alter noch nicht entwachsen, in dem nur die Superlative zählen. Auf der Netzhaut seiner Augen zeichneten sich die Dinge übergroß ab, und so kam es, daß auch seine Ideen überdimensioniert waren. Er sah alles in großem Maßstab, außer den Schwierigkeiten und den Menschen.

Im übrigen war er voller Energie, ein Lebenskünstler, der auch witzig sein konnte, ohne daß er sich bemühte, besonders geistreich zu sein. Bei jeder Diskussion hielt er mit, auch wenn er sich nicht groß um Logik und Vernunftgründe kümmerte. Er führte sich oft wie der sprichwörtliche Elefant im Porzellanladen auf und knallte den Leuten seine Meinung hin, rücksichtslos, aber effektvoll. Und wenn etwas aussichtslos erschien, verteidigte er es gerade deswegen mit Zähnen und Klauen.

Unter anderem liebte er es, sich, wie Shakespeare, als »begnadeten Ignoranten« hinzustellen, und drückte, wo es nur ging, seine Verachtung für die Gelehrten aus. »Diese Leute«, pflegte er zu sagen, »zählen doch nur die Punkte, während unsereins die Partie spielt.« Er war ein Vagabund im Reich der

Phantasie; er liebte es abenteuerlich, ohne ein Abenteurer zu sein; er war gern in Bewegung, wenn er den Wagen lenken konnte; er riskierte alles, wie Ikarus, hatte aber immer Ersatzflügel dabei. Im übrigen bezahlte er aber für alle Dummheiten, die er beging, und er bezahlte nicht schlecht. Erhobenen Hauptes stürzte er sich in waghalsige Unternehmungen, verbrannte alle Brücken hinter sich, riskierte Kopf und Kragen und fiel doch immer wieder auf die Füße: Er war wie eines dieser Purzelmännchen, mit denen Kinder so gern spielen.

Sein Wahlspruch lautete: »Trotz alledem!«, und mit ganzer Leidenschaft liebte er das Unmögliche.

Doch auch dieser unternehmungslustige Mann hatte seine Schattenseiten. Wer wagt, gewinnt, sagt man. Ardan wagte viel, aber er gewann nichts dabei. Das Geld zerrann ihm unter den Fingern, verschwand in einem Faß ohne Boden. Da er nicht im geringsten geldgierig war, ließ er sich oft aus Gefühlsüberschwang oder Starrköpfigkeit zu unüberlegten Handlungen hinreißen, die ihn teuer zu stehen kamen; hilfsbereit und ritterlich, wie er war, hätte er auch seinen schlimmsten Feind nicht ins Verderben geschickt, und um einen Neger freizukaufen, hätte er sich selbst als Sklave verkaufen lassen.

In Frankreich, ja in ganz Europa war diese schillernde, auffallende Persönlichkeit bekannt, weil er es schaffte, daß man ständig über ihn sprach. Er wohnte im Glashaus, er hatte nichts zu verbergen. Aber er besaß auch eine stattliche Sammlung von Feinden, die er sich selbst geschaffen hatte, weil er sie brüskiert, verletzt, beleidigt oder gnadenlos beseite gestoßen hatte, wenn er die Ellbogen benutzte, um immer wieder ins Rampenlicht der Öffentlichkeit vorzudringen.

Trotzdem war er allgemein beliebt, und man sah ihn als ein verzogenes Kind an. Wer nicht für ihn war, war gegen ihn, aber die meisten waren für ihn. Man verfolgte gespannt und besorgt, was er alles anstellte. Er konnte ja so tollkühn und unvorsichtig sein! Er aber antwortete dem Freund, der ihn vor dem katastrophalen Ausgang eines neuen Projekts warnen wollte: »Der Wald brennt nur, wenn seine Bäume das Feuer nähren«, und lächelte liebenswürdig, ohne zu ahnen, daß er das schönste aller arabischen Sprichwörter zitiert hatte.

Das war also der Passagier der *Atlanta*, dieser ständig aktive und – nicht wegen seines amerikanischen Projekts, sondern wegen seiner Veranlagung – innerlich umgetriebene Mann. Und wenn sich je zwei Personen von so auffallend unterschiedlicher Natur gegenüberstanden, dann waren es der Franzose Michel Ardan und der Yankee Impey Barbicane, die doch beide tatkräftige und wagemutige Männer waren.

Die Überlegungen, denen sich der Präsident des Kanonenclubs angesichts eines solchen Rivalen, der ihn in der Gunst der Massen auf den zweiten Rang verwies, hingegeben hatte, wurden jäh durch die Hochrufe der Menge unterbrochen. Das Geschrei wurde so heftig und die Begeisterung nahm so beängstigende Formen an, daß Michel Ardan, nachdem man ihm fast die Finger zerquetscht hatte, als er tausend Hände geschüttelt hatte, sich in seine Kabine zurückziehen mußte.

Barbicane, der noch kein weiteres Wort gesagt hatte, folgte ihm.

»Sie sind Barbicane?« fragte Michel Ardan, sobald sie allein waren, in einem Ton, als wären sie schon seit zwanzig Jahren befreundet.

»Ja«, erwiderte der Präsident des Kanonenclubs.

»Ah, gut! Schönen Tag auch, Barbicane. Wie geht's? Ausgezeichnet? Das ist prima, wirklich prima!«

»Sie sind also«, sagte Barbicane ohne Umschweife, »entschlossen, mitzufliegen?«

»Ja, das bin ich.«

»Und durch nichts von diesem Entschluß abzubringen?«

»Durch nichts. Haben Sie die Pläne für das Projektil abgeändert, wie ich es in meinem Telegramm angegeben habe?«

»Ich habe Ihre Ankunft abgewartet. Haben Sie sich die Sache reiflich überlegt?« fragte Barbicane, um sich noch einmal zu versichern.

»Überlegt? Als ob ich Zeit zum Überlegen hätte! Ich habe die Gelegenheit, eine Reise zum Mond zu machen, und ich nutze sie. Das ist alles. Ich verstehe nicht, was es da zu überlegen gibt.«

Barbicane verschlang mit seinen Blicken den Mann, der so leichthin, so sorglos und so frei von allen Ängsten über das Mondprojekt redete. »Aber haben Sie wenigstens einen Plan und die Mittel, ihn auszuführen?« fragte er.

»Ausgezeichnete Mittel, lieber Barbicane. Aber gestatten Sie mir eine Bemerkung. Ich würde meine Geschichte am liebsten nur einmal erzählen, und zwar allen, dann ist das erledigt. Dadurch lassen sich Gerüchte verhindern. Wenn Sie keinen besseren Vorschlag haben, dann rufen Sie doch morgen Ihre Freunde zusammen, Ihre Kollegen, die ganze Stadt, ganz Florida, ganz Amerika, wenn Sie wollen. Und morgen bin ich bereit zu erzählen, was ich vorhabe, und alle Einwände zu beantworten, die kommen mögen. Keine Angst, ich fechte meine Sache schon durch. Sind Sie damit einverstanden?«

»Einverstanden«, erklärte Barbicane.

Daraufhin verließ der Präsident die Kabine und teilte der Menge den Vorschlag von Michel Ardan mit, der mit beifälligem Stampfen und Freudenschreien aufgenommen wurde. Damit waren auf einen Schlag alle Schwierigkeiten beseitigt. Am nächsten Tag konnte jeder den Helden aus Europa besichtigen. Nur einige besonders dickschädelige Sensationslustige wollten nicht mehr vom Deck der *Atlanta* weichen und verbrachten die Nacht an Bord. Unter ihnen war J.-T. Maston, der seinen Armhaken ins Holz der Heckaufbauten geschraubt hatte. Man hätte eine Winde gebraucht, um ihn wieder loszumachen.

»Das ist ein Held! Ein Held!« schrie er aus Leibeskräften. »Und wir sind bloß Memmen, verglichen mit diesem Europäer!«

Der Präsident hatte die Menge gebeten, das Schiff zu verlassen, und zog sich dann in die Kabine des Passagiers zurück, die er erst beim Schlag der Schiffsglocke um Mitternacht wieder verließ.

Zu diesem Zeitpunkt schüttelten sich die beiden Rivalen um die Gunst der Massen herzlich die Hand, und Michel Ardan duzte den Präsidenten des Kanonenclubs.

XIX

Ein Meeting

Am nächsten Tag zeigte sich das Tagesgestirn sehr spät über einem ungeduldig wartenden Publikum, das die Trägheit einer solchen Sonne bemängelte, die doch ein großes Fest ins richtige Licht rücken sollte. Barbicane befürchtete, daß man Michel Ardan viele indiskrete Fragen stellen würde, und hätte gern die Zuhörerschaft auf eine kleine Zahl von Anhängern und Kollegen beschränkt. Aber das wäre dem Versuch gleichgekommen, einen Damm für die Niagarafälle zu errichten. Er sah also von solchen Vorkehrungen ab und überließ seinen neuen Freund den Risiken eines großen öffentlichen Auftritts. Der neue Saal der Börse von Tampa wurde trotz seiner enormen Größe als unzureichend für die Veranstaltung befunden, denn die geplante Zusammenkunft erreichte die Ausmaße einer richtigen Volksversammlung, eines Meetings, wie die Amerikaner sagen.

Man wählte schließlich eine weite Ebene draußen vor der Stadt und errichtete dort in wenigen Stunden Sonnensegel. Die vielen Schiffe im Hafen von Tampa lieferten Segeltuch, Takelage, Ersatzmasten und Stangen, mit denen riesige Zeltdächer ausgebreitet werden konnten, die schon bald die ausgedörrte Prärie bedeckten und vor der sengenden Glut der Sonne schützten. Dreihunderttausend Menschen fanden darunter Platz und trotzten dort mehrere Stunden lang einer drückenden Hitze, während sie auf den Franzosen warteten. Von dieser Menge konnten die im vorderen Drittel Sitzenden alles gut sehen und hören; das Publikum im mittleren Drittel sah kaum etwas und hörte nichts. Aber im letzten Drittel sah und hörte man gar nichts mehr. Dennoch wurde dort der reichlichste Beifall gespendet.

Um drei Uhr nachmittags erschien Michel Ardan in Begleitung der prominentesten Mitglieder des Kanonenclubs. Arm in Arm schritt er zwischen Präsident Barbicane zu seiner Rechten und dem strahlenden J.-T. Maston zur Linken. Ardan bestieg ein Podium, von dem aus er über ein Meer von schwarzen Zylindern blicken konnte. Er schien nicht im mindesten verlegen zu sein, zeigte kein Imponiergehabe, sondern benahm sich ganz ungezwungen und war lustig, leutselig und liebenswürdig, als wäre er hier zu Hause. Die Hochrufe, mit denen er empfangen wurde, beantwortete er mit einer ersten eleganten Handbewegung, mit der nächsten forderte er Ruhe.

Er ergriff das Wort und sagte in sehr gutem Englisch: »Trotz der Gluthitze werde ich ein wenig von Ihrer Zeit beanspruchen, um Ihnen einige Erklärungen über gewisse Projekte zu liefern, die Ihr Interesse gefunden haben. Ich bin weder ein gelernter Redner noch Wissenschaftler und hatte nicht damit gerechnet, daß ich hier öffentlich sprechen sollte. Aber mein Freund Barbicane hat mir gesagt, daß ich Ihnen damit eine Freude machen würde. Also habe ich mich einverstanden erklärt. Hört mir nun mit euren sechshunderttausend Ohren zu, und entschuldigt im voraus die Fehler, die ich im Englischen machen werde.«

Dieser lockere Ton der Einleitung wurde von den Zuhörern mit wohlwollendem Beifallsgemurmel aufgenommen.

»Recht so, meine Herren«, fuhr Ardan fort. »Scheuen Sie sich nicht, Ihre Zustimmung oder Mißbilligung zum Ausdruck zu bringen. Nachdem wir uns darüber einig sind, will ich anfangen. Zuerst müssen Sie wissen, daß Sie es mit einem Ignoranten zu tun haben, dessen Ignoranz so groß ist, daß er sogar

Das Meeting

Schwierigkeiten ignoriert. Es erschien ihm daher ganz natürlich, einfach und leicht, in einem Projektil zu reisen und damit eine Reise auf den Mond zu machen. Diese Reise mußte früher oder später einmal gemacht werden, und das Verkehrsmittel, das nun zur Verfügung steht, entspricht eben dem Fortschritt unserer Zeit. Der Mensch war am Anfang auf allen vieren unterwegs, dann ist er eines schönen Tages auf zwei Beinen weitergegangen, danach ließ er sich auf einem Karren fahren, dann in einer Kutsche und später in einer Karosse schaukeln, ehe er in die Eisenbahn umstieg. Ein Projektil ist einfach das Verkehrsmittel der Zukunft. In Wahrheit sind die Planeten nichts anderes als Projektile, Geschosse, die die Hand des Schöpfers ins All geworfen hat. Aber kommen wir auf unser Gefährt zurück. Einige unter Ihnen, meine Herren, sind wahrscheinlich der Meinung, daß die Geschwindigkeit, mit der es beschleunigt werden soll, übertrieben ist. Das stimmt nicht. Alle Sterne sind schneller, und selbst die Erde jagt mit uns dreimal schneller um die Sonne. Ich gebe Ihnen gern ein paar Zahlenbeispiele, wenn ich sie in europäischen Maßen ausdrücken darf, weil ich mich sonst bestimmt verrechnen würde.«

Die einfache Bitte stieß auf Verständnis, und der Redner konnte fortfahren: »Ich nenne Ihnen nun die Geschwindigkeit der einzelnen Planeten, ein astronomisches Detail, das ich zugegebenermaßen gut kenne, obwohl ich sonst nichts weiß. Und in zwei Minuten werden Sie so klug sein wie ich. Sie müssen also wissen, daß Neptun zwanzigtausend Kilometer in der Stunde zurücklegt, Uranus achtundzwanzigtausend, Saturn fünfunddreißigtausendfünfhundert, Jupiter sechsundvierzigtausendsiebenhundert, Mars achtundachtzigtausendvierundvierzig, die Erde einhundertzehntausend, Venus hundertachtundzwanzigtausendsiebenhundertsechzig, Merkur zweihundertzehntausend und bestimmte Kometen fünf Millionen sechshunderttausend Kilometer in Sonnennähe! Verglichen damit macht unser Geschoß einen gemächlichen Spaziergang mit einer Geschwindigkeit, die vierzigtausend Kilometer nicht übersteigen, sondern im Gegenteil immer mehr abnehmen wird! Ich frage Sie, ob das ein Grund zur Aufregung ist, und ob Sie nicht auch der Ansicht sind, daß man eines Tages noch ganz andere Geschwindigkeiten erreichen wird, deren Antriebskräfte wahrscheinlich das Licht oder die Elektrizität sein werden?«

Niemand schien der Vermutung von Michel Ardan widersprechen zu wollen, der fortfuhr: »Wenn man gewissen Leuten, liebe Zuhörer, die ich nicht anders als beschränkt nennen kann, Glauben schenkt, dann ist es das Schicksal der Menschen, auf der Erde zu verharren. Dann werden sie nie über ihren Schatten springen können, auf dem Globus dahinvegetieren, ohne sich je in planetarische Weiten erheben zu können. Weit gefehlt, kann ich da nur sagen! Wir werden auf den Mond fliegen, zu den Planeten, in die Sternenwelt, wie man heute nach Liverpool oder New York reist. Bequem, schnell und sicher. Bald wird man die Weiten des Alls durchqueren, wie man demnächst die weiten Meere des Monds durchqueren wird! Entfernung ist immer relativ, und eines Tages wird sie keine Rolle mehr spielen.«

Obwohl die versammelte Menge dem Helden aus Frankreich sehr gewogen war, hatten ihr dessen kühne Theorien doch die Sprache verschlagen. Michel Ardan schien das gespürt zu haben.

»Sie scheinen nicht sehr überzeugt, werte Gastgeber«, sagte er liebenswürdig lächelnd. »Nun gut, lassen Sie uns nachdenken. Wissen Sie, wie lange ein Schnellzug für eine Fahrt zum Mond brauchen würde? Dreihundert Tage! Nicht mehr. Denn was ist schon eine Entfernung von dreihundertzweiundfünfzigtausend Kilometern? Nicht einmal die neunfache Strecke um die Erde, und jeder Seemann oder Weltenbummler ist in seinem Leben weiter gereist. Denken Sie bloß, daß ich nur siebenundneunzig Stunden unterwegs sein werde! Ach, Sie glauben immer noch, daß der Mond so weit von der Erde entfernt ist, daß man zweimal hinschauen muß, ehe man das Abenteuer wagt? Ja, was würden Sie denn sagen, wenn die Reise zum Neptun gehen würde, der in viereinhalb Milliarden Kilometer Entfernung seine Bahn um die Sonne zieht? Das wäre eine Reise, die wirklich nur wenige machen könnten, selbst wenn sie bloß fünf Sous pro Kilometer kosten würde! Selbst die Milliarde vom Baron de Rothschild würde nicht für einen Platz im Projektil ausreichen!«

Diese Argumentationsweise schien den Leuten zu gefallen, und Michel Ardan steigerte sich noch mehr in sein Thema hinein. Er merkte, wie begierig das Publikum seinen Worten lauschte, und sprach mit bewundernswerter Sicherheit weiter: »Und, liebe Freunde, die Entfernung des Neptuns zur Sonne ist noch gar nichts dagegen, wie weit die Fixsterne von uns entfernt sind. Um diese Entfernungen berechnen und benennen zu können, braucht man die Milliarde als kleinste Einheit. Verzeihen Sie mir, wenn ich so auf diesen Zahlen herumreite. Aber sie sind von eminenter Bedeutung. Hören Sie gut zu, und bilden Sie sich dann Ihr Urteil! Alpha Centauri ist zweiunddreißigtausend Milliarden Kilometer entfernt, Wega und Sirius zweihunderttausend Milliarden, Arkturus zweihundertzwanzigtausend Milliarden, der Polarstern vierhundertsiebzigtausend Millarden, die Ziege sechshundertachtzigtausend Milliarden, und andere Sterne sind Tausende und Millionen und Milliarden Milliarden von Kilometern entfernt! Kann man da noch von einer Entfernung zwischen der Sonne und ihren Planeten sprechen? Und behaupten, daß es eine solche Entfernung überhaupt gibt? Nein! Irrtum! Trugschluß! Sinnestäuschung! Wissen Sie, was ich von dieser Welt denke, die von unserem strahlenden Tagesgestirn bis zu Neptun reicht? Möchten Sie meine Theorie hören? Die ist sehr einfach! Für mich ist dieses Sonnensystem ein fester, einheitlicher Körper. Die Planeten, aus denen er besteht, drängen sich aneinander, berühren sich, hängen zusammen, und der Raum zwischen ihnen entspricht dem Raum zwischen den Molekülen der härtesten Metalle, wie Silber und Eisen, Gold oder Platin! Mit vollem Recht stelle ich also fest und wiederhole es aus tiefster Überzeugung, von der auch Sie bald durchdrungen sein werden: Entfernung ist ein leeres Wort! Es gibt gar keine Entfernung!«

»Gut gesprochen! Bravo! Hurra!« rief die versammelte Menge wie mit einer Stimme. Alle hatten sich vom Vortrag, vom Akzent und von der gedanklichen Kühnheit des Redners anstecken lassen.

»Nein!« wiederholte J.-T. Maston lauter als alle anderen. »Es gibt gar keine Entfernung!« Und im Überschwang seiner Erregung hatte er den Schwung seines Körpers kaum noch unter Kontrolle und wäre beinahe vom Podium gestürzt. Er konnte sich gerade noch abfangen und einen Sturz vermeiden, der ihm auf grausame Weise gezeigt hätte, daß Entfernung doch kein leeres Wort ist. Da nahm der mitreißende Redner seinen Faden wieder auf.

»Meine Freunde«, sagte Michel Ardan, »ich denke, daß wir das Problem der Entfernung gelöst haben. Wenn ich nicht alle unter Ihnen überzeugen konnte, dann liegt das daran, daß ich sehr zaghaft und blaß argumentiert habe. Daran wiederum ist mein Mangel an theoretischer Bildung schuld. Wie dem auch sei, ich wiederhole noch einmal, daß die Entfernung der Erde von ihrem Trabanten wirklich unbedeutend ist und keinen Menschen mit Verstand ernsthaft beschäftigen kann. Ich glaube, daß ich nicht zuweit gehe, wenn ich behaupte, daß man bald Projektile mit Waggons zum Mond schicken wird, in denen man bequem von der Erde zum Mond reisen kann. Ohne Zusammenstöße, Rütteln, Entgleisungen befürchten zu müssen, erreicht man das Ziel schnell, bequem und in der direkten Vogelfluglinie, wie Ihre Trapper sagen würden. In kaum zwanzig Jahren wird die halbe Erdbevölkerung den Mond besucht haben!«

»Hurra! Michel Ardan lebe hoch!« riefen die Zuhörer, selbst diejenigen, die am wenigsten überzeugt waren.

Projektile mit Waggons
auf dem Weg zum Mond

»Impey Barbicane lebe hoch!« erwiderte der Redner bescheiden.

Diese Dankesbezeugung für den Initiator des Unternehmens wurde ebenfalls mit einhelligem Beifall bedacht.

»Sie haben nun Gelegenheit, meine Freunde«, sagte Michel Ardan, »mir Fragen zu stellen. Auch wenn Sie einen armen Unwissenden, wie mich, leicht in Bedrängnis bringen können, werde ich mich bemühen, auf alles eine Antwort zu geben.«

Bisher hatte der Präsident des Kanonenclubs allen Grund zur Zufriedenheit mit dem Verlauf der Versammlung gehabt. Sie ging in Richtung spekulativer Theorien, bei denen sich Michel Ardan mit Hilfe seiner lebhaften Phantasie glänzend darstellen und behaupten konnte. Man mußte ihn nur daran hindern, über praktische Fragen zu reden; denn da hätte er sich bestimmt weniger gut geschlagen. Barbicane beeilte sich, das Wort zu ergreifen, und fragte seinen neuen Freund, ob er denke, daß der Mond oder die anderen Planeten bewohnt seien.

»Das ist eine schwierige Frage, mein lieber Präsident«, sagte der Redner lächelnd. »Aber, wenn ich mich nicht täusche, haben sich sehr gescheite Männer wie Plutarch, Swedenborg, Bernardin de Saint-Pierre und viele andere für eine solche Annahme ausgesprochen. Vom Standpunkt der Naturphilosophie aus würde ich ihnen recht geben und sagen, daß es in der Welt nichts Unnützes gibt. Aber ich kann auf deine Frage, Freund Barbicane, auch antworten: Wenn die Welten bewohnbar sind, dann sind sie bewohnt, waren bewohnt oder werden bewohnt sein.«

»Sehr gut!« riefen die Zuhörer in den ersten Reihen, deren Haltung die Reaktion der hinteren Ränge beeinflußte.

»Das ist eine äußerst logische und richtige Antwort«, lobte der Präsident des Kanonenclubs. »Die Frage stellt sich doch folgendermaßen – sind die Welten bewohnbar? Ich, für meinen Teil, glaube das.«

»Und ich bin mir sicher«, ergänzte Michel Ardan.

»Aber es gibt auch Argumente dagegen«, sagte einer der Zuhörer. »Auf den meisten müssen andere Lebensbedingungen herrschen. Sonst würde man, wenn wir einmal nur von den Planeten reden, auf dem einen verbrennen und auf dem anderen erfrieren, je nachdem, ob sie näher an der Sonne oder weiter weg sind.«

»Leider kenne ich den ehrenwerten Gentleman nicht«, erwiderte Michel Ardan, »der anderer Meinung ist als ich. Ich möchte ihm dennoch antworten. Sein Einwurf ist berechtigt. Ich glaube aber, daß man ihn leicht entkräften kann wie alle anderen Argumente gegen eine Bewohnbarkeit der verschiedenen Welten. Vom Standpunkt des Physikers aus würde ich sagen, daß die Temperaturunterschiede ausgeglichen und diese Welten für Wesen mit unserer körperlichen Konstitution bewohnbar wären, wenn es auf den sonnennahen Planeten etwas weniger und auf den sonnenfernen etwas mehr Wärmeentwicklung geben würde. Vom Standpunkt des Naturforschers aus würde ich, wie viele berühmte Gelehrte, daran erinnern wollen, daß die Natur uns auf der Erde genügend Beispiele für Lebewesen bietet, die extrem unterschiedliche Habitate bewohnen. Fische, zum Beispiel, atmen in einer Umgebung, die für Landtiere tödlich ist. Amphibien kommen auf bisher unerklärliche Weise in zwei verschiedenen Welten zurecht. Manche Meeresbewohner halten sich in sehr tiefen Wasserschichten auf und können einen Druck von fünfzig oder sechzig Atmosphären aushalten, ohne erdrückt zu werden. Verschiedene Wasserinsekten sind so temperaturunempfindlich, daß sie sowohl in heißen Quellen als auch im eiskalten Wasser der Polarmeere vorkommen. Man muß der Natur zugestehen, daß ihr so unterschiedliche Verhaltensweisen zur Verfügung stehen, die wir oft nicht verstehen, die aber trotzdem vorhanden sind und die an allmächtige Fähigkeiten grenzen. Vom Standpunkt der Chemie aus würde ich meinem Diskussionsgegner antworten, daß Meteorgestein, das zweifellos außerirdisch entstanden ist, Spuren von Kohlenstoff enthält. Diese Substanz hat aber immer einen organischen Ursprung, stammt also den Experimenten von Reichenbach zufolge von pflanzlichen oder tierischen Lebewesen. Vom theologischen Standpunkt aus könnte ich darauf hinweisen, daß die göttliche Gnade, wie der heilige Paulus sagt, nicht nur auf der Erde, sondern in allen himmlischen Welten wirksam ist. Aber ich bin weder Theologe noch Chemiker, noch Naturforscher und auch kein Physiker. Daher beschränke ich mich in meiner vollkommenen Unkenntnis der großen und ewigen Prinzipien der Universums darauf zu antworten: Ich weiß nicht, ob die außerirdischen Welten bewohnt sind, und da ich es nicht weiß, werde ich hingehen und sie mir anschauen!«

Ob der Diskussionsgegner von Michel Ardan noch andere Argumente vorbringen wollte? Das wird man nie erfahren, denn der frenetische Beifall der Menge übertönte alles. Als wieder Ruhe bis in die hintersten Reihen eingekehrt war, machte der Redner, der die große Masse schon für sich gewonnen hatte, in aller Bescheidenheit noch ein paar Schlußbemerkungen.

»Sie, meine lieben Yankees, können sich wohl vorstellen«, sagte der Franzose, »daß eine so umfassende Frage von mir nur ansatzweise beantwortet werden kann. Ich habe Ihnen hier keine akademische Vorlesung gehalten, um eine These zu diesem Thema zu verfechten. Es gibt noch ein ganze Reihe von Argumenten, die für die Bewohnbarkeit außerirdischer Welten sprechen, die ich aber beiseite lassen will. Gestatten Sie mir nur, einen Punkt zu unterstreichen. Den Leuten, die die anderen Planeten für unbewohnt halten, muß man antworten: Ihr könnt recht haben, falls es bewiesen wäre, daß die Erde die beste aller Welten ist. Aber das ist nicht der Fall, auch wenn Voltaire anderer Ansicht war. Die Erde hat nur einen Trabanten, während Jupiter, Uranus, Saturn und Neptun den nicht zu verachtenden Vorteil besitzen, mehrere davon zu haben. Was aber unseren Globus vor allem so unbequem macht, ist die Neigung seiner Achse in bezug auf seine Umlaufbahn. Daher rührt das Malheur der ungleichen Tag- und Nachtlängen und die ärgerliche Verschiedenheit der Jahreszeiten. Auf unserem armseligen Globus, der nicht einmal eine richtige Kugel ist, ist es doch immer zu heiß oder zu kalt. Im Winter erfriert man, im Sommer verschmachtet man fast. Schnupfen, Katarrh und Lungenentzündung beherrschen unseren Planeten. Die Bewohner des Jupiter dagegen, dessen Achse nur ganz wenig geneigt ist, könnten sich ständig gleichbleibender Temperaturen erfreuen. Sie hätten eine permanente Frühlings-, Sommer-, Herbst- und Winterregion und könnten sich die ihnen genehme aussuchen und sich dort für ihr ganzes Leben niederlassen, ohne irgendwelche Temperaturschwankungen erdulden zu müssen. Sie werden zustimmen, daß Jupiter dadurch unserem Planeten haushoch überlegen ist, abgesehen davon, daß ein Jupiterjahr zwölf Erdenjahre dauert! Außerdem ist es für mich klar, daß die Bewohner dieser glücklichen Welt unter diesen Voraussetzungen und wunderbaren Lebensumständen auch überlegene Wesen sind, daß ihre Gelehrten gelehrter, ihre Künstler größere Künstler, ihre Bösewichter weniger böse und ihre rechtschaffenen Menschen besser und gerechter sind. Leider, leider ist das so! Und was fehlt unserem mangelhaften Globus? Nur der rechte Winkel seiner Achse in bezug auf seine Umlaufbahn!«

»Dann müssen wir eben mit vereinten Kräften Maschinen erfinden«, rief eine schallende Stimme, »mit denen wir die Erdachse ins Lot stellen können!«

Donnernder Beifall antwortete auf diesen Vorschlag, der, wie nicht anders zu erwarten war, von J.-T. Maston stammte. Wahrscheinlich war der ungestüme Sekretär von seiner Ingenieurnatur zu diesem kühnen Vorschlag verleitet worden. Aber man darf nicht übersehen, daß ihn viele unterstützten, und wenn die Amerikaner den Archimedischen Punkt zur Verfügung gehabt hätten, hätten sie bestimmt den passenden Hebel konstruiert, um die Erde anzuheben und ihre Achse ins

Lot zu stellen. Aber dieser Punkt fehlte den beherzten Maschinenmännern.

Trotz allem war diese »äußerst praktische« Idee ungeheuer populär. Man machte eine Viertelstunde Pause, aber noch lange Zeit später wurde in den ganzen Vereinigten Staaten von Amerika über den Vorschlag geredet, den der ständige Sekretär des Kanonenclubs so energisch vorgetragen hatte.

XX

Argument und Gegenargument

Der Vorfall schien die Diskussion beendet zu haben. Das war sozusagen das beste »Schlußwort«, das man hätte finden können. Aber als sich die Aufregung gelegt hatte, ertönte eine laute und barsche Stimme.

»Könnte der Redner, nachdem er seiner Phantasie freien Lauf gelassen hat, nun zum Thema zurückkehren und uns erzählen, wie er sich seine Expedition denn praktisch vorstellt?«

Alle Blicke richteten sich auf denjenigen, der gesprochen hatte. Er war ein hagerer, ernster Mann mit einem energischen Gesicht, das ein amerikanisch geschnittener, unter dem Kinn wuchernder Bart zierte. Er hatte von der mehrmals auftretenden Unruhe im Publikum profitiert, um sich in die ersten Reihen der Zuhörer vorzuschieben. Dort saß er mit verschränkten Armen und fixierte aus funkelnden Augen unerschütterlich den Helden der Versammlung. Nachdem er seine Aufforderung ausgesprochen hatte, schwieg er und schien sich nicht um die Tausende von Blicken zu kümmern, die auf ihn gerichtet waren, noch um das vorwurfsvolle Gemurmel, das seine Worte hervorgerufen hatten.

Als die Anwort auf sich warten ließ, stellte er dieselbe Frage noch einmal klar und deutlich und fügte dann hinzu: »Wir sind nicht hier, um über die Erde, sondern um über den Mond zu sprechen.«

»Sie haben recht, Monsieur«, antwortete Michel Ardan, »wir sind vom Thema abgekommen. Kehren wir zum Mond zurück.«

»Sie behaupten«, ergriff der Unbekannte wieder das Wort, »daß unser Trabant bewohnt ist. Na gut. Aber wenn es Seleniten gibt, leben diese Leute, ohne zu atmen. Das ist sicher, und ich weise Sie in Ihrem Interesse darauf hin, daß auf dem Mond kein Molekül Luft vorhanden ist.«

Bei dieser Behauptung hob Ardan sein Löwenhaupt. Er begriff, daß sich mit diesem Mann ein Streit über diese Frage entzünden würde. Er schaute ihn ebenfalls scharf an und sagte: »Ach! Auf dem Mond gibt es keine Luft! Und wer sagt das, bitte schön?«

»Die Wissenschaft.«

»Wirklich?«

»Ja, wirklich.«

»Spaß beiseite, Monsieur. Ich schätze die Wissenschaftler sehr, die etwas wissen, aber ich verachte die Wissenschaftler ebensosehr, die nichts wissen.«

»Kennen Sie welche letzterer Art?«

»Ja, sicher. In Frankreich gibt's einen, für den Vögel – mathematisch gesehen – nicht fliegen können, und einen anderen, dessen Theorien beweisen, daß Fische nicht für ein Leben im Wasser geschaffen sind.«

»Um die geht es hier aber nicht, Sir. Ich könnte Ihnen zum Beleg meiner Aussage Namen von Wissenschaftlern nennen, gegen die Sie nichts vorzubringen hätten.«

»Da würden Sie einen armen Unwissenden wie mich sehr in Verlegenheit bringen, Monsieur. Aber ich lasse mich stets gern eines Besseren belehren!«

»Warum sprechen Sie denn wissenschaftliche Fragen an, wenn Sie keine Ahnung davon haben?« fragte ihn der Unbekannte schonungslos.

»Warum? Weil der immer tapfer ist, der die Gefahr nicht ahnt! Ich weiß nichts, das ist wahr. Aber diese Schwäche macht gerade meine Stärke aus!«

»Ihre Schwäche macht Sie bald zum Narren!« rief der Unbekannte ärgerlich.

»Um so besser!« gab der Franzose zurück, »wenn meine Narrheit mich auf den Mond bringt!«

Barbicane und seine Kollegen musterten den Angreifer eindringlich. Dieser Mann konnte das ganze Projekt in Gefahr bringen. Keiner von ihnen kannte ihn, und der Präsident, der über den Ausgang des offenen Rededuells besorgt war, sah auch beunruhigt zu seinem neuen Freund hinüber. Die versammelte Menge war hellhörig geworden. Das Duell verunsicherte die Leute und lenkte ihre Aufmerksamkeit darauf, daß die Expedition gefährlich oder gar unmöglich sein könnte.

Der Diskussionsgegner von Michel Ardan ergriff wieder das Wort: »Sir, es gibt genügend unbestreitbare Argumente, mit denen sich das Fehlen jeglicher Atmosphäre auf dem Mond beweisen läßt. Ich würde sogar a priori sagen, daß diese Atmosphäre, falls sie je existiert hat, dem Mond von der Erde entzogen worden ist. Aber ich will Sie lieber mit völlig unwiderlegbare Tatsachen konfrontieren.«

»Konfrontieren Sie, Monsieur«, sagte Michel Ardan mit vollendeter Galanterie, »konfrontieren Sie, solange Sie möchten!«

»Wie man weiß, werden Lichtstrahlen, die auf ein Medium wie Luft treffen, abgelenkt oder, wie man auch sagt, gebrochen. Jetzt hat man aber noch nie beobachtet, daß das Licht von Sternen auch nur minimal gebrochen würde, wenn der Mond sie verdeckt und ihr Licht den Rand der Mondscheibe streift. Das läßt nur den eindeutigen Schluß zu, daß der Mond nicht von einer Atmosphäre umgeben ist.«

Alle schauten den Franzosen an. Wenn man diese Feststellung gelten ließ, hatte dies weitreichende Folgen.

»Das ist wirklich das stärkste, aber vielleicht auch das einzige

Das Rededuell

Argument, das Sie anführen konnten«, erwiderte Michel Ardan. »Ein Wissenschaftler hätte womöglich große Mühe, darauf zu antworten. Ich sage Ihnen nur, daß Ihr Argument nur einen beschränkten Wert hat, weil es voraussetzt, daß der Durchmesser des Mondes exakt bestimmt wäre, was nicht der Fall ist. Aber lassen wir das dahingestellt sein, und sagen Sie mir doch bitte, werter Herr, ob Sie zugeben, daß es auf der Mondoberfläche Vulkane gibt.«

»Erloschene Vulkane, ja. Aber keine tätigen Vulkane.«

»Dann darf ich annehmen und durchaus logisch folgern, daß diese Vulkane über eine gewisse Zeitdauer aktiv gewesen sind!«

»Das ist sicher. Aber da sie selbst den nötigen Sauerstoff für Verbrennungsvorgänge produziert haben können, sind Vulkanausbrüche kein Beweis für das Vorhandensein einer Atmosphäre auf dem Mond.«

»Lassen wir das«, entgegnete Michel Ardan, »und beschäftigen wir uns, statt mit solchen Argumenten, lieber mit dem, was man unmittelbar beobachten kann. Aber ich warne Sie gleich im voraus, daß ich berühmte Leute zitieren werde.«

»Zitieren Sie.«

»Ich zitiere die Astronomen Louville und Halley, die 1715 die Sonnenfinsternis am 3. Mai beobachtet und seltsame blitzähnliche Erscheinungen wahrgenommen haben. Sie deuteten dieses rasche, wiederholt aufblitzende Licht als Gewitter, das sich in der Mondatmosphäre entladen hat.«

»Die Astronomen Louville und Halley haben 1715 rein irdische Phänomene für Mondphänomene gehalten. Es handelte sich um Sternschnuppen und ähnliche Dinge, die mit unserer Atmosphäre zusammenhingen. So beurteilt die Wissenschaft diese Phänomene, und so beurteile ich sie auch.«

»Lassen wir auch das«, sagte Ardan, der sich durch die Entgegnung nicht aus dem Konzept bringen ließ. »Aber hat Herschel 1787 nicht eine große Zahl leuchtender Flecken auf der Mondoberfläche entdeckt?«

»Aber Herschel hat diese Flecken weder erklärt noch den Schluß gezogen, daß es deswegen eine Atmosphäre auf dem Mond geben müsse.«

»Na schön«, erwiderte Michel Ardan wiederum sehr galant, »ich sehe, daß Sie sehr bewandert in der Selenographie sind.«

»Ja, das bin ich, Sir, und ich möchte hinzufügen, daß die gewissenhaftesten Beobachter des Mondes, die Herren Beer und Mädler, sich einig sind, daß es auf seiner Oberfläche überhaupt keine Atmosphäre gibt.«

Durch die Menge ging eine Bewegung und ein Raunen. Die Argumente des merkwürdigen Mannes begannen Wirkung zu zeigen.

»Lassen wir auch das«, sagte Michel Ardan seelenruhig, »und wenden wir uns einem wichtigen Faktum zu. Der bedeutende französische Astronom Laussedat beobachtete die Sonnenfinsternis am 18. Juli 1860 und stellte fest, daß die Spitzen der sichtbaren Sonnensichel abgerundet und nur undeutlich zu sehen waren. Dieses Phänomen konnte nur dadurch entstehen, daß die Sonnenstrahlen durch die Mondatmosphäre gebrochen wurden. Eine andere Erklärung gibt es nicht.«

»Ist das ganz sicher?« fragte der Unbekannte erregt.

»Ganz sicher!«

Jetzt schwenkte die Stimmung der Menge wieder zurück zu ihrem Helden, dessen Gegner verstummt war. Ardan ergriff erneut das Wort, und ohne seine augenblickliche Überlegenheit auszuspielen, sagte er: »Sie sehen also, verehrter Herr, daß man die Existenz einer Mondatmosphäre nicht grundsätzlich bestreiten kann. Vielleicht ist sie relativ dünn und zart, aber die Wissenschaft bestätigt heute im allgemeinen, daß es sie gibt.«

»Auf den Bergen jedoch nicht, wenn es Ihnen nichts ausmacht«, konterte der Unbekannte, der nicht lockerließ.

»Nein, aber in den Tälern. Und wahrscheinlich ist sie nur wenige hundert Meter hoch.«

»Jedenfalls müssen Sie sich darauf gefaßt machen, daß es nur sehr wenig Luft zum Atmen geben wird.«

»Ach, werter Herr, für einen einzigen Mann wird's wohl ausreichen. Aber wenn ich erst mal da oben bin, werde ich so sparsam wie möglich damit umgehen und nur in den erhabenen Momenten einen tiefen Atemzug tun.«

Schallendes Gelächter umbrandete den geheimnisvollen Diskussionsgegner, der seine Blicke stolz und trotzig über die Versammelten schweifen ließ.

Entspannt fuhr Michel Ardan fort: »Da wir uns über das Vorhandensein einer Atmosphäre einig sind, kann man annehmen, daß es auch eine bestimmte Menge Wasser gibt. Darüber freue ich mich besonders. Und nun bitte ich meinen liebenswürdigen Kontrahenten, mir eine weitere Bemerkung zu gestatten. Wir kennen nur eine Hälfte des Mondes. Wenn es auf dieser wenig Luft gibt, dann gibt's vielleicht auf der anderen Seite viel mehr.«

»Und warum sollte das so sein?«

»Weil der Mond durch die Erdanziehungskräfte eiförmig geworden ist und wir immer nur die Eispitze sehen. Dadurch erklärt es sich, daß nach den Berechnungen von Hansen der Mondschwerpunkt auf der anderen Seite liegt und daß alle Luft- und Wassermassen auf die andere Seite des Mondes gezogen wurden, als sich unser Trabant entwickelt hat.«

»Reine Erfindung!« rief der Unbekannte.

»Nein! Reine Theorie, die auf den Gesetzen der Mechanik aufbaut und mir schwer zu widerlegen zu sein scheint. Ich wende mich nun an alle hier Versammelten. Ich wende mich nun an diese Versammlung und stelle die Frage zur Abstimmung, ob man annehmen kann, daß es das Leben, so wie es auf der Erde besteht, auch auf dem Mond gibt?«

Die Frage wurde mit dreihunderttausendfachem Beifall beantwortet. Der Gegner von Michel Ardan wollte noch etwas sagen, kam aber nicht mehr zu Wort. Es hagelte Schreie und Drohungen auf ihn herunter.

»Genug! Genug!« riefen die einen.

»Weg mit dem Störenfried!« riefen die anderen.

»Raus mit ihm! Raus mit ihm!« schrie die wütende Menge.

Aber der Mann stand aufrecht vor dem Podium, hielt sich am Geländer fest und ließ das Unwetter über sich ergehen, das schlimme Ausmaße angenommen hätte, wenn Michel Ardan nicht die Menge mit einer Geste zur Ruhe gebracht hätte. Er war zu fair, als daß er seinen Kontrahenten in einer solch extremen Situation sich selbst überlassen hätte.

»Möchten Sie noch etwas sagen?« fragte er ganz zuvorkommend.

»Ja, viel, sehr viel sogar!« antwortete der Unbekannte erregt. »Oder eigentlich will ich Ihnen nur das eine sagen. Wenn Sie bei Ihrem Vorhaben bleiben, dürfen Sie nicht ...«

»Unvorsichtig sein? Wie können Sie mir so etwas unterstellen? Wo ich doch von meinem Freund Barbicane einen kegelförmig zugespitzten Zylinder als Geschoß gefordert habe, damit ich mich auf dem Flug nicht wie ein Eichhörnchen im Laufrad drehe!«

»Aber, Sie Unglücklicher! Der fürchterliche Rückstoß wird Sie beim Start in Stücke reißen!«

»Verehrter Gegenredner, Sie weisen auf die einzige wirkliche Schwierigkeit hin. Allerdings habe ich eine zu gute Meinung vom Erfindungsgeist der Amerikaner, als daß ich glauben könnte, daß sie dieses Problem nicht meistern werden!«

»Und was ist mit der Reibungshitze, wenn das Projektil die Atmosphäre durchquert?«

»Ach, die Wände sind dick, und die Atmosphäre ist schnell durchquert!«

»Und Lebensmittelvorräte? Wasser?«

»Ich habe ausgerechnet, daß ich Vorräte für ein Jahr mitnehmen kann. Und mein Flug dauert gerade mal vier Tage.«

»Aber die Luft, die Sie unterwegs zum Atmen brauchen?«

»Ich werde mir selbst welche chemisch herstellen.«

»Und der Aufprall auf dem Mond, falls Sie je so weit kommen?«

»Die Fallgeschwindigkeit ist sechsmal geringer als auf der Erde, weil die Anziehungskraft des Mondes sechsmal geringer ist als die der Erde.«

»Aber noch stark genug, um Sie zerschellen zu lassen wie Glas!«

»Und wer hindert mich daran, richtig verteilt, Bremsraketen anzubringen und zur rechten Zeit zu zünden?«

»Aber vorausgesetzt, daß alle Schwierigkeiten gelöst und alle Hindernisse aus dem Weg geräumt werden, daß alles zu Ihren Gunsten abläuft und Sie gesund und munter auf dem Mond ankommen, wie kommen Sie dann zurück?«

»Ich komme nicht zurück!«

Diese überwältigend schlichte Antwort ließ die Menge verstummen, aber ihr Schweigen war beredter, als es ihre begeisterten Rufe gewesen waren. Der Unbekannte nutzte die Stille, um ein letztes Mal zu protestieren.

»Sie werden sich unweigerlich umbringen! Und Ihr Tod wird der Tod eines Verrückten sein, und er wird der Wissenschaft nicht einmal einen Dienst erwiesen haben!«

»Nur weiter, hochherziger Unbekannter, Ihre Prophezeiungen klingen wie Musik in meinen Ohren!«

»Oh! Das ist zuviel!« rief der Gegner von Michel Ardan. »Ich weiß nicht, warum ich eine so wenig ernsthafte Diskussion weiterführen soll. Machen Sie weiter mit Ihrem verrückten Projekt, wie es Ihnen beliebt. Ihnen kann man gar keinen Vorwurf machen.«

»O bitte, nehmen Sie kein Blatt vor den Mund!«

»Nein, ein anderer trägt die Verantwortung für das, was Sie vorhaben.«

»Wer denn?«

»Der Ignorant, der dieses unmögliche und lächerliche Unternehmen organisiert hat!«

Die Attacke war eindeutig. Seit der Unbekannte auf den

Das Rednerpodium
wurde auf einmal hochgehoben

Plan getreten war, hatte Barbicane seinen Ärger mit größter Anstrengung unterdrückt. Aber als er selbst so unverschämt attackiert wurde, stand er unvermittelt auf und machte ein paar Schritte auf den Gegner zu, der ihn trotzig anblickte. Doch er erreichte ihn nicht.

Das Rednerpodium wurde auf einmal von hundert starken Armen hochgehoben, und der Präsident des Kanonenclubs mußte mit Michel Ardan die Ehre des Triumphzuges teilen. Die Plattform war schwer, aber die Träger wechselten sich ständig ab. Sie stritten, mühten und kämpften sich ab, weil jeder diese Ehrenbezeugung gern mitgetragen hätte.

Der Unbekannte hatte das Durcheinander aber nicht genutzt, um das Meeting zu verlassen. Hätte er das in dem dichten Gedränge überhaupt gekonnt? Sicher nicht. Er blieb jedenfalls in der ersten Reihe stehen und starrte Präsident Barbicane grimmig an.

Dieser ließ ihn auch nicht aus den Augen, und wenn Blicke töten könnten, hätten sich die beiden Männer gegenseitig durchbohrt.

Das Geschrei der Menge hatte während des Triumphzuges seinen Höhepunkt erreicht. Michel Ardan ließ es mit sich geschehen und genoß es sichtlich. Er strahlte über das ganze Gesicht. Manchmal geriet die Plattform ins Wanken wie ein Schiff, das von schwerer See erfaßt wird. Aber die beiden Helden des Meetings hatten einen sicheren Stand; sie verloren nie den Halt, und ihr Gefährt lief wohlbehalten in den Hafen von Tampa ein. Michel Ardan gelang es glücklich, sich allen Umarmungen seiner kräftigen Bewunderer zu entziehen, ins Hotel Franklin zu flüchten, sich in seinem Zimmer einzuschließen und schnell ins Bett zu schlüpfen, während unter seinem Fenster eine hunderttausendköpfige Armee Wache hielt.

Gleichzeitig spielte sich ein kurze und bedeutsame Szene zwischen dem eigenartigen Unbekannten und dem Präsidenten des Kanonenclubs ab.

Als sich auch Barbicane endlich wieder frei bewegen konnte, ging er auf seinen Gegner zu. »Kommen Sie mit!« sagte er kurz angebunden.

Der andere folgte ihm auf den Kai, und bald standen beide allein vor dem Eingang einer Werft am Jones' Fall. Die beiden Gegner, die sich noch nicht bekannt gemacht hatten, starrten sich an.

»Wer sind Sie?« fragte Barbicane.

»Ich bin Captain Nicholl.«

»Das dachte ich mir. Bisher hat der Zufall Sie noch nie meinen Weg kreuzen ...«

»Ich habe mich Ihnen absichtlich in den Weg gestellt!«

»Sie haben mich beleidigt!«

»Öffentlich.«

»Und ich verlange Genugtuung für diese Beleidigung.«

»Sofort.«

»Nein. Ich wünsche, daß wir die Sache diskret unter uns regeln. Vier Kilometer von Tampa liegt der Wald von Skersnaw. Kennen Sie den?«

»Ja.«

»Ist es Ihnen genehm, diesen Wald morgen früh um fünf Uhr von der einen Seite her zu betreten...?«

»Ja, wenn Sie ihn um dieselbe Zeit von der anderen Seite her betreten.«

»Und Sie werden Ihr Gewehr nicht vergessen?« sagte Barbicane.

»Sowenig wie Sie das Ihre«, erwiderte Captain Nicholl.

Nach diesem kühlen Wortwechsel trennten sich der Captain und der Präsident des Kanonenclubs. Barbicane kehrte in seine Wohnung zurück; aber statt sich einige Stunden Ruhe zu gönnen, verbrachte er die Nacht damit, Möglichkeiten gegen den Rückstoß des Geschosses zu erkunden und eine Lösung für das von Michel Ardan beim Meeting aufgeworfene Problem zu finden.

XXI

Wie ein Franzose einen Streit schlichtet

Während der Präsident und der Captain die Bedingungen für ein Duell aushandelten, also für ein schreckliches und blutrünstiges Ritual, bei dem die beiden Gegner sich als Menschenjäger aufführen würden, erholte sich Michel Ardan von den Strapazen seines Triumphs. Erholen ist nicht ganz der richtige Ausdruck, da die Betten in Amerika es an Härte mit Tischplatten aus Marmor oder Granit aufnehmen können.

Ardan schlief daher ziemlich schlecht, wälzte sich zwischen den handtuchgroßen Bettlaken unruhig von einer Seite auf die andere und nahm sich im Schlaf vor, sein Projektil mit einem bequemeren Bett auszustatten. Da riß ihn ein brutaler Lärm aus seinen Träumen. Gegen die Zimmertür krachten wilde Schläge, die anscheinend mit einem eisernen Gegenstand ausführt wurden. Wilde Schreie mischten sich in das Getöse am frühen Morgen.

»Aufmachen!« schrie jemand. »Um Himmels willen schnell! Aufmachen!«

Ardan hatte nicht den geringsten Grund, einer so gewalttätig geäußerten Aufforderung nachzukommen. Trotzdem stand er auf und öffnete die Tür in dem Augenblick, als das Holz bereits zu splittern begann. Der Sekretär des Kanonenclubs stürzte mit der formlosen Wucht eines Granateneinschlags ins Zimmer.

»Gestern abend«, rief J.-T. Maston außer Atem, »wurde unser Präsident bei dem Meeting öffentlich beleidigt! Er hat seinen Gegner zum Duell herausgefordert, und es handelt sich um niemand anderen als Captain Nicholl! Das Duell soll heute früh im Wald von Skersnaw stattfinden! Ich weiß alles von Barbicane. Wenn er getötet wird, sind alle unsere Vorhaben zunichte! Das Duell muß unbedingt verhindert werden! Aber nur ein Mensch auf der Welt vermag genug Einfluß auf

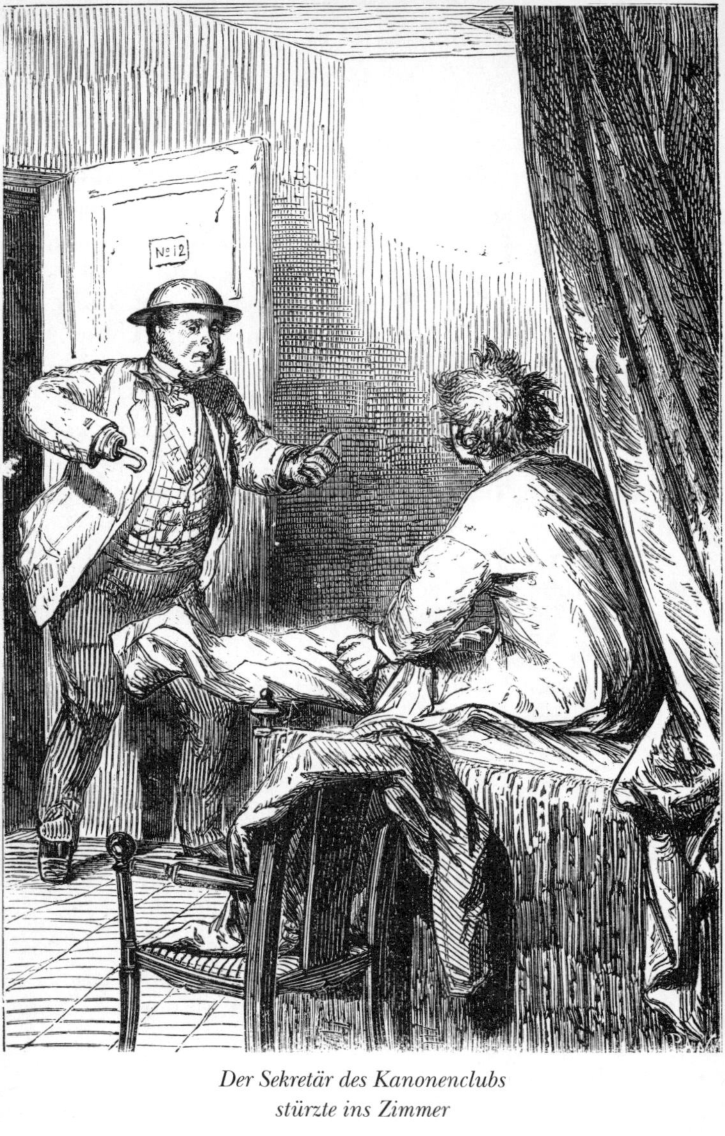

Der Sekretär des Kanonenclubs stürzte ins Zimmer

Barbicane auszuüben, um ihm Einhalt zu gebieten. Und dieser Mensch sind Sie, Ardan!«

Während J.-T. Maston diese Sätze hervorstieß, schlüpfte Michel Ardan, ohne ihn zu unterbrechen, in seine weite Hose, und kaum zwei Minuten später eilten die beiden Freunde an den Stadtrand von Tampa.

Bei diesem schnellen Lauf erzählte Maston dem Franzosen alles, was vorgefallen war. Er unterrichtete ihn auch über die Hintergründe der Feindschaft zwischen Barbicane und Nicholl, die schon seit langer Zeit bestand, und wie die Kollegen bisher verhindern konnten, daß der Präsident und der Captain sich persönlich begegneten. Er erklärte ihm, daß es im Grunde nur um Kugeln und Panzerplatten ging und daß die Szene beim Meeting für Nicholl die langersehnte Gelegenheit war, seine Rachegelüste zu befriedigen.

Es gibt nichts Schrecklicheres als die amerikanischen Duelle, bei denen sich die beiden Gegner im Dickicht belauern und aufspüren und dann aufeinander losballern wie auf wilde Tiere. In einem solchen Augenblick beneiden beide für gewöhnlich die wunderbaren Naturtalente der Prärieindianer, die eine schnelle Auffassungsgabe besitzen, fintenreich sind, jede Spur lesen und den Feind förmlich riechen können. In einer solchen Situation zu lange zu zögern, eine falsche Bewegung zu machen oder sonst einen Fehler zu begehen, kann den Tod bedeuten. Zu solchen Duellen nehmen die Yankees oft ihren Hund mit, und die Duellanten jagen sich nicht selten stundenlang, wobei sie gleichzeitig Jäger und Beute sind.

»Was seid ihr Amerikaner doch für Teufel!« rief Michel Ardan, als ihm sein Begleiter die gesamten Umstände erläutert hatte.

»So sind wir eben«, sagte J.-T. Maston bescheiden. »Aber beeilen wir uns.«

Doch Michel Ardan und er rannten zwar über eine noch taunasse Ebene, durch Reisfelder und über Bäche und nahmen jede sich bietende Abkürzung wahr, sie konnten aber den Wald von Skersnaw erst um halb sechs erreichen. Barbicane mußte ihn schon vor einer halben Stunde betreten haben.

Als sie am Waldrand auf einen alten Holzfäller trafen, der Baumstämme entastete und Kleinholz machte, lief Maston zu ihm hin und rief ihm zu: »Hast du einen Mann in den Wald gehen sehen? Mit einem Gewehr? Es ist Barbicane, der Präsident... mein bester Freund ...«

Der ehrenwerte Sekretär des Kanonenclubs dachte ganz naiv, daß sein Präsident aller Welt bekannt sein müsse. Der Holzfäller schien indessen rein gar nichts zu verstehen.

»Einen Jäger, haben Sie einen Jäger gesehen?« fragte nun Ardan.

»Einen Jäger? Ja, einen Jäger schon«, antwortete der Alte.

»Wann?«

»Vor etwa einer Stunde.«

»Zu spät!« rief J.-T. Maston verzweifelt.

»Haben Sie auch Schüsse gehört?« erkundigte sich Michel Ardan.

»Nein.«

»Keinen einzigen?«

»Keinen einzigen. Der Jäger scheint kein Glück zu haben.«

»Was machen wir?« fragte Maston.

»In den Wald gehen und riskieren, daß wir eine Kugel abkriegen, die nicht für uns bestimmt ist.«

»Ach!« rief Maston mit verzweifelt klingender Stimme. »Lieber hätte ich zehn Kugeln im Kopf, als daß Barbicane eine trifft.«

»Also, vorwärts!« rief Ardan und packte die gesunde Hand des anderen.

Sekunden später waren die beiden im Wald verschwunden. Hier wuchs alles dicht gedrängt und wild durcheinander: Riesenzypressen, Sykomoren, Tulpenbäume, Olivenbäume, Tamarinden, immergrüne Eichen und Magnolienbäume. Und diese verschiedenen Bäume hatten ihre Äste und Zweige zu einem undurchdringlichen Gewirr ineinandergeschoben, so daß man kaum ein paar Schritte weit sehen konnte. Michel Ardan und J.-T. Maston gingen stumm und leise nebeneinander durch hohes Gras, bahnten sich einen Weg durch kräftige Lianen, forschten mit den Blicken im Gebüsch und im dunklen Gehölz und waren bei jedem Schritt auf den schrecklichen Knall der Gewehrschüsse gefaßt. Sie waren nicht imstande, die Spuren, die Barbicane hinterlassen haben mußte, auszumachen, und sie durchstreiften den Wald blindlings auf kaum begehbaren Pfaden, auf denen ein Indianer jeden Tritt des Feindes, den er verfolgte, erkannt hätte.

Nach einer Stunde vergeblicher Suche machten die beiden Weggefährten halt. Ihre Besorgnis war noch viel größer geworden.

»Wahrscheinlich ist bereits alles aus«, sagte Maston. »Ein Mann wie Barbicane kann seinen Feind nicht in die Irre führen, in eine Falle locken oder ausmanövrieren. Er ist zu ehrlich und zu mutig. Er ist geradewegs in die tödliche Gefahr gelaufen und war wohl zu weit von dem Holzfäller weg, so daß der Wind den Knall der Büchse forttragen konnte.«

»Aber wir hätten doch etwas hören können, seit wir den Wald betreten haben ...«, sagte Michel Ardan.

»Und wenn wir zu spät gekommen sind?« sagte Maston mit einem verzweifelten Ton in der Stimme.

Michel Ardan wußte nicht mehr, was er antworten sollte. Sie gingen weiter. Von Zeit zu Zeit riefen sie laut, mal Barbicane, mal Nicholl, aber keiner der beiden Kampfhähne antwortete. Mit ihren Rufen weckten sie Vögel auf, die zwitschernd aufflogen und zwischen dem Geäst der Bäume verschwanden; aufgeschrecktes Rotwild flüchtete vor ihnen durchs Gebüsch.

Nach einer Stunde hatten sie den größten Teil des Waldes durchsucht. Nichts verriet die Anwesenheit der Duellanten. Die Aussage des Holzfällers wurde immer zweifelhafter. Ardan war entschlossen, die unnütze Sucherei abzubrechen, als Maston plötzlich auf der Stelle stehenblieb.

Der Vogel piepste
ganz verzweifelt und kläglich

»Pssstt!« machte er. »Da ist jemand!«

»Jemand?« fragte Michel Ardan.

»Ja, ein Mann. Er scheint sich nicht zu bewegen und hat auch kein Gewehr in der Hand. Was macht er denn?«

»Kannst du ihn erkennen?« fragte Ardan, dessen Kurzsichtigkeit sich in einer solchen Situation sehr nachteilig auswirkte.

»Ja, ja! Er dreht sich um ...«

»Und? Wer ist's?«

»Captain Nicholl!«

»Nicholl!« stieß Michel Ardan bang hervor. Nicholl ohne Waffe! Hatte er von seinem Feind nichts mehr zu fürchten? »Gehen wir zu ihm hin«, schlug er vor. »Dann können wir erfahren, woran wir sind.«

Aber sein Begleiter und er hatten noch keine fünfzig Schritte gemacht, als sie stehenblieben, um den Captain genauer zu beobachten. Sie hatten einen blutrünstigen und wutentbrannten Mann erwartet und waren von dem Anblick, der sich ihnen bot, verblüfft.

Zwischen zwei hohen Tulpenbäumen spannte sich ein dichtmaschiges Netz, in dem sich ein Vogel verfangen hatte, der kaum noch seine Flügel bewegen konnte, aber ganz verzweifelt und kläglich piepste. Der Vogelfänger, der dieses tückische Netz aufgehängt hatte, war kein menschliches Wesen, sondern eine giftige Spinne mit einem taubeneigroßen Körper und mächtigen Beinen, wie sie in dieser Gegend vorkamen. Das häßliche Tier hatte sich in die oberen Zweige des Tulpenbaumes vor einem fürchterlichen Feind zurückziehen müssen, von dem es nun seinerseits bedroht wurde.

Denn niemand anderes als Captain Nicholl hatte sein Gewehr abgelegt, seine gefährliche Situation ganz vergessen und mit der größten Vorsicht begonnen, das Opfer aus dem Netz der Riesenspinne zu befreien. Sobald er es geschafft hatte, ließ er das Vögelchen fliegen, das freudig die Flügel schlug und gleich verschwunden war.

Nicholl sah ihm gerührt nach, als er pötzlich eine Stimme vernahm, der man ebenfalls die Rührung anhörte.

»Sie sind ein wackerer Mann!«

Er drehte sich um. Michel Ardan stand vor ihm und sagte mit derselben Stimme: »Und ein liebenswerter Mensch!«

»Michel Ardan!« rief der Captain. »Was wollen Sie denn hier draußen, Sir?«

»Ihnen die Hand reichen, Nicholl, und verhindern, daß Sie Barbicane umbringen oder er Sie umbringt.«

»Barbicane! Den suche ich seit zwei Stunden und kann ihn nicht finden! Wo der sich bloß versteckt!«

»Hören Sie, Nicholl!« sagte Ardan. »Das ist aber nicht sehr höflich! Man muß seinen Gegner immer respektieren. Und seien Sie beruhigt, wenn Barbicane noch lebt, werden wir ihn finden. Das wird um so leichter sein, da er Sie ja auch suchen muß, falls er sich nicht ebenfalls damit vergnügt, gefangene Vögel zu befreien. Aber wenn wir ihn gefunden haben, verspreche ich, Michel Ardan, Ihnen, Captain Nicholl, daß von einem Duell nicht mehr die Rede sein wird.«

»Zwischen Präsident Barbicane und mir«, erwiderte Nicholl mit düsterer Miene, »besteht eine solche Feindschaft, daß der Tod von einem von uns beiden ...«

»Ach was!« unterbrach ihn Michel Ardan. »Zwei aufrechte Männer, wie Sie beide, können sich Feind sein und auch wieder schätzen. Aber duellieren werden Sie sich nicht.«

»Ich werde mich duellieren, Sir!«

»Bestimmt nicht.«

»Captain Nicholl«, sagte nun J.-T. Maston mit bewegter Stimme, »ich bin ein Freund des Präsidenten, sein Alter ego sozusagen, sein zweites Ich. Wenn Sie unbedingt jemanden umbringen müssen, schießen Sie auf mich, das kommt genau auf dasselbe heraus.«

»Sir«, erwiderte Nicholl und packte wütend sein Gewehr, »solche Scherze ...«

»Unser Freund Maston scherzt nicht«, mischte sich Michel

Ardan wieder ein. »Ich verstehe, daß er für seinen Freund sterben würde. Aber weder er noch Barbicane wird durch eine Kugel von Captain Nicholl umkommen, denn ich habe diesen Erzfeinden einen so verlockenden Vorschlag zu machen, daß sich beide beeilen werden, ihn anzunehmen.«

»Was für einen denn?« fragte Nicholl sichtlich ungläubig.

»Nur Geduld«, antwortete Ardan, »ich kann ihn erst machen, wenn auch Barbicane da ist.«

»Dann suchen wir ihn jetzt!« rief der Captain.

Die Männer begannen sofort mit der Suche. Nachdem der Captain sein Gewehr entladen hatte, schulterte er es und ging mit schnellen Schritten und wortlos voraus.

Eine weitere halbe Stunde blieb die Suche erfolglos. Maston wurde von dunklen Vorahnungen geplagt. Er musterte Nicholl finster und fragte sich, ob dieser nicht seine Rachegelüste schon befriedigt habe und der arme Barbicane nicht, von der Kugel getroffen, leblos in seinem Blute unter irgendeinem Strauch lag. Michel Ardan schien dasselbe zu denken, und beide musterten bereits grimmig den Captain, als Maston plötzlich stehenblieb.

Zwanzig Meter vor ihnen tauchte aus dem hohen Gras, reglos an den Stamm eines Trompetenbaumes gelehnt, der Oberkörper eines Mannes auf. »Da ist er!« rief Maston.

Barbicane rührte sich immer noch nicht.

Ardan starrte Nicholl an, aber der zuckte nicht mit der Wimper. Der Franzose machte noch ein paar Schritte und rief dann laut: »Barbicane! Barbicane!« Als immer noch keine Antwort kam, stürzte Michel Ardan zu seinem neuen Freund hin. Aber als er ihn gerade am Arm ergreifen wollte, hielt er überrascht inne und stieß einen Schrei aus.

Barbicane kritzelte mit einem Stift Formeln und geometrische Figuren in ein Heft; neben ihm lag sein ungeladenes Gewehr am Boden. Ganz in seine Berechnungen versunken, hatte der Gelehrte das Duell ebenfalls vergessen und um sich herum nichts mehr wahrgenommen.

Erst als Michel Ardan ihm die Hand auf seine legte, richtete er sich auf und schaute ihn verwundert an. »Ach, du bist hier!« rief er. »Ich hab's, mein Freund! Ich hab's!«

»Was?«

»Das Mittel!«

»Was für ein Mittel?«

»Das Mittel, mit dem sich der Rückstoß beim Abschuß des Projektils verhindern läßt!«

»Wirklich?« fragte Ardan und spähte schnell zu Captain Nicholl hinüber.

»Ja! Es ist Wasser! Mit Wasser läßt sich ganz einfach der Rückstoß... oh, Maston, Sie sind ja auch hier!« rief der Präsident.

»In der Tat«, sagte Michel Ardan. »Und gestatte bitte, daß ich dir den werten Captain Nicholl vorstelle.«

»Nicholl!« rief Barbicane. »Verzeihen Sie, ich hatte ganz vergessen... Aber ich bin bereit ...«

Michel Ardan ließ den beiden Rivalen keine Zeit, ein weiteres Wort zu wechseln, und stellte sich zwischen sie. »Zum Donnerwetter! Was für ein Glück, daß ihr zwei tapferen Kämpen euch nicht früher begegnet seid! Sonst müßten wir den Tod des einen oder anderen von euch beklagen. Aber dank Gottes Intervention ist nichts mehr zu befürchten. Wenn man seinen Haß vergißt und sich in technische Probleme versenkt oder einer Spinne einen Streich spielt, dann ist dieser Haß für niemanden mehr eine Gefahr.« Und Michel Ardan erzählte dem Präsidenten die Geschichte vom Vogel und vom Captain. »Da stellt sich doch die Frage«, sagte er abschließend, »ob zwei so treffliche Männer auf der Welt sind, um sich gegenseitig totzuschießen?«

Das Lächerliche und Unerwartete an dieser Situation führte dazu, daß Barbicane und Nicholl nicht mehr genau wußten, welche Haltung sie denn jetzt gegen den anderen einnehmen sollten. Ardan bemerkte es wohl und beschloß, die Versöhnung zu beschleunigen.

»Werte Freunde«, sagte er mit seinem liebenswürdigsten Lächeln auf den Lippen, »zwischen euch herrschte lediglich ein Mißverständnis von Anfang an. Aber jetzt könnt ihr beweisen, daß es damit vorbei ist. Und da ihr gern eure Haut riskiert, nehmt doch einfach den Vorschlag an, den ich euch machen werde.«

»Reden Sie«, sagte Nicholl.

»Freund Barbicane denkt, daß sein Projektil geradewegs auf den Mond fliegt.«

»Ganz bestimmt«, erwiderte der Präsident.

»Und Freund Nicholl glaubt, daß es wieder auf die Erde herabfallen wird.«

»Da bin ich sicher!« rief der Captain.

»Na, gut!« sagte Ardan. »Ich maße mir nicht an, Sie auf eine Meinung zu verpflichten. Ich schlage Ihnen nur folgendes vor: Fliegen Sie mit mir mit, und sehen Sie selbst, wer recht behält!«

»Hä?« machte J.-T. Maston perplex.

Die beiden Rivalen hatten sich angeschaut, als sie den überraschenden Vorschlag vernommen hatten, und ließen sich nun nicht aus den Augen. Barbicane wartete auf die Antwort des Captains, Nicholl wartete ab, was der Präsident sagen würde.

»Na?« sagte Michel Ardan, und es klang sehr einladend. »Es ist ja kein Rückstoß mehr zu befürchten!«

»Ich bin dabei!« rief Präsident Barbicane.

So schnell er die Worte auch hervorgestoßen hatte, Captain Nicholl hatte seine Zustimmung zur selben Zeit und ebenso rasch geäußert.

»Bravo! Hoch! Hipp, hipp, hurra!« rief Michel Ardan und reichte den beiden Rivalen die Hand. »Da die Angelegenheit damit geregelt ist, gestatten Sie mir, unser Abkommen nach französischer Weise zu besiegeln. Gehen wir gemeinsam essen!«

»Fliegen Sie mit mir,
und sehen Sie selbst«

XXII

Ein neuer Bürger der Vereinigten Staaten

Ganz Amerika erfuhr noch am selben Tag vom Streit zwischen Captain Nicholl und Präsident Barbicane und von dessen einzigartiger Schlichtung. Die Rolle, die der galante Europäer dabei gespielt hatte, sein unerwarteter Vorschlag, der die Schwierigkeiten behoben hatte, die Annahme dieses Vorschlags durch die beiden Rivalen sowie die Tatsache, daß die Vereinigten Staaten und Frankreich gemeinsam den Mond erobern wollten, das alles vergrößerte die Popularität von Michel Ardan.

Bekanntlich entwickeln die Yankees eine fanatische Begeisterung für einzelne Menschen. Wenn man bedenkt, daß sich in diesem Land ehrwürdige Ratsherren nicht zu schade waren, sich vor den Triumphwagen einer Tänzerin spannen zu lassen, kann man sich ein Bild von der leidenschaftlichen Unterstützung machen, die der wagemutige Franzose genoß. Es gab keinen Bürger der USA, der sich ihm nicht mit Leib und Seele verbunden fühlte. *Ex pluribus unum*, wie es im Wappenspruch der Vereinigten Staaten heißt.

Von diesem Tag an hatte Michel Ardan keine ruhige Minute mehr. Aus allen Ecken der USA kamen ununterbrochen Abordnungen, die ihn belästigten und die er aber wohl oder übel empfangen mußte. Wie oft er Hände schütteln und das Du anbieten mußte, läßt sich gar nicht zählen. Er war bald am Ende seiner Kräfte. Nach unzähligen Reden gehorchte ihm seine Stimme kaum noch, und die endlosen Trinksprüche auf alle Gegenden der Vereinigten Staaten verursachten ihm beinahe ein Magengeschwür. Einen anderen hätte dieser triumphale Erfolg vom ersten Tag an volltrunken gemacht, aber Michel Ardan verstand es, sich auf geistreiche und charmante Art mit einer halben Trunkenheit zu bescheiden.

Unter den verschiedenen Abordnungen, die ihn ständig

überfielen, waren »die Mondsüchtigen« dem künftigen Eroberer unseres Erdtrabanten besonders dankbar. Einige dieser bedauernswerten Menschen, von denen es in Amerika ziemlich viele gibt, suchten ihn eines Tages auf, um ihn zu bitten, sie in ihre Heimat mit zurückzunehmen. Einige von ihnen behaupteten, »Selenitisch« sprechen zu können, und wollten es Ardan beibringen. Dieser machte auch bei dieser Kinderei mit und versprach, ihren Freunden auf dem Mond Botschaften zu übermitteln.

»Eine eigenartige Geistesverwirrung ist das!« sagte er zu seinem Freund Barbicane, nachdem die Leute wieder weg waren. »Oft werden sehr intelligente Menschen davon erfaßt. Einer unserer berühmtesten Gelehrten, Arago, sagte mir, daß viele brave und nüchtern denkende Menschen sich exaltiert und unglaublich sonderbar benahmen, wenn sie unter dem Einfluß des Mondes standen. Und du? Glaubst du nicht an den Einfluß des Mondes auf Krankheiten?«

»Kaum«, erwiderte der Präsident des Kanonenclubs.

»Ich glaube auch nicht daran. Aber es gibt zumindest sehr erstaunliche Geschichten in diesem Zusammenhang. 1693 starben während einer Epidemie am 21. Januar, zum Zeitpunkt einer Mondfinsternis, besonders viele Menschen. Der berühmte Dichter Bacon verlor während einer Mondfinsternis regelmäßig das Bewußtsein und erwachte daraus erst, wenn das Nachtgestirn wieder ganz sichtbar war. König Karl VI. verfiel 1399 sechsmal in den Zustand geistiger Verwirrung, und zwar stets bei Neumond und bei Vollmond. Die Medizin rechnet die Fallsucht zu den Krankheiten, deren Verlauf eine Übereinstimmung mit dem Mondrhythmus zeigt. Nervenkrankheiten scheinen oft vom Mond beeinflußt zu sein. Mead berichtet von einem Kind, das immer dann Krämpfe bekam, wenn der Mond in einer Opposition zu den Planeten stand. Gall hatte festgestellt, daß nervenschwache Patienten zweimal im Monat besonders überreizt waren – bei Neumond und bei Vollmond. Und es gibt tausenderlei solcher Beobachtungen in bezug auf Schwindelanfälle, bösartiges Fieber und Schlafwandeln, die darauf hindeuten, daß das Nachtgestirn seinen geheimnisvollen Einfluß auf irdische Krankheiten ausübt.«

»Aber wie? Und warum?« fragte Barbicane.

»Warum? Du meine Güte! Da kann ich dir nur dieselbe Antwort geben wie Plutarch und neunzehn Jahrhunderte nach ihm Arago: ›Weil das alles vielleicht gar nicht wahr ist.‹«

Auf der Höhe seines Triumphs entging Michel Ardan keiner der Prüfungen, die mit der Berühmtheit einhergehen. Die Leute, die den Erfolg von anderen vermarkten, wollten ihn zur Schau stellen. Der Spezialist in dieser Art von Geschäften, Barnum, bot ihm eine Million, wenn er mit ihm von Stadt zu Stadt durch die ganzen Vereinigten Staaten zöge und sich wie ein exotisches Tier ausstellen ließe. Aber Michel Ardan gab diesem Elefantenführer den Laufpaß und riet ihm, sich selbst auszustellen.

Aber wenn er sich auch weigerte, die Neugier des Publikums auf diese Weise zu befriedigen, so ging doch sein Porträt in allen Variationen und Größen, vom Plakat bis zur Briefmarke, um die ganze Welt. Der Held war als Kopf oder Büste, von vorn, im Profil oder in Dreiviertelansicht, aber auch in voller Körpergröße erhältlich. Eineinhalb Millionen Mal wurde das Abbild von Michel Ardan vervielfältigt. Er hätte von einem Starkult um seine Person profitieren können und ein Vermögen gemacht, wenn er nur jedes seiner Haare für einen Dollar verkauft hätte.

Michel Ardan verkaufte sich nicht. Doch kann man ruhig sagen, daß ihm seine Popularität nicht mißfiel. Im Gegenteil. Er war durchaus gern für sein Publikum da und stand mit der ganzen Welt in Briefkontakt. Im Gegenzug waren jede witzige Bemerkung und jeder Ausspruch von ihm sofort in aller Munde, vor allem aber diejenigen, die man ihm angedichtet hatte. Da er selbst oft und viele Sprüche machte, kam so eine beträchtliche Menge davon zusammen.

Er hatte nicht nur die Männer hinter sich, er gefiel auch

den Frauen. Wie viele »gute Partien« hätte er machen können, wenn es ihm nur in den Sinn gekommen wäre, »sich zu binden«! Aber vor allem schmolzen die alten, ausgetrockneten Jungfern vor seinem Bild dahin, das sie Tag und Nacht schmachtend betrachteten.

Er hätte Hunderte von Gefährtinnen haben können, selbst wenn er verlangt hätte, daß sie ihn in die Lüfte begleiten. Wenn die Frauen keine Angst haben, wagen sie alles. Aber er besaß nicht den Ehrgeiz, auf dem Mond eine franco-amerikanische Dynastie zu begründen. Und so verhielt er sich stets ablehnend.

»Soll ich etwa da oben den Adam mit irgendeiner Evastochter spielen? Nein, danke! Da würden mir nur ständig Schlangen über den Weg kriechen!«

Sobald er sich endlich dem Publicityrummel entziehen konnte, stattete er zusammen mit seinen neuen Freunden der Kolumbiade einen Besuch ab, den er ihr schuldete. Außerdem kannte er sich mittlerweile in den Fragen der Ballistik aus, seit er mit Barbicane, J.-T. Maston und all den anderen verkehrte. Sein größtes Vergnügen bestand darin, daß er nicht müde wurde zu wiederholen, daß die geschätzten Artilleriefachleute nichts anderes als freundliche und gelehrte Menschenschlächter seien. Er sparte nicht an Witz auf ihre Kosten. Als er das erste Mal die Kolumbiade besichtigte, gab er seiner Bewunderung reichlich Ausdruck und ließ sich bis auf den Grund der riesigen Röhre, der sogenannten Seele der Kanone, hinunterbringen, von wo aus er bald zum Gestirn der Nacht hochgeschossen werden sollte.

»Wenigstens wird diese Kanone niemandem Schaden zufügen«, sagte er, »was schon recht erstaunlich für eine Kanone ist. Aber von euren Geschützen, die bloß zerstören, in Brand setzen und töten, will ich nichts hören. Und vor allem, erzählt mir nicht, daß sie eine ›Seele‹ besäßen! Das nehme ich euch nicht ab!«

Es muß noch von einem Vorschlag berichtet werden, der

von J.-T. Maston kam. Als der Sekretär des Kanonenclubs hörte, wie Barbicane und Nicholl den Vorschlag von Michel Ardan annahmen, beschloß er, sich ihnen anzuschließen, »um das Kleeblatt zu vervollständigen«. Und eines Tages bat er offiziell darum, mitfliegen zu dürfen. Mit großem Bedauern lehnte Barbicane ab und versuchte ihm klarzumachen, daß das Projektil nicht für eine so große Zahl von »Passagieren« konzipiert sei. Enttäuscht und verzweifelt wandte sich Maston an Michel Ardan, der ihm aber auch nahelegte, auf die Erfüllung dieses Wunsches zu verzichten.

Ardan redete von Mann zu Mann mit ihm und sagte: »Sieh mal, Freund Maston, du darfst mich jetzt nicht mißverstehen, aber du bist, unter uns gesagt, einfach zu unvollständig, als daß du dich als Vertreter der Menschheit auf dem Mond zeigen könntest!«

»Unvollständig!« schrie der rüstige Invalide.

»Ja, mein guter Freund. Stell dir doch mal vor, daß wir da oben Mondbewohner antreffen! Möchtest du, daß sie einen traurigen Eindruck davon bekommen, was sich hier unten auf der Erde abspielt? Daß sie erfahren, was Krieg ist? Daß sie wissen, daß wir unsere Zeit damit vergeuden, uns abzuschlachten, uns zu zerreißen, uns gegenseitig Arme und Beine zu zerschmettern, und das auf einem Planeten, der hundert Milliarden Menschen ernähren könnte, aber nur etwas mehr als eine Milliarde beherbergt? Schau, Freund Maston, sie würden uns wahrscheinlich wieder hinauswerfen!«

»Aber wenn ihr beim Aufprall in Stücke zerfetzt werdet, kommt ihr mindestens so unvollständig an, wie ich es bin!« entgegnete Maston.

»Sicher«, sagte Ardan, »aber wir werden nicht in in Stücke zerfetzt werden.«

Am 18. Oktober hatte nämlich ein Test stattgefunden, der so erfolgreich verlaufen war, daß man sich zu den schönsten Hoffnungen berechtigt sah. Barbicane wollte Aufschluß haben über die Wirkung des Rückstoßes beim Abschuß eines

Projektils und hatte zu diesem Zweck einen 75-Zentimeter-Mörser vom Arsenal in Pensacola angefordert. Man stellte ihn am Ufer der Reede von Hillisboro auf, damit das Geschoß ins Meer fiel und sein Aufprall gedämpft würde, weil es darum ging, die Wirkung des Rückstoßes und nicht des Aufpralls zu testen. Für dieses eigenartige Experiment wurde mit großem Aufwand eigens ein hohles Geschoß gefertigt. Seine Innenwände wurden mit einer dichten Polsterung über einem Netz von Sprungfedern aus bestem Stahl verstärkt, so daß man von einem sorgfältig ausgepolsterten Nest sprechen konnte.

»Schade, daß es zu klein zum Mitfliegen ist!« meinte J.-T. Maston bedauernd.

In diese friedliche Bombe, die mit einem Schraubdeckel verschlossen werden konnte, steckte man eine Katze und ein Eichhörnchen, das dem Sekretär des Kanonenclubs gehörte und an dem Maston sehr hing. Man wollte herausfinden, wie diese schwindelfreien Tierchen den Testflug überstehen würden.

Der Mörser wurde mit hundertsechzig Pfund Schießpulver geladen, dann wurde die Bombe eingeführt und abgeschossen.

Das Projektil stieg schnell bis auf über dreihundert Meter hoch, beschrieb einen majestätischen Bogen und stürzte dann in die Fluten.

Schon im nächsten Augenblick stieß ein Boot vom Ufer ab und nahm Kurs auf die Stelle, wo es im Meer versunken war. Geübte Taucher gingen unter Wasser und befestigten Taue an der Bombe. Rasch wurde sie zum Boot hoch und an Bord gezogen. Es waren kaum fünf Minuten vergangen, seit die Tiere in das Projektil eingeschlossen worden waren, und dem Augenblick, in dem man den Deckel ihres Gefängnisses wieder aufschraubte.

Ardan, Barbicane, Maston und Nicholl saßen im Boot und verfolgten das Experiment mit begreiflicher Aufmerksamkeit und Spannung. Kaum hatte man den Deckel abgenommen,

Die Katze war ein wenig zerzaust,
aber putzmunter

sprang die Katze heraus. Sie war ein wenig zerzaust, aber putzmunter, als hätte ihr der schnelle, hohe Flug durch die Luft gar nichts ausgemacht. Aber von dem Eichhörnchen war nicht die Spur zu sehen. Man suchte es vergeblich, bis sich alle die traurige Wahrheit eingestehen mußten: Die Katze hatte ihren Reisegefährten aufgefressen.

J.-T. Maston war äußerst betrübt über den Verlust des armen Eichhörnchens und nahm sich vor, dafür zu sorgen, daß es auf die Liste der Märtyrer der Wissenschaft gesetzt wurde.

Doch insgesamt hatte dieses Experiment jedes Zögern und jede Besorgnis hinweggefegt. Außerdem würden die neuen Berechnungen und Pläne von Barbicane das Projektil noch sicherer und den Rückstoß noch geringer machen. Jetzt konnte es eigentlich losgehen.

Zwei Tage später erhielt Michel Ardan eine Nachricht vom Präsidenten der Vereinigten Staaten, und der Franzose war sich dieser Ehre voll bewußt.

Wie sein berühmter ritterlicher Landsmann, der Marquis de Lafayette, erhielt auch er von der amerikanischen Regierung die Staatsbürgerschaft der Vereinigten Staaten von Nordamerika zugesprochen.

XXIII

Vom Geschoß zum Gefährt

Nachdem die Kolumbiade fertiggestellt war, konzentrierte sich das öffentliche Interesse sofort auf das Geschoß, das neuartige Gefährt, das die drei mutigen Abenteurer durch den Weltraum befördern sollte. Alle Welt erinnerte sich, daß Michel Ardan in seinem Telegramm vom 30. September Veränderungen an den Plänen gefordert hatte, wie sie von den Ausschußmitgliedern beschlossen worden waren.

Präsident Barbicane ging zu Recht davon aus, daß die Form des Projektils nicht entscheidend war, denn nach einem nur Sekunden dauernden Flug durch die Atmosphäre würde es sich im völlig luftleeren Raum weiterbewegen. Der Ausschuß hatte sich deshalb für eine Kugelform entschieden, damit sich das Geschoß um seine eigene Achse drehen und beliebig bewegen konnte. Aber sobald aus dem Geschoß ein Gefährt wurde, lagen die Dinge anders. Michel Ardan hatte nicht die Absicht, wie das Eichhörnchen zu reisen. Er wollte den Kopf oben und die Füße unten haben, wenn er in die Lüfte ging, damit er die Haltung bewahren konnte wie ein Ballonfahrer. Die Geschwindigkeit des Geschoßgefährts würde zwar höher sein, aber deswegen wollte er sich nicht endlosen Kapriolen des Projektils aussetzen.

Es gingen neue Pläne an Breadwill & Co. in Albany, mit der Bitte um ihre möglichst rasche Ausführung. Das dementsprechend veränderte Projektil wurde am 2. November gegossen und unverzüglich mit der Eisenbahn nach Stone's Hill transportiert. Dort traf es am 10. November unversehrt ein. Michel Ardan, Präsident Barbicane und Captain Nicholl warteten bereits ungeduldig auf das »Geschoßgefährt«, in dem sie auf dem Erkundungsflug zu einem »neuen Kontinent« reisen würden.

Man muß zugeben, daß das Geschoßgefährt ein Wunderwerk aus Metall war, das dem technischen Genie der Amerikaner alle Ehre machte. Zum ersten Mal hatte man einen so großen Gegenstand aus Aluminium herstellen können. Schon das war eine hervorragende Leistung. Das wertvolle Projektil glitzerte in der Sonne. Mit seinen beeindruckenden Dimensionen und der sanft zulaufenden Spitze hätte man es für einen typischen Bergfried aus dem Mittelalter halten können. Nur die Schießscharten und eine Wetterfahne fehlten noch.

»Mir ist, als ob jeden Augenblick ein Soldat mit Hakenbüchse und Harnisch heraussteigen würde. In diesem Gefährt werden wir sicher wie die Adligen in ihrer Burg sein, und

Die Ankunft
des Geschoßgefährts in Stone's Hill

wenn wir ein bißchen aus den Luken ballern, können wir allen selenitischen Armeen trotzen, falls es auf dem Mond überhaupt Militär gibt!«

»Dann gefällt dir das Gefährt also?« fragte Barbicane.

»Ja, aber ja!« antworte Michel Ardan, der es sich allerdings auch mit den Augen eines Künstlers ansah. »Es ist nur schade, daß es nicht schlanker und seine Spitze nicht zierlicher ist. Man hätte sie mit metallgetriebenen Verzierungen versehen können, zum Beispiel mit Fabeltieren, Ungeheuern, einem Salamander, der mit ausgebreiteten Flügeln und offenem Maul aus den Flammen aufsteigt ...«

»Wozu denn das?« fragte Barbicane, der in seiner nüchternen Art wenig Sinn für künstlerische Effekte hatte.

»Wozu, Freund Barbicane? Wenn du mich das fragst, dann muß ich leider fürchten, daß du es nie verstehen wirst!«

»Erkläre es mir trotzdem, lieber Freund.«

»Nun, ich denke, daß bei allem, was man tut, auch die Kunst zu ihrem Recht kommen sollte. Kennst du das indische Schauspiel mit dem Titel ›Der Wagen des Kindes‹?«

»Nicht einmal dem Namen nach«, antwortete Barbicane.

»Das wundert mich nicht. Hör zu! In diesem Stück kommt ein Dieb vor, der durch ein Loch in ein Haus einbrechen will und sich dabei überlegt, ob er das Loch in der Form einer Leier, einer Blume, eines Vogels oder einer Amphore herausschlagen soll. Jetzt sag mir, Freund Barbicane, ob du diesen Dieb verurteilt hättest, wenn du sein Richter gewesen wärst!«

»Ohne zu zögern«, antwortete der Präsident des Kanonenclubs, »und nicht nur wegen Diebstahls, der Einbruch käme erschwerend hinzu.«

»Und ich hätte ihn freigesprochen, Freund Barbicane! Siehst du nun, warum du mich nie verstehen wirst?«

»Ich werde es nicht einmal versuchen, mein tapferer Künstler.«

»Aber da die äußere Form unseres Geschoßgefährts zu wünschen übrig läßt, wird man mir doch gestatten, das Innere nach meinem Geschmack und mit dem Komfort, der den Botschaftern der Erde zusteht, einzurichten.«

»Was das betrifft, mein lieber Michel«, erwiderte Barbicane, »kannst du frei schalten und walten. Wir werden uns nach deinen Wünschen richten.«

Ehe er sich mit diesen angenehmen Dingen beschäftigte, hatte der Präsident aber an das Nützliche gedacht. Das technische Verfahren, das Barbicane erfunden hatte, um die Wirkung des Rückstoßes zu dämpfen, wurde mit großem Sachverstand realisiert.

Barbicane hatte sich wohl überlegt, daß keine Sprungfeder stark genug wäre, um den Stoß aufzufangen. Bei seinem uns gut bekannten Spaziergang im Wald von Skersnaw war er auf eine glänzende Alternative gekommen, durch die das Problem zu lösen war: Er zählte darauf, daß ihm das Wasser die nötigen Dienste erweisen würde. Er hatte sich nämlich folgendes ausgedacht:

Das Projektil sollte einen Meter hoch mit Wasser gefüllt werden. Diese Wassermasse würde eine vollkommen undurchlässige Holzscheibe tragen, die der Innenwand exakt angepaßt war. Auf dieser Art Floß würde die Kabine der Passagiere aufsitzen. Die Flüssigkeitsmenge würde durch horizontale Trennwände unterteilt, die der Stoß beim Abschuß eine nach der anderen sprengen würde. Jede der Wasserschichten, von der untersten bis zur obersten, würde nacheinander durch Abflußrohre zur Geschoßspitze geleitet und sich als stoßdämpfendes Element erweisen, so daß die zusätzlich mit Dämpfern versehene Holzscheibe erst gegen den Boden des Projektils gedrückt würde, nachdem sie alle Trennwände zerdrückt hatte. Die Reisenden würden noch einen kräftigen Stoß verspüren, wenn die gesamte Wassermenge hinausgedrückt worden war. Aber der anfängliche Rückstoß würde durch diese kräftige »Wasserfederung« fast ganz aufgefangen werden.

Die benötigte Wassermenge würde zwar über fünfeinhalbtausend Kilo wiegen. Aber die Zündkraft der Kolumbiade würde nach Meinung von Barbicane ausreichen, um die zusätzliche Belastung zu bewältigen. Außerdem würde der Rückstoß das Wasser in weniger als einer Sekunde hinauspressen, so daß das Projektil wieder sein normales Gewicht hätte.

Das war also die Idee des Präsidenten des Kanonenclubs, mit der er das schwierige Problem des Rückstoßes bewältigen wollte. Im übrigen wurde seine Vorstellung von den Ingenieuren der Firma Breadwill & Co. technisch hervorragend in die Praxis umgesetzt. Sobald das Wasser verdrängt war, konnten sich die Reisenden auch leicht der zerquetschten Zwischenwände und der Holzscheibe entledigen, die sie beim Abschuß getragen hatte.

Die oberen Wände des Projektils würden mit einer dicken Lederschicht verkleidet werden, die auf Spiralfedern aus bestem Metall montiert wurden, die die Elastizität einer Uhrfeder hatten. Darunter montierte man die Abflußröhren, so daß man von diesen kaum etwas ahnen konnte.

So wurde alles Erdenkliche getan, um den anfänglichen Rückstoß zu mildern, was Michel Ardan zu dem Ausspruch anregte, daß man schon »in sehr schlechter Verfassung sein« müsse, um sich jetzt noch von diesem Stoß erdrücken zu lassen.

Das Projektil war außen zwei Komma sieben Meter breit und vier Meter hoch. Um das vorgegebene Gewicht nicht zu überschreiten, hatte man die Wände etwas dünner gemacht. Andererseits wurde der Boden verstärkt, der dem Druck der sich explosionsartig entwickelnden Gase standhalten mußte, so wie es auch bei anderen kegelzylinderförmigen Geschossen der Fall ist.

In diesen Metallturm gelangte man durch eine schmale Öffnung im kegelförmigen Teil; sie ähnelte einem Mannloch in einem Dampfkessel und konnte mit Druckschrauben hermetisch verschlossen werden. Durch die Öffnung konnten die Reisenden ihr fliegendes Gefängnis verlassen, sobald sie das Nachtgestirn erreicht hatten.

Aber daß sie fliegen würden, war nur eine Sache; sie sollten unterwegs auch etwas sehen. Das wurde ihnen ganz einfach gemacht. In die Lederpolsterung und die Wände waren vier Bullaugen aus dickem Glas eingelassen, zwei davon in der Zylinderwand, eines im Kegel und eines am Boden. So hatten die Reisenden während des Fluges Aussicht auf die Erde, die sie verließen, den Mond, dem sie sich näherten, und die Sternenkonstellation ringsum. Die Luken waren in der Startphase durch fest ansitzende Deckel geschützt, die sich später von innen abschrauben und dann abwerfen ließen. So war es möglich, aus dem Gefährt nach draußen zu blicken, ohne daß durch eine Öffnung die Luft im Innern entweichen konnte.

Alle diese Vorrichtungen waren bewundernswert gut installiert und funktionierten ganz einfach. Aber auch in der Ausstattung der Fahrgastkabine bewiesen die Ingenieure Einfallsreichtum und Können. Fest verankerte Behälter sollten Wasser und Lebensmittelvorräte für die drei Reisenden aufnehmen. Diese konnten sich auch mit Wärme und Licht versorgen, weil ihnen Gas zur Verfügung stand, das in Hochdruckbehältern mitgenommen wurde. Man brauchte nur einen Hahn aufzudrehen, dann konnte man sechs Tage lang das komfortable Gefährt beleuchten und beheizen. Man sieht, daß für die Grundbedürfnisse und auch für das Wohlbefinden gesorgt war. Außerdem brachte der kunstsinnige Michel Ardan zum Nützlichen das Angenehme hinzu und stattete das Gefährt auch mit Kunstgegenständen aus, ja er hätte den Kabinenraum am liebsten in ein Künstleratelier verwandelt, wenn es nicht an Platz gemangelt hätte. Im übrigen muß man nicht meinen, daß drei erwachsene Personen sich in diesem Metallturm ständig auf die Füße getreten wären. Er wies innen eine Grundfläche von fünfeinhalb Quadratmetern auf drei Meter Höhe auf, so daß er seinen Gästen eine gewisse Bewegungsfreiheit bieten konnte. Im bequemsten Eisenbahnwaggon der Vereinigten Staaten hätte ihnen weniger Platz zur Verfügung gestanden.

Nachdem für Lebensmittel und Licht gesorgt war, blieb noch die Versorgung mit Luft zu klären. Es war klar, daß die Luft in der Kabine den Reisenden nicht vier Tage ausreichen würde. Ein Mensch braucht in der Stunde etwa soviel Sauerstoff, wie in hundert Litern Luft enthalten ist. Barbicane, seine beiden Begleiter und die zwei Hunde, die mitgeführt werden sollten, verbrauchten in vierundzwanzig Stunden etwa zweitausendvierhundert Liter Sauerstoff, die etwa sieben Pfund wogen. Die Luft im Inneren des Projektils mußte also erneuert werden. Aber wie? Ein einfaches Verfahren, das die Herren Reiset und Regnault entwickelt hatten, half. Michel Ardan hatte es in seiner Rede auf dem Meeting erwähnt.

Wie man weiß, setzt sich Luft hauptsächlich aus einundzwanzig Teilen Sauerstoff und neunundsiebzig Teilen Stickstoff zusammen. Und was passiert nun, wenn der Mensch atmet? Er nimmt den lebenswichtigen Sauerstoff auf. Den eingeatmeten Stickstoff stößt er unverändert wieder aus; der Sauerstoffgehalt der ausgeatmeten Luft ist aber fünf Prozent geringer. Dafür enthält sie etwa ebensoviel Volumenteile Kohlensäure, die beim Verbrennungsvorgang im Blut aus dem Sauerstoff entstanden ist. Das führt in einem geschlossenen Raum nach einiger Zeit dazu, daß der gesamte Sauerstoff durch ein gesundheitsschädliches Gas, die Kohlensäure, ersetzt wird.

Es ging also darum, erstens den verbrauchten Sauerstoff zu ersetzen und zweitens die ausgeatmete Kohlensäure unschädlich zu machen. Das ist leicht mit Kaliumchlorat und Ätzkali möglich.

Kaliumchlorat ist ein Salz in Form von weißen Schuppen. Wenn es einer Temperatur von über vierhundert Grad ausgesetzt wird, zerfällt es unter anderem in Sauerstoff. Achtzehn Liter Kaliumchlorat ergeben sieben Liter Sauerstoff, die Menge, die die Reisenden in vierundzwanzig Stunden benötigten. Damit wäre für den Sauerstoff gesorgt.

Ätzkali ist eine Substanz, die gern die Kohlensäure aus der

Luft bindet und zu doppelkohlensaurem Kali wird. So konnte man die Kohlensäure unschädlich machen.

Wenn man beide Substanzen gemeinsam einsetzte, war es möglich, der verbrauchten Luft ihre belebenden Eigenschaften zurückzugeben. Die Herren Reiset und Regnault haben in erfolgreichen Experimenten den Nachweis für die Wirksamkeit dieses Verfahrens geführt. Man muß allerdings dazusagen, daß diese Experimente bisher nur Tierversuche waren. So wissenschaftlich genau sie auch geführt worden waren, wußte man doch nicht, wie Menschen auf den Einsatz dieser Mittel reagierten.

Dieser Umstand kam zur Sprache, als man über das schwerwiegende Problem beriet. Michel Ardan wollte die Zweifel daran, daß man mit der künstlich erneuerten Luft leben konnte, ausschalten und bot an, das Verfahren vor dem Start einmal zu erproben. Doch die Ehre dieses Experiments wurde ihm energisch von J.-T. Maston streitig gemacht.

»Wenn ich schon nicht die Reise mitmachen darf«, grollte der tapfere Artilleriefachmann, »kann ich wenigstens eine Woche das Projektil bewohnen.«

Es wäre unhöflich gewesen, ihm das zu verweigern, und so gab man seinem Begehren nach. Eine ausreichende Menge Kaliumchlorat und Ätzkali sowie Lebensmittel für acht Tage wurden bereitgestellt. Dann ließ er sich am 12. November, um sechs Uhr morgens, in das Innere des Projektils gleiten, nachdem er ausdrücklich verlangt hatte, daß man ihn nicht vor dem 20. November aus seinem Gefängnis befreien dürfe, und die Einstiegsluke wurde hermetisch verschlossen.

Was geschah in diesen acht Tagen? Das war unmöglich festzustellen. Die dicken Wände verhinderten, daß auch nur ein schwaches Geräusch von drinnen nach daußen drang.

Am 20. November, Punkt sechs Uhr, wurde die Luke wieder geöffnet. Die Freunde von J.-T. Maston, die immer noch besorgt um ihn waren, konnten bald aufatmen, als eine fröhliche Stimme ein lautes Hurra ertönen ließ.

J.-T. Maston
war merklich dicker geworden

Gleich darauf erschien der Sekretär des Kanonenclubs an der kegelförmigen Spitze des Projektils und grüßte mit einer Geste des Triumphs. Er hatte es sich acht Tage lang gutgehen lassen – und war merklich dicker geworden!

XXIV

Das Teleskop in den Rocky Mountains

Am 20. Oktober des vergangenen Jahres hatte der Präsident des Kanonenclubs nach dem Abschluß der Subskription der Sternwarte Cambridge die nötigen Geldmittel für den Bau eines großen Fernrohrs oder Teleskops zur Verfügung gestellt. Es sollte stark genug sein, um damit ein drei Meter breites Objekt auf der Mondoberfläche erkennen zu können.

Es empfiehlt sich, den Unterschied zwischen Fernrohr und Teleskop in Erinnerung zu rufen. Ein Fernrohr besteht aus einer Röhre, die an ihrem oberen Ende eine konvexe Sammellinse, das Objektiv, besitzt und an ihrem unteren Ende eine Zerstreuungslinse, das Okular, durch das der Beobachter blickt. Die Lichtstrahlen, die vom Objekt ausgehen, werden durch die obere Linse gebrochen und zu einem auf dem Kopf stehenden Bild im Brennpunkt zwischen den beiden Linsen gebündelt. Dieses Bild betrachtet das Auge durch das Okular, das es wieder auf die Füße stellt und wie eine Lupe vergrößert. Das Fernrohr ist also an beiden Enden durch Objektiv und Okular verschlossen.

Dagegen ist das Teleskop an seinem oberen Ende offen. Die Lichtstrahlen dringen ungehindert ein, bis sie auf einen konkaven Spiegel treffen, der die Strahlen gebündelt auf einen viel kleineren Spiegel wirft, auf dem das Bild mit dem Okular, das es vergrößert, betrachtet werden kann.

Während im Fernrohr die Brechung die entscheidende

Rolle spielt, ist es im Teleskop die Widerspiegelung. Die Qualität dieser optischen Geräte hängt ganz von der Qualität der Objektive ab, ob es sich nun um eine konvexe Linse oder einen konkaven Metallspiegel handelt.

Zu der Zeit, als der Kanonenclub sein großes Vorhaben ausführte, waren diese Geräte technisch schon so perfekt, daß man ausgezeichnete Ergebnisse damit erzielen konnte. Die Zeit des Galileischen Fernrohrs mit seiner höchstens siebenfachen Vergrößerung lag schon lange zurück. Seit dem 16. Jahrhundert waren die optischen Instrumente größer, länger und leistungsstärker geworden, und sie erlaubten es, die Sternenwelt bis in unvorstellbare Tiefen zu erforschen. Herausragende Geräte unter den astronomischen Fernrohren der Zeit waren das Fernrohr der Sternwarte Pulkowa in Rußland, dessen Objektiv einen Durchmesser von achtunddreißig Zentimetern hatte, das Fernrohr des französischen Optikers Lerebours, das mit einem ebensolchen Objektiv ausgestattet war, und schließlich das Fernrohr der Sternwarte Cambridge mit einem Objektivdurchmesser von achtundvierzig Zentimetern.

Zwei besonders leistungsstarke Teleskope mit gewaltigen Ausmaßen waren das zwölf Meter lange Teleskop von Herschel mit einem Spiegeldurchmesser von eineinhalb Metern, das eine sechstausendfache Vergrößerung bot, und außerdem das Teleskop von Lord Rosse, das in Birrcastle im Park von Parsonstown in Irland stand und sechzehn Meter lang war, einen Durchmesser von fast zwei Metern hatte und eine sechstausendvierhundertfache Vergrößerung schaffte. Für die nötigen Apparate zur Manövrierung dieses Instruments mußte eigens ein gewaltiger Unterbau gemauert werden, denn es wog immerhin vierzehn Tonnen.

Es gab zwar noch längere Fernrohre, die aber große Nachteile aufwiesen, wie zum Beispiel das Instrument, das Dominique Cassini in der Sternwarte von Paris eingerichtet hat. Es verfügte über ein Brennweite von hundert Metern, war aber ohne Rohr, so daß das Objektiv frei schwebend aufgehängt war und der Beobachter sich mit dem Okular in der Hand möglichst genau in den Brennpunkt stellen mußte. Das unbequeme und ungenaue Verfahren schmälerte den Wert dieses Instruments beträchtlich.

Wie man sieht, ging die Vergrößerung trotz der riesigen Ausmaße der genannten Instrumente kaum über das Sechstausendfache hinaus. Dieser Vergrößerungsfaktor holte den Mond erst auf vierundsechzig Kilometer heran, was bedeutete, daß man nur Gegenstände ab einem Durchmesser von zwanzig Metern erkennen konnte, es sei denn, sie wären sehr lang gewesen. Das Projektil des Kanonenclubs war aber bloß drei Meter breit und fünf Meter hoch. Man mußte also den Mond auf mindestens acht Kilometer heranholen, was einer Vergrößerung um das Achtundvierzigtausendfache entsprach.

Diese Aufgabe stellte sich der Sternwarte Cambridge. Finanzielle Hemmnisse gab es keine, es mußten »nur« die technischen Schwierigkeiten gelöst werden.

Als erstes mußte man sich entscheiden, ob man ein Teleskop oder ein Fernrohr bauen wollte. Fernrohre hatten den Vorteil, daß sie lichtstärker waren, da die Lichtstrahlen bei der Brechung durch die Linsen weniger an Intensität verloren als bei der Reflexion durch den Metallspiegel der Teleskope. Andererseits gab es für die Dicke von Linsen eine Grenze, deren Überschreitung den Nachteil mit sich brachte, daß nicht mehr genügend Lichtstrahlen das Glas der Linse passieren konnten. Extrem große Linsen waren außerdem äußerst schwierig herzustellen, und ihre Anfertigung dauerte oft Jahre.

Obwohl also ein Fernrohr hellere Bilder geliefert hätte, was bei dem nur reflektierten Licht des Mondes ein unschätzbarer Vorteil war, entschied man sich doch für ein Spiegelteleskop, da es schneller hergestellt werden konnte und einen höheren Vergrößerungsfaktor ermöglichte. Da die Lichtstrahlen schon in der Atmosphäre an Intensität verlieren, beschloß der Kanonenclub, das Instrument auf einem der höchsten

Berge der Vereinigten Staaten errichten zu lassen, damit das Licht durch möglichst wenig Luftschichten in das Teleskop gelangte.

Wie wir bereits gesehen haben, bewirkt bei den Teleskopen das Okular vor dem Auge des Beobachters wie eine Lupe die Vergrößerung, die um so höher ist, je größer der Durchmesser und je länger die Brennweite des Objektivs, in diesem Falle des Spiegels, ist. Für eine achtundvierzigtausendfache Vergrößerung benötigte man unvergleichbar größere Objektive als die von Herschel und von Lord Rosse. Das war die Hauptschwierigkeit, denn der Guß der entsprechenden Teleskopspiegel war eine sehr heikle Angelegenheit.

Glücklicherweise hatte einige Jahre zuvor Léon Foucault, ein Gelehrter des Institut de France, ein Verfahren für eine neue Oberflächengestaltung der Spiegel erfunden, durch welches die Metallspiegel durch Glaskörper in der gewünschten Größe ersetzt werden konnten, die abschließend mit Silbersalz versilbert wurden. Dieses Verfahren, das ausgezeichnete Resultate lieferte, wurde für das neue Teleskop der Sternwarte Cambridge ausgewählt.

Außerdem übernahm man den von Herschel entwickelten vereinfachten Aufbau des Teleskops, in dem der kleine Spiegel weggelassen wurde, der üblicherweise das Bild vom großen Spiegel aufgefangen und an das Okular weitergegeben hatte. Herschel ließ den großen Spiegel unten in der Röhre das Bild nach oben werfen, wo der Betrachter es durch sein Okular vergrößert betrachten konnte. Diese Anordnung hatte den großen Vorteil, daß die Lichtstrahlen nicht zweimal, sondern nur einmal reflektiert wurden, wodurch weniger Lichtintensität verlorenging. Das Bild für den Betrachter wurde somit deutlicher und schärfer, ein wertvoller Vorteil für die Bewältigung der anstehenden Aufgaben.

Als diese Entscheidungen getroffen waren, begannen die Arbeiten. Den Berechnungen der Sternwarte Cambridge zufolge mußte die Teleskopröhre vierundachtzig Meter lang sein und einen Durchmesser von knapp fünf Metern haben. So riesig ein solches Instrument auch war, es wäre noch vom dreieinhalb Kilometer langen Teleskop übertroffen worden, dessen Bau der Astronom Hooke einige Jahre zuvor vorgeschlagen hatte. Doch auch die Installation des geplanten Teleskops bereitete große Schwierigkeiten.

Die Frage des Standorts wurde rasch entschieden. Ein hohes Gebirge sollte es sein, und davon gibt es in den Vereinigten Staaten nicht viele.

Zwei mittelhohe Gebirgszüge rahmen das große Land ein, und zwischen ihnen fließt majestätisch der Mississippi, den die Amerikaner den »König der Flüsse« nennen würden, wenn sie einen so monarchischen Ausdruck gelten ließen.

Im Osten erheben sich die Appalachen, deren höchster Gipfel im Bundesstaat New Hampshire liegt und recht bescheidene sechzehnhundert Meter nicht übersteigt. Im Westen befinden sich dagegen die Rocky Mountains, die ein Teil der gewaltigen Gebirgskette sind, die sich von der Magellanstraße aus als Anden oder Kordilleren an der Westküste von Südamerika bis zur Landenge von Panama hinziehen und von dort über Mexiko und die Westküste der Vereinigten Staaten bis nach Alaska und zum Nordpolarmeer reichen. Die Rocky Mountains sind nicht sehr hoch; sie haben nur wenige Berge von der Höhe der Alpen, und vom Himalaja könnte man auf sie herabschauen. Mit 4399 Metern ist der Mount Elbert ihr höchster Berg, während es im Himalaja zehn Berge über 8000 Meter gibt.

Aber da das Teleskop, ebenso wie die Kolumbiade, nach dem Willen des Kanonenclubs auf dem Boden der Vereinigten Staaten aufgestellt werden sollte, mußte man sich eben mit den Rocky Mountains zufriedengeben. Das ganze Material, das gebraucht wurde, schaffte man auf den Long's Peak in der Nähe von Denver in Colorado.

Alle Schwierigkeiten aufzuzählen, die die amerikanischen Ingenieure zu bewältigen hatten, wäre unmöglich. Sie vollbrachten wirklich Wunder an Kühnheit und Geschick, es war eine gewaltige Leistung. Riesige Steinblöcke, schwere geschmiedete Eisenstücke und Winkeleisen, riesenhafte Röhren, ein Objektiv mit einem Eigengewicht von fünfzehn Tonnen mußten über die Grenze des ewigen Schnees hinaus auf über viertausenddreihundert Meter Höhe transportiert werden, nachdem endlose Prärien, undurchdringliche Wälder, schreckliche Wildwasser überwunden waren. Und dies alles geschah fern jeder Zivilisation in einer wilden, unbewohnten Gegend, wo schon jedes existentielle Grundbedürfnis zu einem kaum lösbaren Problem wurde. Aber der amerikanische Erfindungsgeist triumphierte auch über diese unzähligen Widrigkeiten. Nach weniger als einem Jahr Bauzeit reckte sich die gewaltige Teleskopröhre Ende September gegen den Himmel. Sie war auf ein monumentales Eisengestell montiert und konnte mittels eines leistungsfähigen Mechanismus problemlos auf alle Himmelsregionen gerichtet werden, so daß jeder Stern bei seinem Lauf am Firmament von Horizont zu Horizont beobachtet werden konnte.

Das Teleskop hatte vierhunderttausend Dollar gekostet. Als es zum ersten Mal auf den Mond gerichtet wurde, waren die anwesenden Wissenschaftler zugleich neugierig und beunruhigt. Was würden sie durch dieses Objektiv mit seiner achtundvierzigtausendfachen Vergrößerung entdecken? Mondbewohner? Herden von Mondtieren? Städte, Seen, Ozeane? Nichts davon. Es enthüllte nichts, was der Wissenschaft nicht schon bekannt gewesen wäre. Auf der ganzen sichtbaren Seite des Mondes war nun sein vulkanischer Charakter eindeutig sichtbar.

Aber ehe das Teleskop in den Rocky Mountains seine Aufgaben für den Kanonenclub erfüllte, leistete es der Astronomie unschätzbare Dienste. Der Blick der Beobachter drang damit in bisher unbekannte Tiefen des Weltalls vor, zahlreiche Sterne konnten nun genau vermessen werden, und der Astronom Clarke von der Sternwarte Cambridge konnte mit

Das Teleskop in den Rocky Mountains

seiner Hilfe Einzelheiten des Krabbennebels beschreiben, den das Teleskop von Lord Rosse nie deutlich wiedergegeben hatte.

XXV

Die letzten Einzelheiten

Es war der 22. November. In zehn Tagen sollte der erhebende Augenblick des Starts stattfinden. Aber eine heikle und gefährliche Aufgabe mußte noch unter äußersten Sicherheitsvorkehrungen ausgeführt werden. Captain Nicholl hatte seine dritte Wette darauf abgeschlossen, daß dies nicht gelingen werde: Die Kolumbiade mußte mit der berechneten Menge von vierhunderttausend Pfund Schießbaumwolle beschickt werden. Nicholl war davon ausgegangen, daß der Umgang mit einer so enormen Menge des entzündlichen Stoffes einen katastrophalen Ausgang haben und daß es zumindest beim Start durch die Rückstoßwirkung zu einer Explosion kommen würde.

Die ungeheuren Gefahren, die mit diesem Vorgang verbunden waren, wurden noch durch die Unbekümmertheit der Amerikaner verstärkt, die sich im Sezessionskrieg zum Beispiel nicht geniert hatten, ihre Kanonen mit der brennenden Zigarre im Mund zu laden. Aber Barbicane hatte sich vorgenommen, das Unternehmen erfolgreich durchzuführen und nicht durch eine Unachtsamkeit in letzter Sekunde scheitern zu lassen. Er wählte deshalb höchstpersönlich die qualifiziertesten Arbeiter aus, beaufsichtigte sie selbst und ging mit so viel Umsicht und Vorsicht ans Werk, daß alle Voraussetzungen für das Gelingen gegeben waren.

Vor allem hütete er sich, die gesamte Ladung auf einmal nach Stone's Hill bringen zu lassen. Vielmehr wurde sie nach und nach in dicht verschlossenen Kisten antransportiert. Die vierhunderttausend Pfund waren in Chargen zu fünfhundert Pfund aufgeteilt worden, die mit größter Sorgfalt von den geschicktesten Feuerwerkern von Pensacola in achthundert Einheiten verpackt wurden. Jede Kiste faßte zehn Einheiten, und sie wurden mit der Eisenbahn nach Tampa verfrachtet. So kamen nie mehr als zweieinhalb Tonnen auf einmal auf das Gelände von Stone's Hill, wo sie überdies sofort von barfüßigen Arbeitern zur Kolumbiade gebracht und dort mit Seilzügen per Hand in die Ladeluke hinabgelassen wurden. Es wurden keine dampfgetriebenen Maschinen eingesetzt, und im Umkreis von drei Kilometern duldete man nicht das kleinste offene Feuer. Tatsächlich war es schon schwierig genug, die Schießbaumwolle vor der glühenden Sonnenhitze zu schützen, selbst jetzt noch im November. Daher führte man diese Arbeiten vorzugsweise bei Nacht aus, im Schein von Vakuumlampen, die mit Hilfe von Rühmkorffschen Apparaten brannten und alles bis in die Tiefen des Schachts der Kolumbiade taghell beleuchteten. Dort unten wurden die Sprengstoffkartuschen exakt geschichtet und untereinander mit Metalldrähten verbunden, die den elektrischen Funken beim Start gleichzeitig ins Zentrum jeder einzelnen Kartusche leiten sollten.

Alle diese Drähte, die gut isoliert waren, wurden zu einem zusammengeführt, der auf der Höhe der Halterung des Projektils aus dem dicken Geschoßmantel ausgeleitet und, über Pfosten geführt, durch einen Schalter hindurch zu einer Voltasäule gelegt wurde. Man brauchte also nur den Schalter zu betätigen, um sofort Strom fließen zu lassen, der die vierhunderttausend Pfund Schießbaumwolle entzünden würde. Natürlich war sichergestellt, daß der Strom aus der Voltasäule erst im entscheidenden Augenblick eingeschaltet werden konnte.

Am 28. November waren die achthundert Kartuschen im Boden der Kolumbiade verstaut. Dieser Teil der Operation war glücklich beendet. Allerdings hatte Präsident Barbicane viel Ärger, Sorgen und Auseinandersetzungen durchstehen müssen, denn er hatte vergeblich den Zutritt zum Gelände von Stone's Hill absperren lassen: jeden Tag kletterten Neugierige über die Palisaden. Einige übertrieben ihre Unvorsichtigkeit bis zur Tollheit und rauchten inmitten der Schießbaumwollballen. Barbicane fuhr zornig dazwischen, und J.-T. Maston unterstützte ihn dabei nach Kräften, indem er die Eindringlinge verjagte und brennende Zigarren aufhob, die die Yankees hie und da weggeworfen hatten. Das war eine mühsame Arbeit, denn täglich drängten sich über dreihunderttausend Menschen vor den Palisaden. Michel Ardan hatte sich zwar erboten, die Kartuschen bis zur Kolumbiade zu begleiten, aber als der Präsident des Kanonenclubs auch Ardan mit einer dicken Zigarre im Mund dabei überraschte, wie er ungebetene Gäste verjagte, und damit selbst ein schlechtes Beispiel gab, mußte Barbicane einsehen, daß er auf diesen furchtlosen Raucher nicht zählen konnte. Und er sah sich gezwungen, Michel Ardan besonders streng überwachen zu lassen.

Aber da auch die Artilleristen einen Schutzheiligen hatten, konnte die Beschickung ohne Zwischenfälle beendet werden. Die dritte Wette des Captain Nicholl stand nun schon auf sehr wackeligen Beinen. Jetzt mußte noch das Projektil in das Geschützrohr eingeführt werden, wo es auf die dicke Schicht der Schießbaumwolle aufgesetzt werden sollte.

Aber bevor diese Aufgabe ausgeführt wurde, mußten noch die Reiseutensilien in die Passagierkabine eingeräumt werden. Es waren ziemlich viele, und wenn man Michel Ardan hätte gewähren lassen, wäre der für die Reisenden reservierte Platz bald ganz vollgestopft gewesen. Man glaubt gar nicht, was der liebenswerte Franzose alles auf den Mond mitnehmen wollte. Lauter unnütze Dinge! Barbicane selbst griff ein, und alle mußten sich auf das Nötigste beschränken.

Einige Thermometer, Barometer und Ferngläser wurden in einem Instrumentenkoffer untergebracht.

Die Reisenden brannten darauf, während des Fluges den Mond zu beobachten. Um für die Erkundung dieser neuen Welt gerüstet zu sein, nahmen sie die ausgezeichnete »Mappa selenographica«, eine von Beer und Mädler in vier Teilen veröffentlichte Mondkarte, die zu Recht als wahres Meisterwerk galt, was die genaue Beobachtung und die große Geduld anging, mit der sie zusammengestellt worden war. Die kleinsten sichtbaren Einzelheiten der erdzugewandten Seite des Mondes waren darauf verzeichnet. Gebirge, Täler, Felsengruppen, Krater, Bergspitzen und Spalten konnte man genau darauf erkennen. Sie waren alle mit exakten Angaben zu ihrer Lage und Bezeichnung versehen, von den Leibnizbergen im Osten bis zum Mare frigoris im Norden. Auf diesem wertvollen Dokument konnten die Reisenden das Land bereits erforschen, ehe sie es betraten.

Zu ihrer Ausrüstung gehörten ferner drei Gewehre und drei Jagdkarabiner und außerdem große Mengen Schießpulver und Munition.

»Man weiß nie, mit wem man es zu tun bekommt«, meinte Michel Ardan. »Menschen oder Tiere könnten es uns übelnehmen, daß wir ihnen einen Besuch abstatten! Wir sollten auf jeden Fall gewappnet sein.«

Neben diesen Waffen zu ihrem persönlichen Schutz nahmen sie noch Pickel, Hacken, Handsägen und andere unentbehrliche Werkzeuge mit und natürlich auch passende Kleidung für alle Temperaturen zwischen den Eisregionen am Pol und den glutheißen Gegenden.

Michel Ardan hätte gern einige Tiere auf seiner Expedition dabeigehabt – allerdings nicht von jeder Tierart ein Paar, da er es unnötig fand, auf dem Mond Schlangen, Tiger, Krokodile und andere Raubtiere heimisch zu machen. »Das nicht«, sagte er zu Barbicane, »aber ein paar Arbeitstiere wie Ochs und Kuh, Pferd und Esel könnten uns dort oben sehr nützlich sein.«

»Ich bin ganz deiner Meinung, mein Lieber«, antwortete

der Präsident des Kanonenclubs, »aber unser Geschoßgefährt ist keine Arche Noah. Es verfügt nicht über soviel Raum, und wir verfolgen einen anderen Zweck. Wir müssen uns also auf das Machbare beschränken.«

Nach langem Hin und Her beschloß man, daß die Reisenden nur einen ausgezeichnet ausgebildeten Jagdhund mitführen sollten, der Nicholl gehörte, und einen robusten und außerordentlich kräftigen Neufundländer. Kisten mit verschiedenem Getreide gehörten ebenfalls zur Grundausstattung, aber wenn es nach Michel Ardan gegangen wäre, hätte man auch noch einige Säcke voll Erde geladen, damit er das Getreide auf dem Mond hätte aussäen können. Für alle Fälle nahm er ein paar strohumwickelte Sträucher mit, die er in einer Ecke des Projektils unterbrachte.

Nun war noch die Frage der Lebensmittelvorräte zu klären, denn man mußte für den Fall vorsorgen, daß man in einer völlig lebensfeindlichen Mondgegend landen würde. Barbicane schaffte es, eine so kluge Auswahl zusammenzustellen, daß der verstaute Proviant für ein Jahr gereicht hätte. Man muß aber dazusagen, daß die Vorräte aus Fleischkonserven und extrem verdichteten Gemüsepackungen bestanden, die einen sehr hohen Nährwert hatten. Viel Abwechslung gab es nicht, aber bei einem derartigen Unternehmen darf man keine hohen Ansprüche in dieser Hinsicht stellen. Es gab auch einen Branntweinvorrat von etwa zweihundert Litern und Wasser für etwa zwei Monate. Auf Grund der letzten astronomischen Beobachtungen zweifelte niemand daran, daß man auf der Mondoberfläche eine gewisse Menge Wasser finden würde. Was die Lebensmittel betraf, ging man logischerweise davon aus, daß die Mondbewohner irgend etwas Eßbares zur Verfügung hatten. Wenn Michel Ardan daran einen Zweifel gehegt hätte, wäre er nicht mitgeflogen.

»Übrigens«, sagte er eines Tages zu seinen Freunden, »werden uns unsere Freunde auf der Erde nicht im Stich lassen. Wir werden ihnen immer wieder in den Sinn kommen.«

Das Innere des Projektils

»Genauso ist es«, bemerkte J.-T. Maston.
»Wie meinen Sie das?« fragte Captain Nicholl.
»Ganz einfach«, antwortete Ardan. »Sie haben die Kolumbiade doch stets vor Augen! Immer wenn der Mond im Zenit oder gar gleichzeitig im Perigäum steht, was einmal im Jahr vorkommt, könnte man uns doch in weiteren Geschossen Lebensmittel auf den Mond schießen, die wir zu dem bestimmten Termin erwarten, oder nicht?«
»Hurra! Das ist eine prima Idee!« rief J.-T. Maston als ein Mann, der zu allem eine eigene Meinung hatte. »Ganz sicher, ihr tapferen Freunde, werden wir euch nicht vergessen!«
»Ich verlasse mich darauf! Wie Sie sehen, erhalten wir so ständig Nachricht von der guten Erde, und wir würden uns sehr ungeschickt anstellen, wenn wir unsererseits nicht Mittel und Wege fänden, uns mit unseren treuen Freunden auf der Erde in Verbindung zu setzen.«
Seine Worte drückten eine solche Zuversicht aus, daß Michel Ardan damit die gesamte Mitgliederschaft des Kanonenclubs überzeugt hätte. Was er sagte, klang so einfach, elementar, leicht und siegesgewiß, daß man sich geradezu an unseren kleinen Erdball hätte klammern müssen, um die drei Reisenden nicht auf ihre Mondexpedition begleiten zu wollen.
Als die persönlichen Dinge und die Vorräte verstaut waren, flutete man die Bruchschotten zur Rückstoßdämpfung und füllte die Behälter mit dem komprimierten Gas. Was Kaliumchlorat und Ätzkali zur Erneuerung des Sauerstoffs und Aufnahme von Kohlensäure anging, ließ Barbicane ausreichende Mengen für zwei Monate in das Projektil schaffen, da er für unvorhersehbare Verzögerungen der Reise vorsorgen wollte. Ein ausgeklügelter Apparat sorgte automatisch für den belebenden und reinigenden Luftaustausch. Damit war im Projektil alles vorbereitet, man mußte es nur noch in die Kolumbiade hinablassen. Das war allerdings eine gefahrvolle, risikoreiche Aufgabe.
Das enorme Geschoß wurde auf die Spitze des Geländes von

Stone's Hill geschafft. Dort wurde es von riesigen Kränen hochgehoben und in der Luft über dem metallenen Schacht gehalten.

Es war ein aufregender Augenblick. Wenn auch nur eine Kette riß und das Geschoß mit seiner gewaltigen Masse in die Tiefe stürzte, wäre eine Explosion der Schießbaumwolle unausweichlich gewesen.

Glücklicherweise geschah nichts dergleichen, und einige Stunden später war das Geschoßgefährt langsam durch das Kanonenrohr abgelassen worden und ruhte nun auf seinem hochexplosiven Ruhekissen. Der Druck, den es darauf ausübte, preßte den Zündstoff der Kanone nur noch fester zusammen.

»Ich habe die Wette verloren«, sagte Captain Nicholl und überreichte Präsident Barbicane dreitausend Dollar.

Barbicane wollte das Geld von dem Reisegefährten nicht mehr annehmen. Aber er mußte nachgeben, weil Nicholl nicht nachgab, dem daran gelegen war, alle offenen Rechnungen auf der Erde noch vor dem Abflug zu begleichen.

»Dann kann ich Ihnen nur noch eines wünschen, Herr Captain«, sagte Michel Ardan.

»Ja, was denn?»

»Daß Sie auch die beiden letzten Wetten verlieren! Dann können wir sicher sein, daß wir nicht auf der Strecke bleiben!«

XXVI

Feuer!

Der schicksalsschwere 1. Dezember war gekommen. Wenn der Abschuß des Projektils nicht am Abend dieses Tages, um 22:46:40 Uhr, stattfinden konnte, würden über achtzehn Jahre vergehen, ehe der Mond an derselben Stelle wiederum im Zenit und gleichzeitig in Erdnähe stand.

Das Wetter war herrlich. Obwohl der Winter nahte, leuchtete die Sonne und überschüttete mit ihren warmen Strahlen die Erde und ihre Bewohner, von denen drei sie verlassen und in eine neue Welt aufbrechen wollten.

Und so viele Menschen schliefen schlecht in der Nacht, die dem ungeduldig erwarteten Tag voranging! Und so vielen wurde es eng ums Herz, weil das Warten am letzten Tag kaum noch erträglich war! Alle Herzen klopften voller Ungeduld, nur Michel Ardan hatte sozusagen die Ruhe weg. Er gab sich ganz seiner üblichen Geschäftigkeit hin. Nichts an ihm verriet, daß ihn etwas ganz besonders beschäftigt hätte. Er hatte ruhig geschlafen, wie der erfolgreiche Marschall Turenne, der die Nacht vor einer Schlacht auf der Lafette einer Kanone zuzubringen pflegte.

Vom frühen Morgen an strömte eine unüberschaubare Menschenmenge auf die endlosen Prärien rund um Stone's Hill. Alle Viertelstunde brachte der Zug aus Tampa eine neue Ladung Schaulustiger. Der Menschenauflauf nahm so gigantische Ausmaße an, daß der *Tampa Observer* am nächsten Tag berichten konnte, daß an diesem denkwürdigen Tag fünf Millionen Zuschauer in Florida auf den Beinen waren.

Seit einem Monat kampierte bereits der größte Teil dieser Menge im Umkreis des Geländes von Stone's Hill, und auf diese Zeit ging die Gründung der späteren Stadt Ardan zurück. Baracken, Hütten und Zelte bedeckten die weiten Ebenen, und diese provisorischen Behausungen beherbergten so viele Bewohner, daß die größten Städte in Europa mit ihrer Zahl nicht hätten mithalten können.

Alle Völker der Erde waren durch Abgesandte vertreten; alle Sprachen der Welt waren auf einmal zu vernehmen, als befände man sich im sprichwörtlichen Babel des Alten Testaments. Hier waren die Unterschiede zwischen den verschiedenen Klassen der amerikanischen Gesellschaft ganz aufgeho-

Vom frühen Morgen an strömte
eine unüberschaubare Menschenmenge
nach Stone's Hill

ben. Bankiers, Bauern, Seeleute, Großhändler, Makler, Plantagenbesitzer, Kaufleute, Reeder, Beamte drängten sich ungeniert mit dem Ellbogen zur Seite. Die Kreolen aus Louisiana verbrüderten sich mit den Farmern aus Indiana; die feinen Herren aus Kentucky und Tennessee und die hochnäsigen Gentlemen aus Virginia stritten sich mit den ungehobelten Trappern von den großen Seen und den Viehhändlern von Cincinnati. Die Männer trugen weiße breitrandige Biberfellmützen oder klassische Panamahüte, blaue Baumwollhosen aus Opelousas, elegante Hemden aus rohem Leinen, buntfarbene Stiefel, extravagante Hemdkrausen aus Batist, und an ihren Hemden, Manschetten, allen zehn Fingern und sogar an manchen Ohren funkelten Ringe, Nadeln, Brillanten, Ketten, Broschen ohne Zahl und oft um so geschmackloser, je teurer sie waren. Frauen, Kinder und Gesinde dieser Männer Väter und Herren begleiteten oder umringten sie, gingen ihnen voraus oder hinterher, so daß die Männer wie Clanchefs inmitten ihrer vielköpfigen Sippe wirkten.

Zur Essenszeit mußte man um die weitere Lebensmittelversorgung von Florida fürchten, da sich die Menschenmenge mit solchem Heißhunger auf die Spezialitäten der Südstaatenküche stürzte und Unmengen von Speisen verschlang, gegen die ein europäischer Magen rebelliert hätte: Froschfrikassee, geschmorter Affe, Fischeintopf, gebratene Beutelratte, Opossum bleu oder Waschbär am Spieß.

Und was für eine Menge von Likören und anderen alkoholischen Getränken zu diesen unerquicklichen Speisen gereicht wurde! Und was für ein Schreien, Zurufen und Zuprosten in den Bars, Saloons und Kneipen zu hören war, die mit Gläsern, Humpen, Flakons, Karaffen und extravaganten Flaschen, mit Zuckermörsern und mit Strohballen geschmückt waren!

»Hier gibt's den guten Minzlikör, Leute!« rief einer der Barkeeper mit hallender Stimme.

»Trinkt Sangrilla aus Bordeaux-Wein!« kläffte ein anderer.

»Probiert Gin-Sling, Männer!« brüllte ein dritter.

»Und Brandy-Smash, den umwerfenden Cocktail!« rief wieder ein anderer.

»Nur mal reinschmecken! Der echte Minzlikör der Saison! Wer will noch mal, wer hat noch nicht?« riefen die tüchtigen Männer hinter dem Tresen und füllten mit flinken Fingern wie ein Trickkünstler ein Glas nach dem anderen mit den Zutaten dieses erfrischenden Getränks: Zucker, Zitrone, frische Minze, Eiswürfel, Wasser, Cognac und frische Ananas.

Daher war die Luft täglich erfüllt von den Rufen, die sich an die brennenden Kehlen der Leute richteten, die durch die vielen scharfen Gewürze in Flammen standen, und bei dem Geschrei verstand man sein eigenes Wort nicht mehr. Aber an diesem 1. Dezember erklangen nur vereinzelte Rufe. Die Barkeeper fanden kein Gehör bei ihrem Publikum. Niemand dachte ans Essen oder ans Trinken, und um vier Uhr nachmittags gingen zahllose Passanten auf und ab, die noch nicht einmal einen Happen zum Frühstück gegessen hatten! Noch bezeichnender war es, daß selbst die bekannte Spielleidenschaft der Amerikaner an diesem Tag unter der allgemeinen Erregung zu leiden hatte. Wenn man sah, wie die Kegel umgestürzt dalagen, die Würfel im Becher ruhten, das Roulette stillstand, Cribbage-, Whist-, Siebzehn-und-Vier- und andere Spielkarten fein säuberlich auf dem Stapel lagen, begriff man, daß das Ereignis des Tages alles andere überschattete und die Spannung so groß war, daß keine Ablenkung mehr möglich war.

Bis zum Abend wurde die unruhige Menge von einer dumpfen Erregung, wie vor einer großen Katastrophe, umgetrieben. Ein nicht zu beschreibendes Unwohlsein herrschte in den Köpfen der Menschen, eine unangenehme Benommenheit, ein undeutliches Gefühl, das ihnen auf dem Herzen lastete. Jeder hätte gern gehabt, daß es »endlich vorbei« wäre.

Doch gegen sieben Uhr abends löste sich das dumpfe Brüten der Massen in lauten Hurrarufen aus Millionen von Kehlen auf, als sich der Mond am Horizont zeigte und aufstieg. Er war pünktlich. Orkanartiger Applaus brandete von allen Seiten zum Himmel hinauf, wo die blonde Phöbe friedlich am klaren Firmament glänzte und freundlich auf die trunkene Menge herabstrahlte.

Da erschienen die drei wagemutigen Reisenden. Als man sie bemerkte, wurden die Hochrufe noch lauter. Einmütig und spontan stimmten alle mit bebender Brust die amerikanische Nationalhymne an, und der »Yankee doodle« erklang aus Millionen Kehlen wie ein tönendes Donnern bis in alle Höhen der Atmosphäre hinauf.

Nachdem die letzten Töne des gewaltigen Gesanges und Rufe und Schreie nach und nach verstummt waren, zog ein leises Gemurmel durch die tief beeindruckte Menge. Der Franzose und die beiden Amerikaner hatten inzwischen die Absperrung erreicht, um die herum sich die riesige Menschenmenge drängte. Sie wurden von Mitgliedern des Kanonenclubs und von Abgesandten der europäischen Sternwarten begleitet. Barbicane gab ganz kühl und beherrscht mit ruhiger Stimme seine letzten Anweisungen. Nicholl hatte die Lippen aufeinandergepreßt und hielt die Hände auf dem Rücken verschränkt und ging mit festem, gemessenem Schritt. Michel Ardan bewegte sich locker wie üblich, trug tadellose weite Reisekleidung aus kastanienbraunem Samt, Ledergamaschen an den Füßen, Proviantasche an der Seite, Zigarre im Mund, und drückte en passant tausend Hände mit der freundlichen Großzügigkeit eines Prinzen. Sein Elan, seine gute Laune, sein Lachen und seine Lausejungenfaxen auf Kosten von J.-T. Maston machten ihn bis zur letzten Sekunde als Franzosen, oder mehr noch, als Pariser kenntlich.

Es war zehn Uhr. Der Augenblick des Einstiegs in das Geschoßgefährt war gekommen. Bis die Reisenden eingestiegen waren, die Luke zugeschraubt war, die Kräne und die Gerüste über der Kanonenmündung beiseite geschafft waren, dauerte es noch einige Zeit.

Barbicane hatte seine Uhr haargenau nach dem Chronometer von Ingenieur Murchison gestellt, der die Aufgabe hatte, den elektrischen Funken zum Startschuß auszulösen. Durch den Uhrenvergleich sollten die Reisenden im Projektil im Auge behalten können, wie sich die Zeiger unaufhaltsam auf die exakte Startzeit zubewegten.

Die Reisenden hatten Abschied genommen. Es war eine bewegende Szene gewesen. Trotz seiner Fröhlichkeit war Michel Ardan tief gerührt. J.-T. Maston hatte in den Falten seiner trockenen Lider eine alte Träne gefunden, die er bestimmt für einen derartigen Anlaß aufbewahrt hatte. Er ließ sie auf die Stirn seines geliebten, tapferen Präsidenten tropfen.

»Und wenn ich doch mitkäme?« sagte er. »Es ist noch Zeit!«

»Unmöglich, lieber Maston«, antwortete Barbicane.

Augenblicke später befanden sich die drei Reisegefährten im Projektil, hatten die Luke von innen zugeschraubt, und die Mündung der Kolumbiade richtete sich frei auf den Himmel.

Nicholl, Barbicane und Michel Ardan waren endgültig in ihrem metallenen Abteil eingeschlossen.

Wer könnte die Erregung schildern, die nun in Millionen von Menschen ihren Gipfelpunkt erreichte?

Der Mond stieg weiter an einem klaren, reinen Firmament, wo er auf seiner Bahn einen Stern nach dem anderen mit seinem Licht überstrahlte. Gerade befand er sich vor dem Sternbild Zwillinge, auf halbem Weg zwischen Horizont und Zenit. Niemand ließ das anvisierte Ziel mehr aus den Augen.

Es war, als hätte die riesige Menschenmenge auf einmal gemeinsam den Atem angehalten. Und wie die Menschen, wagte auch die Erde nicht mehr zu atmen! Die Herzschläge setzten aus. Jetzt hafteten die Blicke der Nächststehenden auf der gähnenden Mündung der Kolumbiade.

Murchison beobachtete die Zeiger seiner Uhr. Vierzig Sekunden waren es noch bis zum Start, jede davon schien eine Ewigkeit zu dauern.

Bei der zwanzigsten ging ein Ruck durch die Menge. Viele

mußten daran denken, daß auch die Reisenden in ihrer Kabine die schrecklich langen Sekunden zählen würden.

Einzelne Rufe ertönten: »Fünfunddreißig! ... Sechsunddreißig! ... Siebenunddreißig! ... Achtunddreißig! ... Neununddreißig! ... Vierzig! Feuer!!!«

Murchison, der den Finger auf dem Unterbrecherkontakt gehabt hatte, zog ihn jetzt zurück, ließ den Strom wieder fließen und schickte den elektrischen Funken in die Tiefen der Kolumbiade hinunter.

Eine schreckliche Detonation erfolgte. Sie war unerhört, unmenschlich, unvergleichbar mit Donner und Vulkanausbruch und kam mit einem Schlag. Eine gigantische Feuersäule sprang aus dem Boden wie aus einem Krater. Die Erde hob sich. Nur wenige sahen kurze Zeit, wie inmitten von Qualm und Dampf und Feuer das Projektil durch die Lüfte in den Himmelsraum sauste.

XXVII

Bedeckter Himmel

In dem Augenblick, in dem der Feuerball wunderbar hoch in den Himmel aufstieg, breitete er sein Licht über weite Gebiete von Florida, wo es für eine unbestimmbare Dauer die Nacht zum Tag machte. Das leuchtende Feuer war noch hundert Kilometer weit draußen auf dem Atlantik und im Golf von Mexiko zu sehen. Und mehr als ein Schiffskapitän verzeichnete in seinem Logbuch das Auftauchen eines riesenhaften Meteoriten.

Die Detonation des Zündsatzes löste eine Art Erdbeben aus, das Florida in seinem Innersten erschütterte. Die freiwerdenden Gasmengen sprengten mit unvergleichlicher Gewalt ganze Schichten der Atmosphäre hinweg und entfalteten ei-

»Feuer!«

nen künstlichen Orkan, der hundertmal schneller als ein Tornado durch die Luft fegte.

Nicht ein Zuschauer stand mehr; alle Männer, Frauen, Kinder lagen auf dem Boden wie das Getreide nach einem Gewitter. Es gab ein unbeschreibliches Durcheinander, viele Menschen wurden verletzt. J.-T. Maston, der sich unvorsichtig weit vorne aufgehalten hatte, wurde wie eine Kanonenkugel über die Köpfe der anderen vierzig Meter nach hinten geschleudert. Dreihunderttausend Menschen waren wie vor den Kopf geschlagen und wurden vorübergehend taub.

Nachdem die Druckwelle Baracken und Hütten von Stone's Hill zum Einsturz gebracht, Bäume in einem Umkreis von dreißig Kilometern entwurzelt und die Züge nach Tampa zurückgeschoben hatte, fiel sie wie eine Lawine über die Stadt her, zerstörte etwa hundert Häuser, darunter die Saint-Mary-Kirche und das neue Börsengebäude, das der ganzen Länge nach aufgerissen wurde. Im Hafen wurden Schiffe gegeneinandergeschleudert und sanken; anderen, die in der Reede vor Anker gelegen hatten, zerriß der Sturmwind die Ankerkette wie einen Bindfaden und trieb sie ans Ufer.

Aber die Welle der Zerstörung ging weit über amerikanisches Gebiet hinaus und wirkte sich mit der Unterstützung eines starken Westwinds noch in fünfhundert Kilometer Entfernung auf dem Atlantik aus. Der künstliche und unerwartete Orkan überraschte Admiral Fitz-Roy und ergriff eine ganze Flotte, die ihm nicht mehr ausweichen konnte und einige ihrer Schiffe unter vollen Segeln verlor. Darunter befand sich auch die *Child Harold* aus Liverpool. Dieser bedauerliche Verlust war für England Anlaß, einen scharfen Protest an die Adresse der Vereinigten Staaten von Amerika zur richten.

Der Vollständigkeit halber soll angefügt werden, daß einige Eingeborene von Landstrichen in Westafrika angaben, eine halbe Stunde nach dem Start ein undeutliches Grummeln gehört zu haben, das der letzte Ausläufer des Explosionsschocks jenseits des Atlantiks gewesen sein könnte.

Die Auswirkung der Detonation

Aber kehren wir nach Florida zurück. Nach dem ersten Durcheinander richteten sich alle, ob verletzt oder taub, wieder auf, die ganze Menge erhob sich und brach in Hochrufe aus: »Hoch lebe Ardan! Hoch lebe Barbicane! Hoch lebe Nicholl!« Unzählige Fernrohre, Ferngläser und Operngläser richteten sich auf den Himmel; Schreck und Schmerz waren vergessen, nur das Projektil interessierte die Menschen. Aber ihre Blicke suchten es vergebens. Es war nicht mehr zu erkennen, man mußte auf die Nachrichten vom Teleskop auf dem Long's Peak warten. Der Direktor der Sternwarte Cambridge befand sich auf seinem Posten in den Rocky Mountains. Die Beobachtung des Projektils war ihm, als einem bekanntermaßen erfahrenen und zuverlässigen Astronomen, überlassen worden.

Aber ein Ereignis, mit dem man nicht gerechnet hatte, obwohl es voraussehbar gewesen wäre, und gegen das man auch nichts ausrichten konnte, sollte bald die Ungeduld der Massen auf eine harte Probe stellen.

Das bisher schöne Wetter änderte sich schlagartig; der Himmel verdüsterte sich, Wolken zogen auf. Konnte es auch anders sein, nachdem die riesige Menge Dampf aufgestiegen war, die sich durch die Explosion von vierhunderttausend Pfund Schießbaumwolle gebildet hatte? Die ganze Ordnung der Natur war gestört. Das war eigentlich nicht überraschend, da man schon oft bemerkt hat, daß nach einer Seeschlacht atmosphärische Störungen durch die Schiffskanonaden ausgelöst worden waren.

Am nächsten Morgen stieg die Sonne am Horizont hinter einem schweren, undurchdringlichen Wolkenvorhang auf, der leider auch über den Rocky Montains hing. Die Wirkungen waren fatal. Eine Flut von Beschwerden aus aller Welt traf ein. Aber die Natur scherte sich wenig darum. Da die Menschen die natürliche Ordnung der Atmosphäre gestört hatten, mußten sie eben auch die Konsequenzen tragen.

Am ersten Tag versuchte jeder noch, durch den undurch-

Der Direktor der Sternwarte
befand sich auf seinem Posten

dringlichen Vorhang hindurchzuspähen; aber alle Mühe war umsonst. Außerdem begingen alle einen Irrtum, die am Himmel suchten, denn infolge der Erdumdrehung befand sich das Geschoß jetzt im Sichtfeld ihrer Antipoden.

Als die Nacht kam und die Erde in rabenschwarze Dunkelheit hüllte, und als der Mond aufgestiegen war, konnte man ihn jedenfalls nicht erkennen. Man hätte meinen können, daß er sich absichtlich dem Blick der tollkühnen Menschheit entzog, die mit einer Kanone auf ihn geschossen hatte. Man konnte nichts beobachten, und die Telegramme von Long's Peak berichteten immer nur von schlechtem Wetter.

Wenn das Experiment glücken sollte, würden die Reisenden, die am 1. Dezember, um 22:46:40 Uhr, gestartet waren, am 4. Dezember, um Mitternacht, ankommen. Bis dahin versuchten alle, Ruhe zu bewahren, um so mehr, als es unter diesen Umständen schwierig gewesen wäre, einen Körper von der Größe des Geschosses zu beobachten.

Am 4. Dezember, zwischen 20 und 24 Uhr, hätte man das Projektil als schwarzen Punkt über der strahlend hellen Mondscheibe verfolgen können. Aber der Himmel hatte kein Einsehen und blieb bedeckt. Und die Verbitterung der Öffentlichkeit erreichte ihren Höhepunkt. Man begann, den Mond zu beschimpfen, der sich nicht zeigte. So ist es eben hier unten auf der Erde!

Verzweifelt brach J.-T. Maston nach Long's Peak auf. Er wollte selbst ans Teleskop. Er zweifelte nicht im geringsten daran, daß seine Freunde am Ziel ihrer Reise angekommen waren. Man hatte nichts davon gehört, daß das Projektil auf irgendeine Insel oder einen Kontinent der Erde herabgefallen wäre. Und J.-T. Maston wies den Gedanken weit von sich, daß es in eines der Meere gestürzt sein könnte, die den Erdball zu drei Vierteln bedecken.

Auch am 5. Dezember blieb das Wetter gleich. Die großen Teleskope auf der Erde, von Herschel, Rosse und Foucault, waren ständig auf das Gestirn der Nacht gerichtet, denn in

Europa herrschten gerade die besten Sichtverhältnisse. Aber diese Instrumente waren eben relativ schwach, so daß man mit ihnen nichts erkennen konnte.

Gleiches Wetter auch am 6. Fast der ganze Erdball verzehrte sich vor Ungeduld. Die unsinnigsten Vorschläge wurden gemacht, wie man die dichte Wolkendecke sprengen könnte.

Am 7. schien sich der Himmel leicht zu verändern. Hoffnung keimte auf, aber sie hielt nicht lange an, denn am Abend versperrten wieder dicke Wolken jede Sicht auf das bestirnte Firmament.

Die Lage wurde kritisch, denn am 11. Dezember, um 9 Uhr 11 morgens, würde der Mond in sein letztes Viertel eintreten, nur noch zu einem geringen Teil beschienen sein und immer weiter abnehmen bis zum Neumond. Dann wäre er auch bei schönem Wetter nicht mehr zu beobachten: bei Nacht zu dunkel, bei Tag von der Sonne überstrahlt. Erst um Neujahr konnte man wieder mit guten Beobachtungsbedingungen rechnen, wenn es auf den Vollmond am 3. Januar zuging.

Diese Überlegungen wurden in allen Zeitungen kommentiert, und man empfahl der Öffentlichkeit, sich mit viel Geduld zu wappnen.

Am 8. ergab sich keine Änderung. Am 9. schien die Sonne für einen kurzen Moment, als wolle sie die Amerikaner foppen. Sie wurde mit Schmährufen überschüttet, war über einen solchen Empfang wahrscheinlich beleidigt und geizte sehr mit ihren Strahlen.

Auch am 10. keine Änderung. J.-T. Maston wurde beinahe verrückt, und man mußte wirklich um das Gehirn des verdienten Mannes fürchten, das bisher unter seiner künstlichen Schädeldecke so hervorragend gearbeitet hatte.

Aber am 11. Dezember brach eines dieser fürchterlichen subtropischen Gewitter los. Ostwind in Orkanstärke vertrieb die schon so lange dastehenden Wolkenbänke. An diesem Abend zeigte sich die »angenagte« Scheibe des Nachtgestirns, majestätisch leuchtend, inmitten der funkelnden Sterne am Nachthimmel.

XXVIII

Ein neuer Himmelskörper

In derselben Nacht schlug die so ungeduldig erwartete Nachricht wie ein Blitz in den Vereinigten Staaten ein und wurde von dort in den Telegrafendrähten durch die Ozeane in alle Welt verbreitet: Das Projektil war mit dem riesigen Spiegelteleskop vom Long's Peak aus gesichtet worden.

Der Direktor der Sternwarte Cambridge verfaßte dazu ein gesondertes Schriftstück, in dem das Urteil der Wissenschaft über das bedeutende Experiment des Kanonenclubs nachzulesen ist.

Long's Peak, den 12. Dezember

AN DIE LEITENDEN MITGLIEDER DER STERNWARTE CAMBRIDGE

Das Projektil, das von der Kolumbiade in Stone's Hill abgefeuert worden war, wurde von den Herren Belfast und J.-T. Maston um 8 Uhr 47 abends entdeckt, als der Mond in sein letztes Viertel eingetreten war.

Das Projektil hat sein Ziel nicht ereicht. Es ist seitlich daran vorbeigeflogen, aber in so geringer Entfernung, daß es von der Schwerkraft des Mondes angezogen wurde.

Dabei wurde seine geradlinige Bewegung in eine elliptische umgelenkt, so daß es jetzt mit schwindelerregender Schnelligkeit eine Umlaufbahn um den Mond beschreibt, dessen Trabant es jetzt geworden ist.

Genauere Daten über diesen neuen Himmelskörper liegen noch nicht vor. Insbesondere sind seine Umlauf- und Rotationsgeschwin-

digkeit noch unbekannt. Die Entfernung, die ihn von der Mondoberfläche trennt, kann man auf 20000 Meter schätzen.
Zwei Hypothesen können darüber aufgestellt werden, wie sich der beschriebene Status quo verändern könnte:
1. Wenn sich die Anziehungskraft des Mondes als stärker erweist, erreichen die Reisenden noch ihr Ziel.
2. Wenn sich die Umlaufbahn aber stabilisiert, wird das Projektil den Mond bis ans Ende aller Zeiten umkreisen.
Welche von diesen beiden Hypothesen sich als richtig erweisen wird, wird sich durch unsere Beobachtungen eines Tages herausstellen. Bisher läßt sich nur sagen, daß das Unternehmen des Kanonenclubs nur zu dem Ergebnis geführt hat, daß es in unserem Sonnensystem einen neuen Himmelskörper gibt.
J.-M. Belfast

Wie viele Fragen durch diese unerwartete Wendung aufgeworfen wurden! Wie viele Rätsel die Zukunft für die Wissenschaft noch bereithielt! Dem Mut und dem Engagement von drei Männern war es zu verdanken, daß diese scheinbar so erfolglose Unternehmung, ein Geschoß auf den Mond zu schicken, ungeheure Auswirkungen und unabsehbare Folgen hatte. Die in einen neuen Satelliten eingeschlossenen Reisenden hatten zwar ihr Ziel nicht erreicht, waren aber doch ein Teil der Mondwelt geworden. Sie umrundeten das Nachtgestirn, und zum ersten Mal konnten Menschenaugen dessen Geheimnisse aus nächster Nähe erkunden. Die Namen Nicholl, Barbicane und Michel Ardan werden wohl in die Annalen der Astronomie eingehen; denn diese kühnen Entdeckernaturen hatten sich mit ganzer Kraft der Aufgabe verschrieben, die Grenzen der menschlichen Erkenntnis zu erweitern, hatten sich dafür in den Weltraum hinausgewagt und ihr Leben mit einem Einsatz aufs Spiel gesetzt, der in der modernen Zeit einzigartig war.

Wie dem auch sei, die Stellungnahme vom Außenposten Long's Peak der Sternwarte Cambridge löste bei ihrem Bekanntwerden in der ganzen Welt Überraschung und Erschrecken aus. Bestand denn eine Möglichkeit, diesen wagemutigen Erdbewohnern zu Hilfe zu kommen? Sicher nicht, da sie sich über die von Gott den Menschen gesetzten Grenzen hinweggesetzt hatten. Ihr Luftvorrat würde zwei Monate reichen, die Lebensmittelvorräte ein Jahr. Aber danach? Auch die abgehärtetsten Naturen, die sich diese schreckliche Frage stellten, fühlten einen Stich im Herzen.

Nur einer wollte nicht zugeben, daß die Lage aussichtslos war. Nur einer war noch zuversichtlich, und das war ihr treuer Freund, der ebenso wagemutig und tatkräftig war wie sie: der tapfere J.-T. Maston.

Er verlor sie übrigens nicht aus den Augen. Er richtete sich auf dem Long's Peak ein. Sein Blickfeld war von nun an der Spiegel des Riesenteleskops. Sobald sich der Mond am Horizont zeigte, richtete er das Teleskop auf ihn, ließ den Satelliten auf seiner Bahn durch den Sternenraum nicht aus den Augen und beobachtete mit unendlicher Geduld, wie das Projektil vor der silberglänzenden Mondscheibe vorbeizog. Und der werte Mann blieb seinen drei Freunden tatsächlich stets verbunden und gab die Hoffnung nicht auf, sie eines Tages wiederzusehen.

»Wir werden einen Briefwechsel mit ihnen führen«, sagte er jedem, der es hören wollte, »sobald die Umstände es erlauben. Dann wissen wir Bescheid, wie es um sie steht, und umgekehrt genauso. Im übrigen kenne ich sie gut genug, um zu wissen, daß sie nicht untätig bleiben werden. Diese drei Männer haben unser gesamtes Wissen und Können in der Kunst, der Wissenschaft und der Technik mit in den Weltraum genommen. Damit erreicht man alles, was man will. Wir werden es erleben: Die drei wissen sich schon zu helfen!«

Bibliothek der klassischen Abenteuerromane

Wilkie Collins
Die Frau in Weiß
Roman
Band 12532
Der Monddiamant
Roman
Band 12934
Der rote Schal
Roman
Band 12533

Daniel Defoe
Das Leben und die seltsamen Abenteuer des Robinson Crusoe
Roman
Band 12753

Alexandre Dumas
Cagliostro
Roman
Band 1:
Band 12044
Band 2:
Band 12045

Alexandre Dumas
Die drei Musketiere
Roman
Band 11930
Der Graf von Monte Cristo
Band 1:
Band 11940
Band 2:
Band 11941
Band 3:
Band 11942
Der Vicomte de Bragelonne
Roman
Band 1: *Band 12042*
Band 2: *Band 12043*
Zwanzig Jahre danach
Roman
Band 1:
Band 12040
Band 2:
Band 12041

J. Meade Falkner
Moonfleet
Roman
Band 12468

Rudyard Kipling
Das Dschungelbuch
Band 12846
Das zweite Dschungelbuch
Band 12928

Mark Twain
Die Abenteuer von Tom Sawyer
Roman. *Band 13182*

Jules Verne
Reise um die Erde in 80 Tagen
Roman. *Band 13190*
Reise zum Mittelpunkt der Erde
Roman. *Band 13259*
Von der Erde zum Mond
Roman. *Band 13260*

Fischer Taschenbuch Verlag

fi 4999 / 6

BIBLIOTHEK DER
KLASSISCHEN ABENTEUERROMANE

Jules Verne
Reise um den Mond
Roman
Aus dem Französischen von Martin Schoske
Band 13372

Die drei Freunde Barbicane, Nicholl und Ardan sind mit ihrem Projektil von der Anziehungskraft des Mondes eingefangen worden und kreisen nun als Trabant um den Himmelskörper. Sie haben, wenn sie den Mondschatten durchfliegen, mörderische Kälte auszuhalten, Sauerstoffmangel bedroht sie, ein auf sie zuschießender Meteorit explodiert kurz vor dem Zusammenstoß mit der Kapsel ... Doch eine rettende Idee Barbicanes bewahrt sie davor, ewig im Weltraum gefangen zu bleiben. Das Geschoß kehrt mit einer Geschwindigkeit von 16 km in der Sekunde zur Erde zurück und verschwindet unter der Oberfläche des Ozeans...

FISCHER TASCHENBUCH VERLAG

fi 4102 / 1